大獄

西郷青嵐賦

主要登場人物一覧

西郷吉之助《さいごうきちのすけ》　のちの西郷隆盛。
大久保一蔵《おおくぼいちぞう》　のちの大久保利通。
月照《げっしょう》　尊王攘夷派の僧侶。

■薩摩藩

島津重豪《しまづしげひで》　八代薩摩藩主。
島津斉興《なりおき》　十代薩摩藩主。
島津斉彬《なりあきら》　十一代薩摩藩主。
篤姫《あつひめ》　斉彬の養女。
島津久光《ひさみつ》　斉興と愛妾のお由羅《ゆら》の子。又次郎の父。
島津忠義《ただよし》　十二代薩摩藩主。幼名又次郎。
調所笑左衛門《ずしょしょうざえもん》　薩摩藩家老。
西郷吉兵衛《きちべえ》　吉之助の父。
大久保利世《としよ》　薩摩藩士。高崎崩れ（お由羅騒動）で遠島に。一蔵の父。

■常陸水戸藩

徳川斉昭《とくがわなりあき》　九代水戸藩主。一橋慶喜の実父。「一橋派」の筆頭。
徳川慶篤《よしあつ》　十代水戸藩主。
藤田東湖《ふじたとうこ》　斉昭に仕える。
戸田蓬軒《とだほうけん》　藤田東湖とともに「水戸の両田」と言われる。

■越前福井藩
松平《まつだいら》春嶽《しゅんがく》　十六代福井藩主。
橋本左内《はしもとさない》　蘭方医。越前福井藩士。

■一橋徳川家
一橋慶喜《ひとつばしよしのぶ》　九代一橋徳川家当主。徳川斉昭の七男。

■紀州藩
徳川慶福《よしとみ》　十三代紀州藩主。のちの十四代将軍、徳川家茂《いえもち》。
水野忠央《みずのただなか》　紀州藩付家老。新宮城主。

■江戸幕府
徳川家定《いえさだ》　十三代将軍。
阿部正弘《あべまさひろ》　老中首座（弘化二年〜安政二年）。七代備後福山藩主。
堀田正睦《ほったまさよし》　老中首座（安政二年〜）。五代佐倉藩主。
井伊直弼《いいなおすけ》　大老。十五代彦根藩主。「南紀派」の筆頭。
長野主膳《ながのしゅぜん》　井伊直弼の家臣。
間部詮勝《まなべあきかつ》　老中。七代鯖江藩主。

一八四六年六月――

海が碧《あお》い。

白雲が日に輝きながら漂っている。

琉球《りゅうきゅう》、那覇《なは》の港はマーラン（馬艦）という地船《じぶね》でにぎわっていた。大和船《やまとぶね》と呼ばれる薩摩《さつま》の廻船《かいせん》も係留されている。

薩摩の島津《しまづ》氏は慶長《けいちょう》十四年（一六〇九）二月に三千の兵を送って琉球を侵攻した。その後、琉球は薩摩藩の支配下にある。

琉球は清《しん》国と朝貢貿易を続けており、言わば両属の形をとっていた。清国への進貢の年、那覇港から大唐船《からぶね》と小唐船が出航し、海を越えて清国の福州《ふくしゅう》を目指す。

薩摩船は昆布や茶、鰹節《かつおぶし》、煙草《たばこ》などを琉球に送り、琉球から黒砂糖や鬱金《うこん》、藍玉《あいだま》などの産物を運び出すのだ。

薩摩船が着くと〈問い役〉が訪れ、首里《しゅり》城にも報告される。琉球では高級役人は清国風の衣服だが、港の役人は、冠をかぶらず、カタカシラと呼ぶ髪型でゆったりと袖《そで》が広い琉装《りゅうそう》を着ている。

役人が船をあらため、首里城へ使いを出してから荷の積み下ろしは行われる。このため船頭や水夫《かこ》はそれまでしばし待たねばならない。薩摩船の船頭は煙管《きせる》で煙草を吸おうとして、ふと沖合を眺めて目を丸くした。

「黒船じゃっど」

船頭がうめくように言うと、水夫たちは船べりに駆け寄って沖を指差し、黒船じゃ、異国船じゃと騒ぎ始めた。

那覇港に黒船が姿を見せたのは初めてのことではない。

二年前にはフランス艦隊のデュ・プラン艦長率《ひき》いる軍艦アルクメーヌ号が琉球の那覇港に入った。アルクメーヌ号は、全長八十メートル、大砲を三十門備えており、後にペリーが率いてきた蒸気艦のサスケハナとほとんど同型の黒船だった。

デュ・プラン艦長は修好と交易を要求、琉球王府がこれを断ると将来、通訳とする目的でフォルカード神父と中国人伝道師オーギュスタン・コウを琉球に残して去っていた。

フランスはこの年五月にはゲラン艦長のサビーヌ号が那覇に来て近海の測量や那覇、首里の探査を試みた。

琉球王府はなおも通商を拒《こば》んでいたが、この日、再びクレオパトール号とビクトリューズ号を率いるセシーユ提督が来航したのだ。

フランス軍艦は那覇港に入ると短艇を下ろし、フランス兵が上陸すると琉球王府の役人にセシーユ提督からの親書を渡した。

セシーユ提督は琉球側と交渉するにあたって、これ以上、修好を拒めば、アヘン戦争のように痛い目に遭うぞ、と露骨に脅《おど》した。このときの琉球王は中山王尚育《ちゅうざんおうしょういく》である。尚育は顔をしかめて廷臣たちに、

「いかがしよう」

と下問した。清国の情勢については琉球王府も把握していた。

六年前、清国ではイギリスとの間にアヘン戦争が起きた。アヘンの輸入を禁止しようと強硬策に出た清国に対してイギリスが武力を行使し、広東省城《カントンしょう》まで制圧、二年後には南京《ナンキン》にまで迫った。清朝は屈服して南京条約を締結し、香港《ホンコン》の割譲と広州《こうしゅう》、福州、廈門《アモイ》、寧波《ねいは》、上海《シャンハイ》の開港などを承認した。さらに清国側に不平等な通商条約を結んだ。アメリカやフランスもイギリスにならって南京条約に近い内容の新条約を締結していた。

フランスが琉球に軍隊を送り込んでくるなら、防ぎきれない。廷臣たちは話し合って、

「やはり、薩摩に助けを求めるしかないでしょう」

と言上した。尚育は唇《くちびる》を嚙《か》みしめた。

「薩摩か――」

無念そうにつぶやく尚育の顔から廷臣たちは目をそらせた。

琉球王府ではただちに薩摩への使者を立てた。薩摩藩では幕府に事態を報《しら》せた。幕府では薩摩藩十代藩主の二十七代島津家当主島津斉興《なりおき》、世子《せいし》斉彬《なりあきら》と琉球問題について協議

した。

このとき琉球にフランス艦隊が来航したことを知った水戸《みと》藩主徳川斉昭《とくがわなりあき》は、老中阿部《あべ》正弘《まさひろ》宛ての書簡で、

——琉球手ニ入候へハ、蝦夷地《えぞち》を手ニ入、南北より攻入候ニ、浦賀《うらが》より脇腹を突かれ申候儀、是亦《これまた》有相違間敷候

と書き送っている。琉球が西欧列強のものになれば、次に蝦夷地を占拠してわが国を南北から攻め、さらに中央部(脇腹)の浦賀を狙うのではないかと予見したのだ。

アメリカのペリー艦隊が嘉永《かえい》六年(一八五三)六月、浦賀沖に姿を見せる七年前のことだ。

一

六月二十五日——

薩摩藩世子、島津斉彬が薩摩に帰国した。

斉彬はこの年、三十八歳になる。父である藩主斉興はいまだに家督を譲ろうとしないが、斉彬の英明は世間に聞こえていた。

このころ天下の名君と言えば水戸の徳川斉昭、越前《えちぜん》の松平慶永《まつだいらよしなが》（春嶽《しゅんがく》）、宇和島《うわじま》の伊達宗城《だてむねなり》、土佐《とさ》の山内豊信《やまうちとよしげ》（容堂《ようどう》）、肥前《ひぜん》の鍋島直正《なべしまなおまさ》（閑叟《かんそう》）などだが、皆、斉彬と親しく交際し、人物を認めていた。

中でも老中の阿部正弘は斉彬と親しく、信じるところ厚かった。

備後国福山藩《びんごのくにふくやまはん》十万石の藩主である正弘は、天保《てんぽう》十四年（一八四三）、わずか二十五歳で老中に任命された。弘化《こうか》二年（一八四五）二月、天保の改革を行った水野忠邦《みずのただくに》の辞任後、老中首座の地位についた。

弱冠《じゃっかん》二十八歳の若き老中は、おりからわが国、近海に外国船がしばしば姿を見せ、海防問題が喫緊《きっきん》の課題となる中、斉彬を相談相手にして国難を乗り切りたいと考えていた。斉彬が帰国したのは阿部正弘の指示によるものだった。

帰国した斉彬は翌日には、早船を琉球在番の者に出して、フランスに対しては交易と通信を許してもよいが、キリスト教の布教は禁じることを命じた。

さらに琉球の地図や琉球に渡来する外国船の様子や清国への輸出入品、福州の交易場などについて詳しく調べて報告することも命じた。

その後、斉彬は領内の海岸を巡視して砲台の建設など海防策の指示も行った。

薩摩藩ではすでに高島《たかしま》流砲術の導入や青銅砲の鋳造《ちゅうぞう》、砲台の建設などに取り組んでいたが、海外知識の豊富な斉彬から見れば、いずれも不十分でしかなかった。

それでもできるだけの指示を行った斉彬は、その後、鷹野《たかの》と称して、わずかな供廻《ともまわ》りだけを連れて騎馬で城下から周辺の山野を視察した。

城下の磯《いそ》にある十九代当主島津光久《みつひさ》によって築かれた島津氏の別邸、仙巌園《せんがんえん》にも赴《おもむ》いた。

錦江湾《きんこうわん》や桜島《さくらじま》を借景とする雄大な庭を斉彬は好んでいた。

抜けるような青空から陽光が錦江湾に降り注ぎ、海面がきらめく。時折り、桜島から灰が降ってきた。

斉彬は馬から降りて庭を歩いた。潮風が吹きつけてくる。

錦江湾に浮かぶ、ごつごつとした岩肌を見せた桜島を眺めながら鬢《びん》についた灰を自ら払った。

「やはり、江戸とは違う、猛々《たけだけ》しさじゃ」

とつぶやいた。ふくよかで君子の風貌《ふうぼう》がある顔に微笑を浮かべている。

桜島を眺めていた斉彬の脳裏に不意に調所笑左衛門《ずしょしょうざえもん》の頬《ほお》がこけた顔が浮かんだ。

斉彬が帰国するにあたって江戸屋敷で調所は、

「琉球での交易は御家にとっていわば命綱でございます。そのことをお忘れなきよう」

と釘を刺していた。

島津家は斉彬の曾祖父《そうそふ》重豪《しげひで》のころ、商人からの借財が五百万両までにふくれあがった。

破綻《はたん》寸前であった薩摩藩の財政を立て直したのは、お茶坊主から取り立てられた調所だった。

それだけに調所の藩内での力は大きく、世子である斉彬すら及ばないところがあった。

薩摩藩ではフランス船が立て続けに琉球に来航して交易を求めていることを幕府に届け出、警備兵三百五十人を琉球に送るとしていた。しかし、調所は兵を派遣すればフランスとの戦争になることを恐れて、幕府の手前、派遣した形をとりながら、少人数しか送らなかった。

調所が恐れていたのは、フランスと交戦すれば、琉球が薩摩の支配下にあることが清国に伝わり、清国と琉球の朝貢貿易の道が途絶えてしまうことだった。

薩摩藩の財政再建のためには琉球を介した清国との唐物《からもの》貿易を守らなければならないと調所は考えていた。

調所の偽装工作は間もなく幕府の知るところとなった。調所は老中の阿部正弘から呼び出されて難詰《なんきつ》されたが、しぶとく粘《ねば》って、フランスと戦端を開くことがわが国の利益にならないと説いた。

琉球にフランスとの交易を認める方が得策であるとの主張は阿部も考えていたところだけに、調所をそれ以上は追及しなかった。だが、同時に調所が琉球での唐物交易だけでなくフランスとの貿易での利をも得ようと企《たくら》んでいるのではないか、と疑った。

このため阿部正弘は斉彬に帰国して琉球の問題にあたるよう依頼したうえで、

「薩摩藩が琉球を介してフランスと交易するようなことになれば、由々しき大事でござる。とくと心得て置かれよ」

と念を押した。斉彬はいつもと変わらぬ温容でうなずいただけだったが、調所のやり方に危険なものを感じた。

(あの男は島津家への忠義だけがあって、日本国があることを知らぬ。いまのままでは薩摩を守って日本をつぶしかねない)

しばらく桜島を眺めて物思いにふけっていた斉彬は、付き従っている近習《きんじゅ》に、

「さて、戻るといたそうか。琉球館も見ておきたい」

と言うと馬に乗り、かつかつ、と馬蹄《ばてい》の音を響かせて鶴丸《つるまる》城へと向かった。

琉球は清国の福建《ふっけん》省福州と鹿児島《かごしま》城下に出先機関として琉球館を置いていた。清国の琉球館は、琉球からの使節が滞在する施設として設置されたもので、正式名称を柔遠駅《じゅうえんえき》といった。

――柔遠

とは遠来の客をなごませるという意味である。敷地はおよそ七千坪あり、多いときは二百人ほどの琉球使節が滞在し、交易の実務にあたった。

一方、鹿児島城下の琉球館は、鶴丸城の北側にある。薩摩と琉球の連絡調整機関として設置され、初めは琉球仮屋《かいや》と呼ばれていたが、天明《てんめい》四年(一七八四)に琉球館と改められた。琉球から在番親方が出張して詰めており、薩摩側からも聞役《ききやく》などの役人が勤務していた。

旅行家で地理学者でもある古川古松軒《ふるかわこしょうけん》が、天明三年（一七八三）夏に薩摩を歴遊した時の記録に次のように記している。

――琉球館を一見せしに、門番有りて内に入る事を禁ぜり。およそ百人ばかりは鹿児島へ渡り居て琉球の産物を売買し、または交易をする事にて、何《いず》れも日本の言葉を七八分もつかふといへり

斉彬はいったん城に戻ったうえで、あらためて琉球館に赴いた。琉球の在番親方が低頭して出迎え、斉彬は琉球館内の物産などを見てまわった。

琉球館付の藩士が説明を行った。

藩士は五十過ぎの年配だが、でっぷりと肥えて貫禄《かんろく》があり、学問の素養もあって話し方が闊達《かったつ》だった。斉彬は気に入って藩士に名を訊《き》いた。

藩士は畏《おそ》れ入って跪《ひざまず》いて両手を突き、

――大久保《おおくぼ》利世《としよ》

と名のった。斉彬は微笑して、

「ところで調所笑左衛門は、琉球館聞役を兼ねておると聞くがまことか」

と訊《たず》ねた。利世は斉彬がなぜ調所のことを訊くのかわからず、怪訝《けげん》な顔をしながら、

「まことでございます」

と簡略に答えた。

「家老の身でありながら精励恪勤《せいれいかっきん》なことだな。父上はよき家臣を持たれた。わしもいずれ家督を継いだならばよき者に仕えてもらわねばならぬと思っておる。しかし、調所とは違う心根の者であろうな。なぜだか、そなたには、わかるか――」

斉彬の問いかけに利世は緊張した。

斉彬の言葉の端々からは調所笑左衛門を気に入っていないことがうかがえる。それだけに国許《くにもと》で自らの側近になる者を見出したいと思っているのだろう。

そのための問いかけであることを察すれば逃げるわけにはいかない。

だが、家中でも随一の権勢家である調所のことを悪《あ》しざまに言えば、必ず報復があることを覚悟する必要があった。

利世は大きく息を吸ってから、

「調所様はまことに御家にとって忠義のお方でございもす。されど、百姓、町人に取りましては蒼鷹《そうよう》でごわんそ」

と言った。蒼鷹とは羽が青みを帯びた鷹《たか》、あるいは白鷹《しらたか》のことだが、その猛々しさから無慈悲な役人のたとえともなっている。

調所が藩の財政再建のためにまず行ったのは、藩の借金五百万両を二百五十年賦で返済するというものだった。

貸金元本千両につき、年四両だけ支払うとして、実質的な踏み倒しを行ったのだ。大名貸しを行っていた大坂の商人たちは憤激して町奉行所に訴えたものの、相手にされず、泣き寝入りするしかなかった。

また、砂糖の専売制を行い、奄美大島《あまみおおしま》と喜界島《きかいじま》、徳之島《とくのしま》の島民にサトウキビの耕作を強制し、しかも百姓たちが食用にすることを厳禁し、抜け荷をする者は極刑にした。島民にとってはサトウキビ地獄だった。

このような調所の政策が効果をあげ、財政は再建されたが、犠牲となった町人、百姓にとって、調所はまさに、

――蒼鷹
というべきだろう。斉彬は深々とうなずいた。

「よくぞ、申した。調所の功績はわしも認めておる。されど、ひとの世を動かすのに過酷をもってすれば、怨《うら》みとなっていつかはすべてが覆《くつがえ》ることになろう。そのときになって、気づいても遅いのだ」

斉彬が考え深げに言うと、利世は膝《ひざ》を乗り出した。

「恐れながら、おうかがいいたしてもよろしゅうございもすか」

「何なりと申せ」

主君に訊く利世の豪胆さに斉彬は笑みを浮かべた。

「されば、調所様は蒼鷹やもしれませぬが、ご世子様はどのような者を使われるおつもりでございもすか。お聞かせ願えればありがたくごわす」

斉彬は利世の顔を見据《みす》えて答えた。

「余が使うのは、仁勇の者だ」

「仁勇でございもすか」

普通、知仁勇という。だが、斉彬はあえて知をはずしているようだ。

利世は呆然《ぼうぜん》とした。

才気にあふれた斉彬は同じように才ある者を好むであろうと考えていたからだ。斉彬は諭《さと》すように言葉を続けた。

「調所はいわゆる、百才あって一誠なし、不仁であるがゆえにひとの心を得られぬ。それゆえ、どれだけ働こうとも、ひとの怨みを残すだけであろう。世の中をまことに動かすのは、仁を行う勇を持った者であろう」

――仁勇
という言葉が利世の耳に残った。それとともに、この言葉に似つかわしい若者の顔が脳裏に浮かんでいた。

二

翌日――
鹿児島城下、下加治屋町《しもかじやまち》の屋敷でまだ暗いうちから起き出した西郷吉之助《さいごうきちのすけ》は屋敷の裏手に出ると井戸から汲《く》んだ水でざぶざぶと顔を洗った。

早暁《そうぎょう》の空気が爽やかだった。吉之助は身長が五尺九寸（百七十八センチ）で肩幅が広く胸も分厚い、眉があがって黒目がちの大きな目の精悍《せいかん》な顔立ちをしている。目に力強い光があるわりには、口元は繊細《せんさい》でやさしげだった。

吉之助が顔を洗い終えて、手拭《てぬぐい》でぬぐっていると、どこからか、

――きえ――い
と少年の甲高い声が聞こえ、激しく、何かを打ちつける音が響いてきた。近くの屋敷で剣術の朝稽古《あさげいこ》をしているのだろう。

薩摩藩の剣術はタイ捨《しゃ》流や新陰《しんかげ》流、常陸《ひたち》流、薩摩影之《かげの》流など様々にあるが、よく知られているのが、

――示現《じげん》流
である。もっとも示現流には、東郷重位《とうごうしげかた》に始まる示現流と重位の門弟《もんてい》で野太刀《のだち》の名手だった薬丸兼陳《やくまるかねのぶ》を祖とする薬丸野太刀自顕《じげん》流がある。

東郷家が伝える示現流は門外不出の御留《おと》め流で、島津家一門や上士に伝えられる。一方、薬丸野太刀自顕流は七代目の兼武《かねたけ》が名人とされたが、性格が剛直に過ぎて東郷家とも絶縁し、晩年、遠島《えんとう》になるなどした。それでも、薬丸野太刀自顕流は技が簡素でしかも実戦的だったため下級藩士に広がっていた。

吉之助の住む下加治屋町は下級藩士が多いから、朝稽古をしている少年は薬丸野太刀

自顕流のはずだ。

示現流では立てた丸太をユスの木で作った木刀で撃つが、薬丸野太刀自顕流では束《たば》にして横にした木を撃つ。朝稽古をしている少年が激しい気合とともにユスの木刀を振る様が目に浮かんだ。

「おお、やっちょるな」

吉之助は嬉しげにつぶやいた。

薩摩藩では子弟の教育は居住地ごとの郷中《ごじゅう》で行う。青少年の先輩が後輩を指導するもので、少年たちは二才《にせ》（青年）の屋敷に早朝から集まって、四書五経の素読を行い、さらに近所の神社の境内《けいだい》や馬場で相撲《すもう》や走り比べをする。

このほか、いろは歌の暗唱から山遊び、川遊び、魚釣りなども行う。郷中で守らせるものは、

一、嘘《うそ》を言うな

一、負けるな

一、弱い者をいじめるな

という簡略なことだった。これらを指導するのが二才頭《にせがしら》である。

今年、二十歳になった吉之助は二才頭になっており、それだけに町内の子供たちが文

武の修行を怠《おこた》りなく積んでいるかどうかが気にかかるのだ。

もっとも吉之助は二年前から郡方書役《こおりかたかきやく》として出仕しており、子供たちの指導に当たるのは、役所から帰ってからのことだった。

西郷家は吉之助を頭に弟三人、妹三人の七人兄弟と父母に加えて祖父母もいる十一人の大家族だ。父親の吉兵衛《きちべえ》は御小姓与勘定小頭《おこしょうぐみかんじょうこがしら》で石高《こくだか》は四十七石余り。平士としては普通だが、家族が多いだけに貧しい暮らしだった。

それでも吉之助は生来、明るい性格で物事を暗くは考えない。常に、明日にはよいことがあるだろう、と希望めいたものを胸に抱いていた。

子供のころ、別の町内の少年と喧嘩《けんか》になり、相手が脅すつもりで鞘《さや》ごと刀を振り回したとき、鞘が割れて吉之助は右腕に怪我《けが》を負った。

このため右腕の肘《ひじ》が伸びなくなり、吉之助は剣術の修行を断念してもっぱら相撲で体を鍛え、学問に励んできた。

吉之助は東の空が白み始めているのを見て家の中に入り、朝餉《あさげ》をとった後、身支度をととのえて父母や祖父母に挨拶《あいさつ》してから屋敷を出た。

郡方役所に向かおうとしたとき、同じ下加治屋町に住む三歳年下の大久保一蔵《いちぞう》が急ぎ足でやってくるのに気づいて足を止めた。

日ごろ、沈着な一蔵があわてているのを見て、何か大事なことを告げに来たのだろうと察していた。

一蔵は背丈が六尺あり、吉之助よりわずかに高い。引き締まった体つきでほっそりと見える。白皙《はくせき》のととのった顔立ちで鼻筋がとおり、目もとが涼しく、口を真一文字に引き結んで意志が強いのがうかがえた。

「吉之助さあ――」

一蔵は吉之助のそばまで来てほっとしたように声をかりた。

「一蔵どん、どげんしなはった。日ごろ、落ち着いているおはんらしくもなか」

笑みを浮かべて吉之助が言うと、一蔵は珍しく頰を赤くした。

「ああ、そうじゃった」

一蔵は呼吸をととのえてから、

「昨日、ご世子様が琉球館にお見えになった。そのとき、父上がお声をかけていただいたとでごわす。そのことをお伝えしたかと思うて」

と言った。

琉球館で斉彬から下問された大久保利世は一蔵の父である。利世は陽明学を学び、百姓、町人とも分け隔《へだ》てなく話をする磊落《らいらく》なひとで、吉之助たちだけでなく、同じ郷中の者たちがよく話を聞きにいっていた。

「ほう、そりゃ、ぜひとも聞きたかことでごわす」

吉之助は目を輝かせた。

「御世子様は、調所笑左衛門様の苛斂誅求《かれんちゅうきゅう》をよく思われてはおられぬご様子で、家督を継がれ、藩主になられた暁《あかつき》には、仁勇の者を使いたいと仰《おお》せになったそうでごわす」

「まことでございもすか」

吉之助の顔が感奮して朱に染まった。

「さようでございもす。仁と勇は吉之助さあが郡方に出られてから、常々、言われていたことでございもんが」

感激のあまり吉之助は口も利けなくなっていた。

吉之助が郡方に出仕したときの奉行は迫田利済《さこたとしなり》という人物だった。学殖豊かで何よりも正義感が強く、百姓のことを常に第一に考える迫田を吉之助は尊敬していた。

ある年、不作だったため、迫田は年貢の軽減を上申したが、藩庁ではこれを認めず、平年並みかそれ以上に年貢をとるように指示してきた。

藩庁からの達しがあったとき、迫田は村を視察していたが、減免が認められないと知ると憤り、視察を中止して帰った。その際、宿舎の壁に、

虫よ虫よ　五《いつ》ふし草《ぐさ》の根を絶つな　絶たばおのれも　共に枯れなん

という歌を書き残した。

五ふし草とは稲のことである。過酷に年貢を取り立てる役人を虫にたとえて、百姓から酷い年貢の取り立てをすれば、ともに亡びるぞ、というのだ。

吉之助はいまも時折り、この歌を口ずさみ、郡方を務める自分の指針としていた。百姓にかける仁慈と上役に歯に衣《きぬ》着せぬ直言をする勇気を持たねばならないと思っていた。

黙ってしまった吉之助の顔を見つめて一蔵は口を開いた。

「父上は、ご世子様が言われる、仁勇の士とはまさに吉之助さあのことじゃと申された。それをお伝えしたくて、朝方から押しかけもした」

一蔵の言葉に吉之助はからりと笑った。

「利世様にさように言われたのはまっこて嬉しいかぎりじゃっどん、おいがご世子様に仕えるなど夢のまた夢でごわす。もし、さような者がいるとしたら、一蔵どんじゃ。一蔵どんは出世するに違いなかと、おいは思うちょる」

一蔵がなおも何か言いかけようとすると、吉之助は手で制した。

「よか話ば聞かせてもらいもした。おいはお務めごあんで」

頭を下げて挨拶する吉之助に一蔵は苦笑した。

「吉之助さあは欲のなかおひとじゃ」

歎ずるように言う一蔵に笑顔を見せた吉之助は背を向けて歩き出した。

一蔵が見送っていると、しばらくして、吉之助が口ずさむ歌が聞こえてきた。

虫よ虫よ

五ふし草の根を絶つな
絶たばおのれも
共に枯れなん

三

薩摩は武士が多い国だった。

このころ、わが国の人口は三千三百万人ほどだった。このうち武家は百八十万人ほどで薩摩藩の武家だけで二十万人だった。

関ヶ原《せきがはら》の合戦で西軍についた島津は徳川に膝を屈し、かろうじて領土を守った。それだけに、泰平の世となっても軍備を解かなかった。その結果、全国の武士の十分の一が薩摩の武士だというほどの軍事集団であり続けた。

薩摩では関ヶ原の戦いは終わっていなかったのだ。

藩士は幼いころから郷中教育で鍛えられ、示現流の剣術や鉄砲の稽古も当然のごとく行っていた。古代ギリシャの軍事大国だったスパルタに似ている。

スパルタでは満六歳に達した少年は、家庭を離れて寄宿生活に入る。満で二十九歳の年を終えるまで年齢別の四つのグループに所属して粗衣粗食に耐え、戦士となるための武術訓練が行われた。これにより、スパルタは競争相手のアテネを破り、やがてテーベに敗北するまでギリシャの覇権を握るのだ。

一方、薩摩は主君が抑えている限りは薩南の地で鎮まっている。だが、もし、主君ではない誰かを首領として仰ぐようなことになれば、それだけで日本中を揺るがすような力を持っていた。斉彬が言った、

──仁勇の藩士とはそんな漢《おとこ》なのかもしれない。

一蔵から斉彬の言葉を聞いてから、数日後、吉之助は、大久保利世を屋敷に訪ねた。挨拶の後、吉之助は率直に訊《き》いた。かたわらに一蔵も同席している。

「琉球のことはどげんなっちょいもすか」

利世は少し考えてから答えた。

「御家の政《まつりごと》のことゆえ、めったに話すわけには、いかんが、おはんならよかろう。フランス軍艦は通交を求めたが、琉球が先延ばししたゆえ、あきらめたのか長崎に戻ったそうじゃ」

「そんじゃ、危うかことは去ったとでごわすか」

「とりあえずの異国の危機は去ったかもしれんが、御家はこれから危うかことになるかもしれん」

「どげんこつごわす」

吉之助は声を低めて訊いた。

「ご世子様はどうやら調所殿をのぞく腹を固められたようじゃ。それゆえ、ご自分が藩主になった暁に股肱《ここう》として使える藩士はおらぬかとお尋ねになったのであろう」

吉之助は首をかしげた。

「なるほど、調所様は百姓、町人には酷吏として評判の悪かひとでごわす、じゃっどん、御家の借金ば減らして、財政を建て直したのは、大功じゃと思いもす。そげな功臣をご世子様は斬らるっとでごわすか」

吉之助は歯に衣着せぬ言い方をした。

利世は苦笑してちらりと一蔵を見てから答えた。

「ご世子様は薩摩のことより、天下のことを考えておわす」

「天下のこと?」

吉之助は目を丸くした。

「そうじゃ。清国は鴉片《あへん》の乱(アヘン戦争)で西欧列強に敗れ、いまや国を蹂躙《じゅうりん》され奴《ぬ》婢《ひ》のごとあるあつかいを受けておる。その異国が琉球にまで来た。わが国に通交を求めてくることは火を見るよりも明らかじゃ。通交と言えば聞こえがよいが、まことは攻め寄せ、国を奪い取りたいのが本心じゃ。そうなれば、薩摩どころかこの国が危うか。調所殿は薩摩あるを知って天下のことを知らぬ。それゆえ、ご世子様は調所殿を除こうと腹を固められたのじゃ」

吉之助は目を光らせて訊いた。

「じゃっどん、異国のことは幕府が考えてせねばならんことでごわそう。なんごて外様《とざま》の薩摩がせねばならんとでごわすか」

利世は厳しい眼差《まなざ》しで吉之助を見つめた。

「お主ほどの者がそげな狭か了見でどうする。ご世子様は幕府じゃ、薩摩じゃちいう狭い考えをすでに捨てられたとじゃ。こん国に生まれた者がこん国を守るだけのことじゃと仰せであった」

「ならば、異国と戦《いくさ》をするお考えでごわすか」

「いや、いま戦をしても異国には勝てぬ。それゆえ、異国と交易をいたして文物を取り入れ、軍艦と大砲をととのえるのが先決じゃとのお考えであろう」

吉之助はなおも目をそらさず、問いを重ねた。

「そいでは、異国が怖くて腰が抜けたと言われもはんか」

利世は、はっはと笑った。

「ご世子様は大勇の御方じゃ。腰などは抜けぬ。それゆえ、腰が抜けたなどと言われても蚊に刺されたほどのことでもなか。それともお主は腰が抜けたと言われるのが恐ろしゅうてたまらんのか」

吉之助は首をひねって考えてから、

「いえ、恐ろしくはありもはんな」

と平然として言った。

利世はそんな吉之助を満足げに見てから言葉を添えた。

「わしはご世子様に藩内の有望な若い者の名を何人かお伝えした。そん中にはお主の名も入れておいた。そのことを覚えておくように」

当惑した吉之助は頭を横に振った。

「そいは大久保様の買い被《かぶ》りでごわす。ご世子様のお役に立つのは、一蔵どんに勝る者はおりもはん。一蔵どんを推挙されるべきじゃ」

「わが息子を推挙するわけにはいかん。それにご世子様が仁勇の者と言われたことを考えねばならんとじゃ」

静かに利世と吉之助の話を聞いていた一蔵が身じろぎして口を開いた。

「父上、わたくしには仁も勇もないのでございもすか。ご世子様への推挙を望むわけではごわはんが、仁も勇もなかと言われては立つ瀬がごわはん」

鋭い口調で言う一蔵を利世は苦笑して見た。

「そなたは母方の祖父様《じいさま》によく似ておる。見かけはおとなしいが激しい気性ゆえ、ひとには酷にあたるところがあるとじゃ」

「それゆえ、仁ではないと言われもすか」

不満げに一蔵が言うと吉之助が口を挟《はさ》んだ。

「皆吉《みなよし》様のことでごわすな。おいも評判は聞いておりもす」

一蔵の母フクの父は藩医の皆吉鳳徳《ほうとく》だった。蘭学の素養があり、海外事情にも精通していた。物事にとらわれない大胆な性格だった。

牛を好み、牛に乗って出歩くという奇抜な振る舞いをした。

その途中で身分の高い藩士に出会うと自分の頭と牛の首を道沿いの籬《まがき》に突っ込んで、牛から降りることはなかった。

鳳徳は無礼な振る舞いをしても、その奇矯《ききょう》ぶりが人々に愛されている鹿児島城下の名物男でもあった。

だが、文化《ぶんか》五年（一八〇八）、家老の秩父《ちちぶ》太郎《たろう》が、八代藩主の島津重豪《しげひで》の怒りにふれて死罪となった〈秩父崩れ〉に連座して鳳徳は謹慎処分となった。

藩医を辞して逼塞《ひっそく》した鳳徳は、これをよい機会にと思って、海外の事情を調べ、海運こそが国を富ます道だと考えるようになった。

そこで、仲間を募り、文政《ぶんせい》六年（一八二三）には、三本マストの洋式帆船、

――伊呂波丸《いろはまる》
の建造に成功した。

伊呂波丸は藩に献上され、薩摩と琉球間の航海に利用されたが、嵐にあって沈没した。

そのおり、鳳徳は、太陽が真っ二つに割れる夢を見たという不思議な話が伝わっている。

鳳徳は一蔵が八歳の時に亡くなったが、身長が六尺を越えていた。

親戚の間では一蔵は鳳徳にそっくりだと噂された。実際、鳳徳は幼い一蔵のどこが気に入ったのか、子供やほかの孫とは違う可愛がりようだったという。

一蔵は軽く頭を下げてから、

「祖父様に可愛がられたのは、よう覚えておりもす。祖父様に似ていると言われるとは嬉しいことでごわんが、おいははなやいだことは似合わん。地道に一歩ずつ進むのが性分でごわす」

利世は一蔵に情愛のこもった目を向けた。

「おのれを見定めてひとりで行こうとするのはお前のよかところじゃ。そいどん、ひとの世を動かすのはひとりだけではできん。仁とはひととひとを結びつける心じゃ。お前が吉之助どんにおよばんとはそこじゃ」

諭されて一蔵はしばらく考えた後、ため息とともに言った。

「仰せは得心《とくしん》が参りもした。ことをなそうと思うときには、吉之助さあを頼りもんで」

「一蔵どんな、陽炎《かげろう》のごとある頼りがいのなかもんを頼ることになりもすぞ」

吉之助は笑って、さらりとかわした。


斉彬はこの年、薩摩に留まって琉球の成り行きを見守ったうえで、藩の軍制の洋式化に取り組み、高島流砲術の導入や砲台の建設などを指示した。

江戸に戻ったのは翌年、弘化四年（一八四七）十月である。斉彬は老中阿部正弘に琉球問題について報告し、何事かしきりに協議した。

薩摩に激震が走ったのは、さらに翌年の嘉永《かえい》元年十二月である。

この月の十八日、調所笑左衛門が江戸藩邸で毒を飲んで自害したのである。享年、七十三。

このころ、調所は阿部から薩摩藩の密貿易について追及されており、その罪を一身に背負って調所が死んだのは明らかだった。

阿部の追及が、斉彬の差し金であることは鹿児島城下でもすぐに知れ渡った。

吉之助は郡方に行く途中の道でちょうど行き逢った一蔵に、

「ご世子様はまっこと厳しか手を打たれもす」

と眉をひそめて言った。一蔵は厳しい表情でうなずいた。

「男子たる者、いったん事を目指せば、あらゆる情を捨てねばなりもはん。調所様のことはやむを得ぬのではごわはんか」

吉之助は腕を組んで考えながら言った。

「そうかもしれもはんが、此度《こたび》のことは嵐を呼びもすぞ」

「嵐ごわすか」

一蔵は目を瞠《みは》った。

「そうじゃ。ひとの争いは際限がなか。ここらでよかろうと思うても、どこまでも続くものじゃ。功臣の調所様を死なせたからには、殿様のお怒りは避けられん。これから家中はふたつに割れて血で血を洗う争いが起きもそう」

吉之助は大きく吐息をついた。

「争いを鎮める方策はなかとでごわすか」

一蔵は真剣な眼差しを吉之助に向けた。

「おいには、さようなことはわかりもはん。ただ、世の中の争いを鎮めるためには、人柱のごたるものがいりもそうなあ」

吉之助は空を見上げて声高に詠じた。

天地のために心を立て
生民のために道を立て
去聖のために絶学を継ぎ
万世のために太平を開く

目を閉じて聞いた一蔵は、

「『近思録《きんしろく》』ごわすな」

とつぶやいた。

『近思録』は南宋の朱子が呂祖謙《りょそけん》とともに、北宋時代の学者の言説からその精粋を選んで編纂《へんさん》したもので、いわば朱子学の入門書である。わが国でも藤原惺窩《ふじわらせいか》や林羅山《はやしらざん》などの学者が学んだが、最も重んじたのは山崎闇斎《やまざきあんさい》だという。

吉之助はにこりとした。

「よか言葉ごわんど。武士の生涯はこの言葉に尽きもそ」

吉之助はなおも空を眺めつつ言った。

曇天《どんてん》から、ときおり、桜島の灰が降ってきていた。

四

嘉永二年（一八四九）、斉彬は四十一歳になった。

だが、藩主斉興は隠居する素振りを見せず、調所が自害した後も調所派の島津将曹《しょうそう》らが藩の実権を握っていた。しかもこのころ、調所派が兵道家《へいどうか》牧仲太郎《まきちゅうたろう》を使って斉彬の子息たちを呪詛《じゅそ》したという風聞が広まった。

兵道家は武士にして山伏《やまぶし》を兼ねる者で、薩摩では戦のおりに陣中にあって敵を呪詛調伏《じょうぶく》する修法を行う。このため兵道家の行う呪詛には恐ろしい力があると薩摩のひとびとは信じていた。

実際、文政から嘉永年間にかけて斉彬の長男始め、男子五人、娘二人が相次いで夭折《ようせつ》しており、風聞の信憑性を高めていた。

嘉永元年五月に斉彬の次男寛之助《ひろのすけ》が四歳で夭死《ようし》した。このとき、床下から人形《ひとがた》が見つかった。人形には牧仲太郎の字に似た文字で呪詛が書かれていた。

これを知った斉彬派のひとびとが色めきたったのだ。

船奉行　高崎五郎右衛門《たかさきごろうえもん》
町奉行物頭《ものがしら》勤　近藤隆左衛門《こんどうりゅうざえもん》
町奉行鉄炮《てっぽう》奉行勤　山田一郎左衛門《やまだいちろうさえもん》

といった斉彬派の藩士たちが牧仲太郎や島津将曹らを除いて斉彬の襲封《しゅうほう》を急ごうとした。だが、この企《くわだ》てが露顕した。

藩主斉興は国許にいたため、ただちに近藤、山田、高崎始め六人に切腹が命じられた。さらに処分は翌年まで続き、四十数人が死罪や遠島、御役御免などの刑に処せられた。〈嘉永朋党《ほうとう》崩れ〉、あるいは〈高崎崩れ〉とも呼ばれる御家騒動だった。

事件の背後に斉興の愛妾、お由羅《ゆら》の子である久光《ひさみつ》を世子に立てようとする陰謀があったとして、

——お由羅騒動

とも呼ばれた。

この騒動は近藤や山田、高崎の士籍を除き、さらに死屍《しし》を掘り出して、鋸引《のこぎりびき》刑、磔《はりつけ》刑を加えるなど苛烈だった。

吉之助にとっても無縁な騒動ではなかった。

切腹した藩士の中に吉之助の父、吉兵衛が〈用達《ようたし》〉という家政をみる役目を務めていた赤山《あかやま》家の当主、靫負《ゆきえ》がいたからである。

靫負はこのとき、二十代後半だった。学才にすぐれ、正義感が強い人柄だった。

靭負の介錯《かいしゃく》は吉兵衛が行った。靭負の幼いころから吉兵衛が世話をしており、心が通じ合うものがあったからだろう。

その際、靭負はかねてから知っていた吉之助に、今際《いまわ》の際《きわ》に着ていた肌着を形見として与えるよう言い遺《のこ》した。

靭負は何事か吉之助に伝えたかったのだ。吉兵衛は涙を振るって介錯すると自宅に靭負の肌着を持ち帰り、

「赤山様のご無念を偲《しの》べ」

と言って血染めの肌着を吉之助に渡した。吉之助は肌着をかき抱いて、

「もったいなかことでごわす」

と涙にむせびながら言った。

さらに、靭負の血染めの肌着を抱いて終夜、慟哭《どうこく》した。吉之助がひとが死ぬということに、これほどの憤りを感じたのは、生まれて初めてだった。

一蔵もまたこの事件で大きな衝撃を受けた。

父親の利世が斉彬派として喜界島へ遠島になったのである。一蔵は吉之助を訪ねてきて言った。

「父上には何の罪もありもはん。ただ国のためを思うただけじゃ。そいが何故《なして》、島流しにならねばならんのか、おいにはわかりもはん」

「その通りごわす」

吉之助は目に深々とした悲しみを湛《たた》えてうなずいた。

「おいはこげいな不正は許しもはんど」

一蔵は激しい口調で言った。

吉之助はじっと一蔵を見つめたが何も言わない。ひと言でも発すれば、ただちに体中の憤激が噴き出しそうな緊張に耐えていた。

しばらくして一蔵は頭を下げて帰っていった。

利世が遠島になった日を境に一蔵は怜悧《れいり》な容貌で常に寡黙《かもく》で何を考えているのかを周囲に悟らせない男に変わっていった。


〈高崎崩れ〉の後も吉之助は平凡な郡方書役として過ごしていた。

だが、郡方といっても詰めきりで役所にいるわけではなかった。地方《じかた》まわりとして、村々をまわることも多かった。

貧窮《ひんきゅう》に苦しむ百姓の話を聞いて、自らも貧しく暮らしているのにも拘《かか》わらず、少ない手当てのうちから、いくばくかをそっと百姓に与えたりした。しかし、このような行為は同僚たちからは憎まれる。

郡方の古手の者たちは、吉之助のことを、

「西郷の名望好み――」

と罵《のの》った。正義感が強く、誰に対してもたじろがずに意見を述べる吉之助に面と向かって言う者はなかった。
だが、さすがに自分が憎まれているかどうかは吉之助にも察しがつく。同僚の中に、吉之助が貧しい百姓に金を与えたことを悪く言った者があると聞いて苦笑した。
(情けなかひとたちじゃ)
それでもことさら同僚と争おうとはせず、黙々と務めていた。
このころ、吉之助は仲の良い仲間である、
大久保一蔵
吉井幸輔《よしいこうすけ》
伊地知龍右衛門《いじちりゆうえもん》(正治《まさはる》)
有村俊斎《ありむらしゆんさい》
たちと『近思録』を読む集まりを始めていた。
一蔵と吉井幸輔は吉之助と同じ下加治屋町郷中だが、伊地知龍右衛門は上ノ園《うえそ の》の郷中、有村俊斎は高麗町《こうらいちよう》郷中だった。
薩摩では郷中が違えばほとんど交際をしない。
これは郷中が戦時にあっては軍事組織になるためだが、吉之助はそれにこだわらず、これは、と思う相手とは親しく交わっていた。
この仲間が『近思録』を読むようになったのは、一蔵がある日、『近思録』を持ち、「おいは、『近思録』をあらためて学びたかち思いもす。ひとりではもったいなか、皆で学びもはんか」

と吉之助の家を訪ねてきたからだ。吉之助が興味を抱いて、

「一蔵どんなよう学んでおられることは知っちょりもすが、なして『近思録』な」

と訊くと、一蔵は答えた。

「おいは秩父太郎様のようになりたかとでごわす」

「そや面白か」

吉之助は微笑《ほほえ》んだ。

一蔵の祖父である皆吉鳳徳が親しかった秩父太郎は清廉であり、剛毅だった。

薩摩藩では先々代藩主の重豪の豪快な気性のままに贅沢《ぜいたく》や放埒《ほうらつ》がまかり通っていた。秩父はそんな重豪に諫言《かんげん》し、勇気を持って倹約、緊縮財政を行ったのだ。そのため重豪の怒りを買って切腹を命じられた。

秩父は同志ともいうべき藩士たちと『近思録』を読む集まりを開いていた。

このため秩父の失脚は〈近思録崩れ〉とも呼ばれたのだ。

それにしても、重豪の怒りを買った秩父の愛読書を仲間と読もうとする放胆さはただごとではない。見方によっては君主を批判することでもあった。

「おはん、こいがどげな意味があるか、わかっちょるのじゃろうな」

吉之助は大きな目を光らせて確かめるように言った。

「わかっちょいもす」

一蔵がきっぱりと言うと、吉之助はからりと笑った。

「よか、やいもそ」

吉之助は常に理由を言わず、結論だけを言う。そんなとき、日ごろ、平凡で茫洋《ぼうよう》としているとしか見えない吉之助のひと言にずしりとした重みが加わる。

そして吉之助がひと言を発すれば誰もわけを問おうとけしない。このときも、吉之助の呼びかけで吉井や伊地知、有村たちが集まったのだ。

一蔵が『近思録』を読むことを口実に仲間を集めたのは、〈高崎崩れ〉で父が遠島になったことから、何事かをなしたいという思いにかられてのことだと吉之助にはわかっていた。しかし、吉之助は何も言わない。

吉之助の家で開く集まりでも黙って皆の意見を聞くばかりだった。時折り、仲間のうちから、

「吉之助さあはどげん思われもす」

と訊かれても、同じ答えを繰り返した。

「おいの考えはよか。おはんたちの考えが大事ごわす」

いつの間にか仲間は吉之助の意見は訊かなくなったが、誰かが意見を述べたとき、吉之助が大きくうなずくときと、微動もしないときがあるのがわかってきた。

吉之助が大きくうなずけば話している者は自信を持って、さらに声を高くし、吉之助がうなずかないと、自分の意見は間違っているのではないかと反省した。

こうして『近思録』を読む集まりは続けられていった。

ある夜、吉之助の家での集まりを終えて帰ろうとしたとき、一蔵が一番、最後になった。吉之助が見送っていると、一蔵は途中で足を止め、夜道を引き返してきた。

吉之助は微笑して、

「忘れものごわすか」

と言った。一蔵はうなずいて、

「忘れていたわけではありませんが、吉之助さあに言わねばならぬことがあります」

何であろう、というように吉之助は黙って一蔵を見つめた。

「吉之助さあは察しておられようが、おいは〈高崎崩れ〉で父上が島流しになったのが、無念でしかたがなか。おいには、御家に不正が起きたのじゃと思えてなりもさん」

一蔵が目を光らせて言うと、吉之助はうなずいて、

——おう
と言った。一蔵は話を続ける。

「それゆえ、おいは同志を募り、いつか藩の不正を糾《ただ》そうと思うちょる」

——おう
吉之助が底響きする声で答える。

「じゃっどん、吉之助さあの力を借りて仲間を集めたのは、吉之助さあをだましておることになるやもしれんと心苦しゅう思うておったとでごわす」

恥ずかしげに一蔵がうつむくと、吉之助は、なあんも、と優しい顔で言った。思わず、一蔵は顔を上げた。

吉之助は一蔵に近づいて手を握った。

「そげんこつは、なあんも気にすることはいらん。それより、おいは今夜、一蔵どんが言うたことを生涯、覚えておく。それゆえ、一蔵どんもこれからおいが言うことを生涯、覚えておくがよか」

吉之助の炯々《けいけい》と光る目を一蔵は見つめ返した。

「おはんの言う通り、〈高崎崩れ〉は不正じゃ。おいたちは不正を見て糾さねばならんと思うた。これでおいたちの生涯は決まったとじゃ。おいたちは正義のために戦うとじゃ。世子様は薩摩のことより、天下のことば考えておられるそうじゃ。ならば、おいたちも天下のために戦って死のう。同年、同月同日に死のうとは言わん。だが、日は違っても――」

吉之助は自らの首を叩いて見せた。

「こん首ば失うてともに死ぬ覚悟を今夜、定めたとじゃ」

よかな、と言って吉之助は沁《し》みとおるような笑顔を一蔵に向けた。

一蔵は食い入るように吉之助の目を見つめていたが、やがて腹からの声で応じた。

――おう

夜空の星が降るように輝いていた。

五

吉之助と一蔵は、『近思録』を読む集まりに来ていた吉井幸輔や伊地知龍右衛門、有村俊斎に、嘉永三年（一八五〇）のある夜、

「おいたちは『近思録』を学びもした。じゃっどん、学んだだけで、何もせんのなら学んだとは言えもはん。学んだことを生かして御家のために尽くす結盟をしもそ」

と告げた。後に、

――誠忠組《せいちゅうぐみ》
と呼ばれる同志の結成である。誠忠組はやがて、薩摩藩を動かし、維新《いしん》への道を切り開いていくことになる。

吉之助のさりげない言葉に、吉井や伊地知、有村は顔を見合わせてから問うた。

「結盟して何をすっとでごわすか」

吉井幸輔が目を光らせて訊いた。

「たったひとつごわす」

吉之助が答えると有村俊斎が身を乗り出した。蠟燭《ろうそく》の灯《あか》りに俊斎の日焼けした顔が黄色く浮かんだ。

「お由羅を斬るとでごわしょ。あん女狐《めぎつね》ば斬らにゃ御家は立ち行きもはんで」

吉之助はにべもなく答える。

「そげんことはせん。女子《おなご》ば斬って快を叫ぶなど薩摩武士のすることではごわはん。そげんことで御家に忠義を尽くすことはできもはん」

「そんなら、何ばすっとか」

伊地知龍右衛門が苛立《いらだ》たしげに問うた。

吉之助は平然と答える。

「腹を切るとでごわす。ここにおる者たち皆で御城の門の前で腹を切りもそ」

幸輔が目を剝《む》いて言った。

「そいは無茶ではごわはんか」

俊斎がうめいた。

「諫死《かんし》する覚悟はあるが、目当てもなくはなりもはん。闇雲《やみくも》に死んでは犬死じゃ」

吉之助はじっと俊斎を見つめた。

「俊斎どん、先でしようと思う覚悟はまことの覚悟じゃなか。たったいましてのけようと思うのがまことの覚悟じゃ。武士はたったいまするつもりのなかことは口にしてはなりもはん」

龍右衛門が膝を叩いて応じた。

「そいはわかりもした。たったいま死ぬ覚悟で、何事かなそうというのでごわそう。そいを教えてくれんね」

吉之助は微笑して一蔵を振り向いた。

一蔵が怜悧な表情で口を開いた。

「〈高崎崩れ〉で御家の正義派の皆様はことごとく切腹、流罪《るざい》となりもした。じゃっどん、望みが絶えたわけではごわはん。高崎様の意を受けて諏訪《すわ》神社の宮司、井上出雲《いのうえいずも》様始め、何人ものひとが斉彬様の大叔父であられる黒田《くろだ》藩主、黒田斉溥《なりひろ》公を頼って筑前《ちくぜん》に向かわれたということごわす。斉溥公ならば幕閣を動かして斉彬様の家督襲封をなしとげてくださると思いもす」

幸輔と龍右衛門、俊斎は顔を見合わせた。

「まことでございもすか」

幸輔が恐る恐る訊くと、一蔵は深々とうなずく。

「さる正義派の方のご遺族からうかがいもしたゆえ、間違いごわはん。必ず斉彬様、襲封はかないもす。おいたちは斉彬様のもとで命を捨てる覚悟で働きもそ」

一蔵の言葉を聞いて、俊斎は大きく吐息をついた。

「そん日が来るとが待ち遠しかなあ、吉之助どん」

吉之助はうなずいた。

「ただ、待つとじゃごわはん。そん時のために学問もせないかん、参禅して武技を練って、ひたすらおのれを鍛え上げにゃならん。ましていつでも死ぬる覚悟を定めて、日々を生きるのは辛かことじゃと思いもす。感慨して身を殺すは易く、従容《しょうよう》として義に就《つ》くは難《かた》し、と言いもんで」

感慨して身を殺すは易く、従容として義に就くは難しとは『近思録』にある言葉だ。一時の感情に駆られて死を選ぶのはやさしいが、落ち着いて冷静に正しい道を踏み行うことは難しい、という意だ。

吉之助は立ち上がって障子《しょうじ》をがらりと開けた。見上げると夜空に皓々《こうこう》と輝く満月が出ている。

「おお、月の光が気持ちよか」

吉之助は目を細めて月を見上げながら、

「一蔵どんの父上もいまごろ喜界島でこん月ば見ておらるっとに違いなか」

と言った。

一蔵は顔をそむけてつぶやくように答えた。

「吉之助さあ、父上のことを思い出さすっとは酷《むご》かことでごわんで」

吉之助は振り向いてから縁側に腰を下ろした。

「島で苦労しておらるる父上のことば思い出すとは辛かじゃろうな。じゃっどん、ひとはおのれの苦しさを思って涙を流すひとがおると思えば、どげな艱難辛苦《かんなんしんく》にも耐えられるとじゃなかろうか。辛か境遇にある親を思うて泣くのは子の務めじゃ」

吉之助が言うと一蔵は立ち上がった。

「吉之助さあの言わるることがひとの道として正しかこつはわかりもす。そいでも、おいは泣かん。泣いたらなんもでけん気がするからでごわす。おいが泣くとは、なすべきことをなしとげた後でごわす」

言うなり、一蔵は『近思録』の入った風呂敷包《ふろしきづつみ》を手にして玄関から出ていった。

幸輔が心配して、

「吉之助さあ、一蔵どんな怒ったとじゃごわはんか」

と訊いた。吉之助は笑って答える。

「怒ったりはしとらん。ここにおって涙を皆に見せとうなかったとじゃ。一蔵どんな、あげんしておのれを鍛えとるとじゃ」

俊斎が首をかしげた。

「そいどん、強か男は泣かんというのは、一蔵どんの言う通りじゃごわはんか」

「涙も出らん男が強うなってどがいする。ひとが強うなっとは、ひとに優しくするためごわんど」

縁側に座ったまま吉之助はつぶやいた。

――感慨して身を殺すは易く、従容として義に就くは難し

清々《すがすが》しい月光が吉之助を包んでいる。

吉之助たちが期待した斉彬の襲封が行われたのは〈高崎崩れ〉の翌年、嘉永四年（一八五一）二月のことである。

前の年、薩摩から筑前に走った井上出雲らの訴えを聞いた黒田斉溥は、宇和島藩主伊達宗城を通じて老中阿部正弘に訴えた。

かねてから斉彬を政の同志と考えていた阿部はすぐに手を打った。阿部は薩摩藩主島津斉興の側近を私邸に呼び出して懇々《こんこん》と説諭した。さらにこの年、十二月には多年の功に報《むく》いるとして、朱衣、肩衝茶入《かたつきちゃい》れを幕府から下賜《かし》した。

赤い衣は隠居した老人が着るものであり、斉興に対して隠居して茶道でも楽しめ、という意が込められていた。

強情な斉興もさすがにたまりかねて翌年正月に隠退したのである。家督を継いで藩主となった斉彬はこの年、五月に薩摩に入った。

薩摩で新藩主を迎えた吉之助は二十五歳、一蔵、二十二歳だった。

国入りした斉彬は、ただちに洋式船の建造、反射炉や溶鉱炉の建設、大砲や小銃の生産、薩摩切子《きりこ》の開発など近代化を目指す新事業に次々に着手し、辣腕《らつわん》ぶりを発揮した。

だが、吉之助たちが期待した〈高崎崩れ〉で罪に問われた人々の赦免《しやめん》は行われなかった。

斉彬は隠退した斉興を憚《はばか》って藩の上層部の人事の異動は行わず、いわば斉彬派だったひとびとの救済も見送ったのである。

このことに誠忠組の若者たちは苛立ちを覚えた。

中でも父の利世がいまも喜界島に留め置かれている一蔵は憤懣《ふんまん》に堪《た》えかね、吉之助の家を訪ねて吐き出した。

「なぜ、殿様は正義派のひとびとをお救いになられんとでごわそか。これでは忠義を尽くした者が見殺しにされてしまいもすぞ」

吉之助も斉興派の重臣を更迭《こうてつ》しないことはともかく、罪に問われた斉彬派のひとびとは救うべきだと考えていた。

その考えを意見書として藩庁に差し出していた。だが、それが斉彬の目にふれたかどうかもよくわからない。それだけに、

「殿様にはお考えがあられるとじゃろ」

と言うしかなかった。

だが、一蔵は納得しなかった。

「吉之助さあは、日ごろから強くなるとは、ひとにやさしくするためじゃと言われもすが、斉彬様は藩主になられて強うなられたはずじゃが、ひとへの涙は忘れておられることある。殿様が新しくなさっておられることは凄いことばかりやと思いもすが、殿様のために尽くした者のことは忘れておらるっとじゃ」

一蔵が吐き捨てるように言うと吉之助はため息をついた。

「一蔵どん、そいは言わんがよか」

「いや、おいは学ばせてもらうとるとじゃと、思います」

絞り出すような声で一蔵は言った。

「学んどるちゅうのは、何のこつな」

「やはり政に涙はいらんちゅうことごわす。殿様はそいをおいどんたちに教えておらるっとじゃ」

目を据えて言う一蔵を前にして吉之助は大きく息を吸ってから言葉を発した。

「一蔵どん、こいは政は報いを求めちゃならん、ということでごわす。一蔵どんの父上はいま薩摩を良くするための人柱になっておらるっとじゃ。報いを求めてはなりもはん」

一蔵は頭を横に振った。

「おいには、わかりもはん」

言い捨てた一蔵はそのまま帰っていった。一蔵がいなくなると、吉之助は畳の上で横になって天井を見上げた。

「一蔵どんが、わからんのも無理はなか。おいにも殿様が何を考えておらるっとかわからんとじゃから」

吉之助は一度も拝謁《はいえつ》したことのない斉彬がどのようなひとなのであろうか、と目を閉じて思い描くしかなかった。

翌嘉永五年（一八五二）――

吉之助は両親の勧めで、伊集院兼寛《いじゅういんかねひろ》の姉、スガを妻に迎えた。だが、この年、西郷家には不幸が相次いだ。七月に祖父龍右衛門《りゅうえもん》が亡くなり、九月には父の吉兵衛が没し、後を追うように母のマサまでが死去した。

吉之助は半年の間に三回の葬式を出したことになる。新妻を迎えた吉之助は祖母と三人の弟、三人の妹を抱えて暮らしに苦闘することになった。

六

翌年――

わが国の嘉永六年（一八五三）四月十九日、アメリカのペリー艦隊が琉球沖に姿を現わした。

ペリー司令長官兼遣日大使を乗せた蒸気フリゲート、ミシシッピ号は、前年十一月にノーフォークを出港し、大西洋を渡って、南アフリカのケープタウンを回った。

さらにインド洋から、セイロンを経てマラッカ海峡からシンガポール、香港、上海に寄港した。

日本へ向かう途中、琉球にやってきたのだ。この間に蒸気フリゲート、サスケハナ号などと合流、四隻の艦隊となっていた。

那覇沖に停泊したペリーは上陸して首里城を訪れようとしたが、琉球王国側はこれを拒否した。だが、ペリーは武装した兵を率いて上陸すると、市内を行進しながら首里城まで進軍した。

琉球王国はやむなく、ペリーと一部の士官だけの入城を認めた。ペリーはこれに応じて、首里城に入ると、宮殿で茶と菓子のもてなしを受け、開国を促《うなが》す大統領親書を手渡した。

この時、ペリーは琉球の武装占拠もやむなしとする指示をフィルモア大統領から受けていた。

だが、琉球王国側が友好的に振る舞ったため、武力制圧は思いとどまった。

琉球代官の川上式部《かわかみしきぶ》はペリーの来航をただちに薩摩に報じた。

ペリーは琉球政府の役人には、サンフランシスコへの帰港の途中である、と告げていたが、式部は、

「おそらくわが国に向かう途中であると思われる」

と書き記していた。

藩庁ではただちに江戸に使者を発したが、斉彬はちょうど参勤交代で帰国する途中だった。このため、琉球へのペリー来航の報を斉彬は駿河《するが》の府中《ふちゅう》で知った。

(やはり来たか)

斉彬は驚かなかった。

ペリーの来航については、すでに一年前、オランダ商館長から長崎奉行に提出された「別段風説書《べつだんふうせつがき》」にアメリカが日本との条約締結を求めており、そのために艦隊を派遣することが記載されていた。

老中阿部正弘は、夏には溜間詰《たまりのまづめ》の譜代大名に「風説書」の写しを見せた。さらに幕府の海岸防禦御用掛《かいがんぼうぎょごようがかり》とも協議し、三浦半島の防備を強化するために川越《かわごえ》藩と彦根《ひこね》藩の兵を増強した。しかし、それ以上の防衛策はとらなかった。

阿部は島津斉彬にもこのことを前年中に伝え、対応を協議していた。

斉彬は黒船来航が近いことは予測していた。だが、対応をどうするかはペリーが来てからしか決められないことだった。

嘉永六年六月三日、ペリーの艦隊が浦賀沖に現われた。

ちょうど島津領内に入っていた斉彬は薩摩西海岸の阿久根《あくね》で浦賀への黒船来航の報《しら》せを聞いた。

斉彬はこのような事態に向けて薩摩藩での近代化を急いでいただけに、

（間に合わなかったか）

という思いがあった。しかし、ペリーとの交渉次第で時は稼げるとも考え直した。その間に蒸気船の建造と大砲の生産を何としても急がねばならない、と考えた。

（あわてることはない。これからのやり方しだいだ。そのためには幕府を変えねばならない）

斉彬はそんな思いを抱いていた。

薩摩に戻ってすぐに越前の松平春嶽に、

——国防の充実が急務であり、そのためにはアメリカの使者への回答を引き延ばし、防備を急がねばならない、さらに国防を担《にな》う総裁を幕府に置くべきで、その人材としては水戸斉昭公がよい

という意見を認《したた》めた手紙を送った。

幕府からも意見を徴《ちょう》されるとほぼ同じ内容の意見書を送った。だが、幕府を改革しようという考えはもらさない。

極秘《ごくひ》に進めなければならないと考えていた。それを実際に行うためには、大胆不敵でかつ人望のある英傑のごとき家臣が必要だった。

斉彬の脳裏には度々《たびたび》、専横により国政を誤った者の処分を求め、此度の騒動で流謫《るたく》された人々の罪を赦免し、速やかに召還さるべきなどの鮮烈な意見書を提出してくる若い家臣の名が浮かんでいた。

翌嘉永七年（一八五四）一月二日——

斉彬のもとに阿部正弘から参勤交代を早めて出府《しゅっぷ》して欲しいという書状が届いた。ペリーの来航以来、世上は騒然としていた。ペリーは一年後に再び訪れると告げており、対策を講じるために斉彬の知恵を借りたかったのだ。

斉彬はすぐさま出府を決めた。

この時、随従《ずいじゅう》する供の中に中小姓として西郷吉之助の名が書き加えられた。

吉之助は突然、江戸出府を命じられて呆然とした。

（江戸へ行くのか）

薩摩に生まれた吉之助にとって江戸は雲煙万里《うんえんばんり》、はるか彼方《かなた》にある町であり、足を踏み入れることなどない、と思っていた。

貧窮に苦しむ西郷家にとって出府は負担のかかることだった。

吉之助の胸にためらう気持があった。そんな思いから吉之助が眉宇《びう》を曇《くも》らせていると、弟の吉二郎《きちじろう》が、

「兄さん江戸におじゃりたいとじゃろ。そんならおじゃってたもんせ。後のことは引き受けもす」

と言ってくれた。仲の良い兄弟だった。

吉之助は頭を下げ、

「申し訳んなか。おはんは弟じゃが、これからは兄じゃと思うぞ」

と言って涙を流した。

斉彬は阿部からの要請を受けての出府だけに飛び立つようにして、一月二十一日にはもう出発した。

出立の前夜、西郷家では親戚や友人、知人が集まって祝宴が開かれた。宴《うたげ》が終わって

夜が更《ふ》けたころ、吉之助はふらりと姿を消した。家に戻ってきたのは、間もなく旅立つという早暁になってからだった。

さすがに心配していた吉二郎が、

「兄さん、どこへお出でじゃった」

と問い詰めると、吉之助は頭をかいた。

「すまんじゃった。権兵衛《ごんべえ》が病じゃというから、看病してきたとじゃ」

権兵衛は西郷家に先代のころから仕えてきた老僕《ろうぼく》だった。

吉之助の江戸行きが決まって人一倍喜んでいたが、この日は風邪《かぜ》を引き込んで祝宴に出られなかったのだ。

そのため、吉之助は看病して名残《なごり》を惜《お》しんできたというのだ。

「そうでごわしたか」

心優しい吉二郎はすぐに得心した。だが、吉之助は権兵衛の看病をしたのは本当だったが、その前に会った相手がいた。

一蔵だった。

吉之助は祝宴に一蔵が来ていないのに気づいて、そっと訪ねたのだ。一蔵は中庭に面した縁側でひとりぽつんと座っていた。

庭先から入った吉之助は、

――一蔵どん

と声をかけた。一蔵は振り向いてにこりと笑った。

「吉之助さあ、せっかくの祝いに行かんで申し訳なか」

「なんも、そんなことは気にせんでよか」

吉之助は一蔵の傍《そば》に座った。

一蔵は夜空を見上げて、

「江戸でもこげな星が見えるとじゃろうな」

と言った。

「そうじゃろな」

吉之助が応じると、一蔵はぽつりと言った。

「おいは江戸に行く吉之助さあを妬《ねた》んじょる。つまらん男じゃ」

吉之助は頭を横に振った。

「そげなことはなか。おはんほどの才があれば大きな舞台で暴れたかち思うはずじゃ。それなのに、大した才もない、おいが江戸に行くことになったとじゃ。腹が立つとが当たり前じゃ」

「いや、腹は立ちもはん。吉之助さあには、ひとの上に立ち、物事をなしとげる器量がある。そいはおいになかもんじゃ。江戸行きに選ばれたのも吉之助さあの器量じゃと思いもす。だから祝う気持はありもす。それでも、なぜおいは江戸に行かれんとじゃろうて思うてしまう。それが腹立たしか」

一蔵は吐き捨てるように言った。吉之助は、はは、と笑った。

「一蔵どんは正直者じゃな」

「正直ごわすか」

「そうじゃ。そげなこまか心持ちはおいにもいっぱいある。貧しいということは悔しいということじゃ。苦しいことでもあり、悲しいことでもある。おのれの心持ちの汚れたところをかき集めたら山のごとなるじゃろ。そげな汚か心持ちの上に立ってひとは生きとるとじゃ。後は上を見るか下を見るかの違いじゃ」

「天を見るか、地を見るかということでごわすか」

一蔵はつぶやいた。

「そうじゃ。澄み切った空を見上げておれば、おのれが立つ汚いものを忘れる。地を見れば、おのれの汚さに埋もれてしまう。ひとは何を見るかで決まるとじゃごわはんか」

一蔵は吉之助の言葉を聞きながら、じっと夜空を見上げ、何も言わなかった。

吉之助はそっと傍を離れて、権兵衛の看病に向かったのである。


夜明けとともに斉彬は騎馬で城門を出て出府の途についた。

鹿児島城下を出て山間《やまあい》の道に入り、水上坂《みつかんざか》にさしかかった。藩主はここの茶屋で着替えて、それまでの騎馬から乗物に乗るのが決まりだった。

水上峠からは錦江湾に浮かぶ桜島が見える。

斉彬が茶屋で休息する間、供の行列も近くで桜島を眺めながら休むことができた。親戚や家族の中にはここまで来て別れを惜しむ者もいた。

吉之助は家を出るときに家族友人と別れており、ここまで見送りに来る者はなかった。だから、日に照り映えて輝くような雄大な桜島を陶然として眺めていると、近づいてくる者の気配に気づいた。

振り向くと一蔵が立っていた。一蔵は頭を下げて、

「吉之助さあ、申し訳ありもはん。昨夜までのおいは未練者ごわした。今日から未練は捨てもす。安心して江戸へ行ってたもんせ」

と言った。吉之助はうなずいてから桜島に目をやった。

「未練者はおいも同じことじゃ。こいからはあの桜島のごと、見栄をはらず、裸の心で生きもそ」

一蔵は桜島を眺めて腕を組み、

「おう」

と答えた。

海を渡ってくる風がふたりに吹きつける。

この時、茶屋を出た斉彬は近習の者に、

「供の中に西郷吉之助という者がおるはずじゃ。どの者か教えよ」

と言った。近習はあちこち見まわしてから、吉之助を指差し、

「あの旅姿のひときわ大きい男が西郷でございます」

と告げた。

「ほう、そうか」

斉彬はしばらく吉之助を見つめた。

雄偉な体格を持ち、太い眉、大きな黒々とした目、なぜかあたりに風が巻いているように見える吉之助の姿に満足したらしく、

「これはよいものを手に入れたぞ」

とつぶやいた。

斉彬は吉之助を供に加えるにあたって、周囲の者の評判を聞かせた。すると、

――麁《そ》暴《ぼう》或ハ郡方ニテ同役ノ交《まじわ》リモ宜シカラズ

ということだった。乱暴で郡方の同僚とも親しくしていない、と謗《そし》る声が多かったというのだ。それを聞いて斉彬は、

――今ノ世ニ人ノ誉《ほ》メル者必ス用立ツ者ニ非《あら》ズ

と言ったという。

今の世では評判がいい者が必ずしも役に立つとは限らない。評判が悪い者ほど役に立つかもしれない、と斉彬は吉之助の器量を見抜いていた。

七

嘉永七年（一八五四）三月六日——

島津斉彬の参勤交代の行列は江戸に着いた。

この日、吉之助は江戸藩邸の居室で友人たちとひさしぶりに会って話し込んだ。島津藩の江戸屋敷には吉之助と親しい、

樺山三円《かばやまさんえん》
有村俊斎
有川弥九郎《ありかわやくろう》
税所喜三左衛門《さいしょきぞうざえもん》

らがいた。吉之助とともに何かをなそうという同志ともいうべき若者たちだ。同志のひとりでありながら、いまも薩摩にいるのは大久保一蔵だけである。

藩邸の一室に集まった友人たちの顔を見ながら、吉之助は、

（一蔵どんも江戸へ出たかじゃろな）

と同情する思いが湧いた。一蔵の父、利世はいまも遠島のままであり、父の処分とと

もにそれまで務めていた記録所書役助《かきやくすけ》を免じられた一蔵は家族とともに貧窮に苦しんでいる。

（一蔵どんほどの才がいまも埋もれたままであることは、まっこと惜しかこつじゃ）

吉之助は歯嚙みする思いだったが、どうすることもできない。

有村俊斎が顔をほころばせて、

「では、吉之助さあはいよいよ藤田《ふじた》（東湖《とうこ》）先生に会われるとじゃな」

と嬉しげに言った。樺山三円も膝を乗り出した。

「水戸屋敷への案内はおいがつかまつりもすぞ」

三円は茶坊主で他藩にも知り合いが多く、案内役にはちょうどよかった。吉之助は微笑んでうなずいた。

江戸に入ってしばらくすると吉之助は、

――お庭方《にわかた》

を拝命した。庭方は卑職《ひしょく》だが、主君と直接、言葉をかわすことができる。このため幕府でのお庭番は将軍の密命を受ける隠密《おんみつ》の役目を果たしていた。

吉之助は、斉彬が何事かを自分にさせようとしているのだ、と察して緊張した。そしてお庭方となって十日後、吉之助に、水戸屋敷に行くように、との命が上役から伝えられた。

「水戸様におうかがいして何をいたせばよいのでございもすか」

吉之助が大きな目を光らせて訊くと、上役は、

「水戸家中の藤田東湖殿の面識を得るようにとの仰せである」

と言った。

（藤田東湖様か――）

吉之助は驚いた。この時期、水戸藩が世間で重きをなしているのは、水戸学のためだと言ってもいい。

水戸光圀《みつくに》以来、水戸藩では朱子学の尊王論に基づく『大日本史《だいにほんし》』を編纂《へんさん》してきた。寛政年間から外国船がわが国の近海に姿を現わすと、水戸藩では攘夷《じょうい》論が盛んになった。このため、尊王と攘夷を結び付けた、

――尊王攘夷
を唱えるようになった。

水戸藩は御三家のうちでも江戸に近く将軍家を補佐する役目を与えられていると世間では思っており、副将軍などと実際にはない職制の呼び方までされていた。

外様藩が尊王攘夷を主張すれば、あからさまな幕府への反逆となるが御三家の水戸藩に限っては許されると諸国の尊王攘夷の志を持つ者たちは思った。

東湖は攘夷論を唱えて救世の英雄として世上の人気が高まっている、前の水戸藩主斉昭に仕える名臣として知られていた。この年、四十九歳。

『大日本史』編纂に携《たずさ》わり、彰考館《しょうこうかん》総裁を務めた藤田幽谷《ゆうこく》の次男として水戸城下に生ま

れた。父の家塾青藍舎《せいらんしゃ》で儒学を修め、江戸に出て剣を岡田十松《おかだじゅうまつ》に学んだ。

父の幽谷が亡くなると二十二歳で家督を継いだ。

斉昭が藩主となるに当たっては、斉昭を擁立する改革派を率いた。また、藩校弘道館《こうどうかん》の建設に尽力した。

東湖が建学の方針を示した『弘道館記』や、その解説である『弘道館記述義』は、会《あい》沢正志斎《ざわせいしさい》の『新論』とともに、水戸学の教典となっていた。

だが、天保十五年（一八四四）、大胆な藩政改革が家中の反発を招くとともに幕府からも疑いをかけられた斉昭が失脚すると東湖も幕命をもって罷免され、謹慎を命ぜられた。

それでも、ペリー来航で外患が高まると斉昭は幕府の外交に参与するに至り、東湖もまた政の表舞台に立つことになった。

東湖は自らの激しい生き方を長詩『回天詩史《かいてんしし》』として詠《うた》った。その冒頭、

——三たび死を決して而《しか》も死せず
二十五回刀水を渡る

は人口に膾炙《かいしゃ》して多くの若い武士の心を揺さぶった。

東湖は三度、死を決意したことがある。

その第一は文政七年（一八二四）五月に水戸藩領内の大津浜《おおつはま》にイギリス船二隻が漂着したときのことだ。

イギリス船を取り調べた幕府の役人が、事態が紛糾することを恐れて穏便にすませようとしていることを知って激怒した幽谷は、上陸したイギリス人たちを斬るよう東湖に命じた。東湖は刀を腰にして走った。

だが大津浜に着いたときには、すでにイギリス人たちは船に乗り、去っていた。

第二は斉昭が家督を継ぐ際、家中はふたつに割れて争った。東湖は斉昭の擁立を親戚筋の大名に訴えるため同志たちと藩庁に無断で江戸に出た。

勝手な行動を咎《とが》められて切腹することを覚悟していたが、幕府は斉昭が家督を継ぐことを認めたため、事なきを得た。

第三は水戸藩の〈天保の改革〉が、幕府の咎めを受けた際、東湖も蟄居《ちっきょ》し、八畳一間で外出も許されずに暮らしたときのことである。

困苦を極めた日々を過ごしたが、斉昭が許されると、ようやく窮地を脱した。

いかなる苦境にあっても屈せず、おのれを曲げなかった東湖は若い武士たちの尊崇の的《まと》となっていた。

そんな東湖に会いに行くとあって、さすがに吉之助も緊張しているのではないかと友人たちは思っていた。

しかし、吉之助は悠揚《ゆうよう》迫らず落ち着いており、変わった様子は見られない。

俊斎がかつて東湖を訪ねたときの話を始めた。

「藤田先生は面会のおり、朱鞘《しゆざや》の三尺の大刀をさげて、出てこられもした。雄偉なお顔で眼光は炯々として、威風あたりを払って、見るからに豪傑の風があったとでごわす」

この訪問の際、東湖は酒を出した。しだいに酔うにつれて東湖は、

「有村君は博打《ばくち》のやり方を知っているか」

と訊ねた。俊斎が酔った口調で、

「知りもはん」

と答えると、東湖は赤い顔をして、

「それはいかん。わたしが教えてやろう」

と言い出した。

東湖は遠慮する俊斎に賽子《さいころ》での博打を教え、しかも着物を賭けた。東湖は負け続けて羽織や袴《はかま》、着物、しまいには襦袢《じゆばん》までも脱ぎ、ついに褌《ふんどし》だけの裸になった。すると、東湖は、自らの股間《こかん》に目を遣り、

「親が裸だというのに、息子がぬくぬくしておっては、申し訳あるまい」

と言って、ついに褌も取って赤裸になってしまった。

この姿を見た俊斎が笑い転げると、東湖は一転して、真面目な顔になり、

「有村君、おかしかろうが、これが世の姿だぞ。金を得ようと欲につられて、おのれの本性をさらけ出し、それにも気づかずに生きておる。だが、まことに恐いのは、おのれ

の赤誠だけを頼りにいつでも裸になれる漢《おとこ》だ。わたしはそのような漢であろうと心掛けてきたが、いつまでたっても、ただの酔漢《すいかん》と間違われるばかりだ」

東湖はそう言って呵呵大笑《かかたいしょう》した。

俊斎の話を聞いて、吉之助は苦笑して、

「東湖先生はまっこと、山賊の親分のごとあるな」

と冗談めかして言ったが、言葉に戸惑いがあった。


翌日の昼下がり、吉之助は水戸藩邸に向かうため三円とともに薩摩藩邸を出た。よく晴れた暑い日で歩くと背中が汗ばんだ。

三円は、吉之助とともに歩きながら、昨日、東湖のことを山賊の親分のようだ、と言った吉之助の口調が気になっていた。

三円は歩きながら、

「西郷さあ、俊斎どんの話は気に入りもさんかったとでごわすか」

と訊いた。吉之助は黙って歩いていたが、やがて口を開いた。

「俊斎どんの話の東湖先生は、俊斎どんの目から見た東湖先生じゃ。俊斎どんには浮薄なところがあって、東湖先生も浮薄に聞こえもした。まことの東湖先生の姿は自分の目で見んことにはわかりもはん」

「そげなもんごわすか」

三円は感心したようにうなずいた。吉之助は笑って三円に顔を向けた。

「ひとは皆、鏡ごわんで。相手の中におのれの姿を見っとじゃ。それゆえ、相手を醜《みにく》いと思うのはおのれの心が醜かからじゃ。相手を美しいと思うのは、おのれの心が美しかとじゃ」

吉之助は言い放《はな》つとすたすたと歩いていった。

やがて水戸藩邸に着くと、門前で番士に訪《おとな》いを告げた。さすがに御三家の格式があり、奥座敷へ通されるまでしばらくかかった。

奥座敷で三円とともに座って半刻《はんとき》（一時間）ほど待つとようやく東湖が羽織袴姿で出てきた。

東湖の顔は浅黒く、鼻は大きな獅子《しし》鼻《ばな》だった。肩に大きな瘤《こぶ》があって、雲助《くもすけ》の肩のように盛り上がっていた。風貌は、

――偉容
というしかなかった。

東湖が入ってきただけで座敷を狭く感じるほどの気魄《きはく》に満ちていた。

東湖は若い吉之助と三円に対して、あたかも目上のひとと対するかのような丁重な挨拶をした。その様は決して、山賊の親分のようではなかった。

吉之助は初対面のあいさつをすませると、黙って東湖を見つめた。

東湖も黙していたが、やおら口を開いた。

「薩州様は近頃、越前の松平春嶽公にかようなことを申されたそうだ。島津家中に家来は多いが、まことに役に立つ者は少ない。ただ、西郷吉之助なる者はいずれわが家の宝ともなりましょう。ただし、彼は独立の気象が強うござるので、拙者《せっしゃ》でなければ使いこなせますまい、とな」

東湖はじろりと、吉之助を見た。

「貴殿が、その西郷吉之助殿でござるか」

値踏みするような東湖の視線をさらりとかわしながら、吉之助は言葉を発した。

「殿がどのようにお考えか、それがしのような若輩者《じゃくはいもの》にはわかりもはん。それよりも藤田先生におうかがいしたきことがございもんで」

「なんなりと」

東湖は笑みを湛《たた》えた目で吉之助を見つめた。

「先生は、詩において、三たび死を決して而も死せず、と詠っておられるとのことでございもすが、ひとは一度しか死ぬことはできもはん。薩摩の武士ならば死にかけて生き延びるとは、死にそこないじゃち思うて恥とするところでごわす。薩摩の示現流は〈一の太刀を疑わず〉、〈二の太刀要《い》らず〉を信条として髪の毛一本でも早く打ち下ろすとでごわす。されど、先生は二の太刀、三の太刀を振るい、しかも生き延びたことを誇りとされているようでごわす。拙者は腑《ふ》に落ちもはん。なぜにございもすか」

吉之助は親しみが持てる笑顔になり、東湖によく光る黒々とした目を向けた。

かたわらで、三円が青くなった。

天下の名士である藤田東湖にかほどの無礼な言葉を浴びせた男はかつてなかったのだ。

八

「西郷殿の言われることはもっともじゃ。わしには、おのれを誇らんとするところがある。なぜだかわかりますかな」

東湖は静かに言った。その落ち着いた様子には、ひととしても重みがあった。吉之助は東湖をじっと見つめた。

「わかりもはん」

そうであろうな、とつぶやいて東湖は、

「わしの父、藤田幽谷は武家の生まれではなかった。祖父は百姓であったが、城下に出て古着商となった。父は古着商の子として育ったが学問の道を志して彰考館の立原翠軒《たちはらすいけん》先生の門人となったのだ」

「さようでございもしたか。ぞんじもはんどした」

吉之助は黒々とした目で東湖を見つめた。

「学問が進むと彰考館の館員に推挙され、徒士《かち》となった。その後、馬廻り組、近習番《きんじゅばん》と身分は上がったが、家中にはなおも父を古着屋の息子と誇り、父の学問を認めようとしない者も多かった」

東湖は過去を振り返りつつ話を続けた。

「それゆえ、父は最も武士らしき武士であろうと心掛けてきたのでござる。父はそれをわたしにも求めました。わたしが武士らしく振舞うことは父の夢をかなえることなのでござる」

と淡々と言った。

東湖は父の幽谷とともに、武士よりも武士らしくあろうと努力してきたのかもしれない。だからこそ、武士らしく、命がけで生きてきたと声高に言うのだろう。

しかし、東湖が自ら古着商の血筋であると語る言葉には卑屈なものは感じられない。むしろ、町人の出でありながら、武士として生きていることへの矜持《きょうじ》さえ感じられた。

(さすが東湖先生じゃ)

感銘を受けた吉之助はうなずく。

「そいは立派なことと思いもす。されど、おのれが正しいことは口にせずともひとに伝わるのではごわはんか。たとえ伝わらずともおのれが玉であれば、ことさらに玉であると高言せずともよいとおいは思いもす」

はっきりとした吉之助の物言いを聞いて、東湖は微笑した。

「やはり、薩摩は武の国ですな。おのれの行蔵《こうぞう》だけを信じればよい、という潔《いさぎよ》さには感服いたす。されど、水戸は光圀公以来、日本国がいかなる国かを議するを重んじて参った」

吉之助は首をかしげた。

「薩摩では議を言うな、と言いもすが」

東湖のよく光る目が吉之助を見つめた。

「さよう、何も言わぬが武士としては美しかろうと存ずる。しかし、日本国がいかなる国なのかは議してこそわかるのではありませんかな。されば、それがしは、おのれがいかに生きて参ったかも言上げいたします。口にすることによって、一歩も退かぬ覚悟を示さねば、それがしのような凡夫は際限なく退いてしまうゆえでござる」

言い終えた東湖は口をつぐんだ。

水戸の議を難じるならば、薩摩の行蔵とは何かを言えというのであろう。吉之助は少し考えてから、吐息をついた。

「お覚悟のほど腹に響きもした。何もわからん若輩者がご無礼いたしもした。お許し願いもす」

頭を下げる吉之助に東湖は笑いかけた。

「武士とは難しいものですな。おのれがどのように生きているかをひとに伝えねばならず、しかし、伝えようとすればするほど袋小路《ふくろこうじ》に入ります。だが、西郷殿はことさらに言わずとも、おのれの生き様をひとに伝えられるようじゃ」

東湖の言葉を聞いて吉之助は苦笑して頭を横に振った。

「滅相《めっそう》もなかことでごわす。おいのような愚物はおのれを偽らずに生きるしかなか、と思い定めているだけのことでごわんで」

そんな吉之助を東湖は鋭く見つめて言葉を継いだ。

「そのことはさておき、ご主君の島津侯は英明の聞こえが高いが、一方で西洋の文物の収集に熱心な〈蘭癖《らんぺき》〉であるとの噂《うわさ》も耳にいたす。西郷殿はこのことをいかに思われる」

「殿には深いお考えがあってのことじゃと思いもす」

吉之助はこともなげに言った。

「されど、昨今は攘夷を唱える者も多く、島津侯を悪しく思う輩《やから》が出ては御名に関わります。家臣として見過ごしてよいものであろうか」

吉之助は大きな目を東湖に向けた。

「それがしに諫言をなせということでごわそうか」

「家臣たる者の道は常にひとつではありませんかな」

東湖は厳しい口調で言った。

「わかりもした。そのこと、殿に申し上げもす」

「諫言をなせば、西郷殿は島津侯に疎《うと》まれるやもしれませぬぞ」

東湖はたしかめるように吉之助を見た。吉之助は、はは、と笑った。

「そいはこれまで藤田様がなさってきたことでごわそう。藤田様の如《ごと》く忠義を尽くすつもりがなければ先ほどのようなことはおうかがいしもはん」

「さすがに西郷殿は丈夫《ますらお》でござるな」

東湖は穏やかな笑みを浮かべた。

吉之助は鹿児島の親戚への書簡で、東湖と会ったことについて、

――心中一点の雲霞《うんか》もなく、唯清浄なる心に相成り、帰路を忘れ候次第に御座候
心が清々しく晴れる思いがして、帰り道を忘れるほどだった、と東湖に心酔したことを告げている。東湖が親しんでくれただけでなく人物を認めてくれたことを吉之助は素直に喜んだのだ。東湖が自分のことを、丈夫であると呼んだことに吉之助は、胸を震わせる感動を味わっていた。

東湖に示唆された諫言の機会をうかがっていた吉之助はある日、黒書院《くろしょいん》で斉彬の前に出た際、両手をつかえて、

「畏《おそ》れながら申し上げたきことがございもす」

と言上した。斉彬はうなずいた。

「何事だ。申してみよ」

斉彬の言葉を受けて、吉之助は頭を深く下げると、

「殿は西洋技術を取り入れようとするあまり、〈蘭癖〉になっていると申す者がおりま

す。このこといかがいたしましょうや」

と言ってのけた。

斉彬が薩摩で西洋技術に基づく工場建設を行っていることに東湖は疑念を抱いている。そのことを斉彬に伝えねばならないと吉之助は思っていた。

斉彬は怒りもせずにからりと笑った。

「そのことならば案じるにはおよばぬ。いずれ見ればわかることゆえな」

見ればわかる、とはどういうことなのだろう、と訝《いぶか》しく思った。

だが、主君にこれ以上、訊くことは憚られると思って吉之助は御前から下がった。

九

思いがけない事態が起きた。

六月末のある朝、突然、江戸藩邸の奥の動きがあわただしくなった。

医師が呼ばれ、奥へ詰めっきりになった。お庭方の詰め所にいた吉之助は廊下をあわただしく行き来する小姓のひとりをつかまえて、

「何があったとでごわすか。教えてたもんせ」

と訊いた。色白のととのった顔立ちの小姓は当惑したが、日ごろから吉之助に好意を持っていたらしく、体を寄せて、

「殿様が急病でお倒れになりました」

と囁《ささや》くように言った。

「何の病ごわすか」

吉之助がさらに問うと、小姓はあたりをうかがってから、

「それが医師殿たちにもわからないそうなのでございます。ただ、高熱が出てお苦しみにて、おいたわしい限りでございます」

小姓はこれ以上、話せないというように頭を下げて、足早に廊下を去っていった。

吉之助は呆然とした。真っ先に頭に浮かんだのは、

——呪詛
という言葉だった。薩摩では兵道による呪詛でひとを殺すことができると信じられていた。

吉之助は斉彬が呪詛によって身罷《みまか》ることを恐れた。このまま、斉彬が死ねば御家はどうなるのか、さらに迫りくる西欧勢力にどう対応していけばいいのか。

斉彬の命には薩摩だけでなく、日本国の運命がかかっているのだ。

閏七月二十四日——

斉彬の五男で世子の虎寿丸《とらじゅまる》が疫痢《えきり》を患《わずら》い、わずか一日、寝込んだだけで亡くなった。まだ、六歳だった。

斉彬の子が相次いで夭折したことは吉之助始め、家中の若者たちに衝撃を与えた。

十日後の昼下がり、吉之助の部屋に有村俊斎や樺山三円、大山正円《おおやましようえん》（綱良《つなよし》）らが集まった。俊斎は口角、泡を飛ばして、

「前に吉之助どんから、そげなことはせん、と言われもしたが、やはりお由羅の方を斬らねばどうにもなりもはんど」

と言い募《つの》った。茶坊主の正円が腕組みをして、

「高輪《たかなわ》の中屋敷のそばにある稲荷《いなり》神社の境内にある杉の幹に釘が打たれておるそうな。中屋敷にはお由羅の方がおる。釘は殿様を呪うために打たれたのではないか、と話す者がおりもす」

と言った。吉之助は、目を光らせて正円に訊いた。

「そいはまことな」

正円は大きくうなずいた。

「行って実際に見ねば何とも言えもはんが、何人も見た者がおるとじゃ」

そうか、とつぶやいて考え込んだ吉之助はしばらくして立ち上がった。

「その呪いの釘ば見にいきもそ」

俊斎が勢いよく立ち上がった。

「もし、まことに呪いの釘があったとしたら、そんときはお由羅の方を斬るとじゃな」

吉之助はじろりと俊斎を見た。

「もし、呪いの釘がまことなら、女人を斬るのは気が進まぬが、やむを得まい」

吉之助がきっぱり言うとほかの三人は緊張した。吉之助がやる、と言ったことは必ず行うと知っていたからだ。

吉之助は俊斎たちと高輪に向かった。

中屋敷の近くの稲荷神社を探し出して境内を見てまわった。やがて、俊斎が、

——あったぞ
と大声をあげた。吉之助たちが駆け寄ってみると、たしかに老杉の幹に釘が数本、打たれて赤錆《さ》びている。

「これで決まりもしたな」

吉之助はうなずいた。この釘はお由羅の方とは無縁のものかもしれない、とは言わなかった。お由羅の方を討つ大義名分があればよかったのだ。

「ここに立っているのをひとに見られれば怪しまれる。藩邸に戻りもそ」

吉之助は言うなり、踵《きびす》を返して歩き始めた。

三人があわてて後を追う。


藩邸に戻った吉之助はいかにしてお由羅の方を討つか俊斎たちと相談した。

お由羅だけでなく、旧調所派の重臣たちも斬らねばならぬと声をひそめて話していると、縁側に小姓が手をつかえた。

「殿が西郷吉之助殿をお呼びでございます」

吉之助は嫌な予感がした。しかし、斉彬の召し出しとあってはいくしかない。吉之助は俊斎たちを振り向いて、

「お召し出しじゃで、行って参る」

と告げた。

三人がうなずくのを見た吉之助は小姓に案内されるまま、斉彬の寝所に向かった。廊下に座った小姓が、

「西郷吉之助、召し連れましてございます」

と言上すると、部屋の中にいた小姓が襖《ふすま》を開けた。吉之助は小姓にうながされるまま部屋に入り、平伏した。

斉彬は蒲団《ふとん》の上に起き上がり、薬湯を飲んでいた。吉之助には顔を向けず、

「西郷、若い者がなにやら、騒ごうとしているそうじゃが、まことか」

と訊いた。吉之助は少し考えてから腹を決めて答えた。

「まことにござりもす。御家を危うくする悪人たちを成敗いたしたいと思っておりもす」

「無用じゃ」

斉彬はあっさりと言ってのけた。

吉之助は顔をあげて斉彬を見つめた。頬が紅潮している。たとえ、咎めを受けても言うべきことは言わねばならない、と思っていた。

「お由羅の方様に連なる者どもの悪行、見過ごし難く存じもんで。お許し願わしゅうございもす」

「ならん。さような暴挙はわしへの忠義とはならぬぞ」

斉彬はひややかに言った。吉之助は膝を進めて言葉を継いだ。

「されど、このままでは家中の争いは決してなくなりもはん。禍根は断つべきでごわす」

「そうじゃ。禍根は断たねばならぬ。それゆえ、わしの跡継ぎに久光殿の長男、又次郎《またじろう》を立てようと思う」

久光はお由羅の方の子である。

久光の子である又次郎はお由羅の方にとって孫だ。

又次郎を世子にすると聞いて、吉之助はわれを忘れて声を発した。

「お考え直しいただきたく存じもす。そいでは悪人が栄えて正義が亡ぶことになりもんで」

斉彬はゆっくりと顔を吉之助に向けた。

「考え違いをいたすなよ。わしがそなたを江戸詰めといたしたのは、家中の争いで役立てるためではないぞ」

吉之助は息を呑んだ。斉彬によって江戸に連れてこられたのは、いまなお家中で勢力を張るかつての調所派と戦う側近のひとりになるためだと思っていたからだ。

斉彬は噛んで含めるように話し始めた。

「いまは家中で争っている暇《ひま》などないのだ。わしは清国がアヘン戦争によってエゲレスに蹂躙されたことを知り、いずれ日本もそのような目に遭うと思った。それゆえ、日本国を守らんとする心願を立てたのだ」

吉之助は食い入るように斉彬を見つめた。

斉彬は言葉を継いでいく。

「国を守るために、西洋の文物を取り入れ、軍艦、大砲を造り、海防に努めようとしておる。だが、そのことをいくら説いても、幕府は容易には動かぬ。そのため、わしは謀《はかりごと》を用いようと考えた。すなわち、わが娘を将軍家の正室となして外戚となる。さらに、水戸斉昭公の御子である一橋慶喜《ひとつばしよしのぶ》公を将軍に据え、幕府と外様も含めた諸大名の力を合わせ、国を守るのじゃ」

斉彬の言葉を聞くにつれ、吉之助の大きな体は震えてきた。

「されど謀を用いれば、世間は島津に野心ありと疑うであろう。すでに水戸様も藤田東湖もわしに疑念を抱いている様子だ。譜代大名の中にもわしを猜疑《さいぎ》する者はおるであろう。わしはかつて大久保利世に家中に仁勇の者はおらぬか、と訊いた。仁と勇を兼ね備える者をわが股肱の臣として世の信望を得たいからじゃ」

「さようなお考えでございもしたか」

吉之助は呆然として思わずつぶやいた。

斉彬は微笑んで話を続けた。

「わしはこの国を守るためにわが身を擲《なげう》つ覚悟じゃ。それゆえ、自らの幸は願わず、わが子を失う悲しみにも耐えておる。そなたを家中の争いで働かせようとは思わぬ。わしがこの国を守る人柱となる道を歩む供を命じておるのだ」

吉之助は手をつかえた。

斉彬は大名の身でありながら、自ら人柱となろうとしているのだ。その覚悟の凄《すさ》まじさに胸が詰まった。

「承知仕りもした。西郷吉之助、たとえ地獄の果てまでなりともお供いたしもす」

吉之助の目に涙があふれた。

斉彬が見ればわかると言ったものは、翌安政二年(一八五五)三月になって江戸湾に姿を見せた。

長さ十七間、幅四間の三本マストの帆船で大砲十門を備えた軍艦、

――昇平丸《しょうへいまる》
である。斉彬は、まだ幕府が大船建造禁止令を廃する前に琉球を防衛する
――琉球大砲船
と称して建造の許可を得た。着工したのはペリーの浦賀来航の前月にあたる嘉永六年(一八五三)五月だった。

日本人だけの手で作った西洋式帆船で、船印として〈日の丸〉の旗を掲《かか》げていた。琉球は中国への進貢船に船印として黄色地に太陽を描いた旗を用いており、あるいはこれに倣《なら》ったのかもしれない。

吉之助は病から快復した斉彬の供をして田町《たまち》の蔵屋敷に赴き、さらに西洋式ボートで昇平丸に乗り込んだ。

よく晴れた日だった。

この日、一度、演習のために沖に出てふたたび湾内に戻ってきた昇平丸の白い帆が青空に映えていた。

斉彬は満足気に船内を診《み》てまわり、供の吉之助に声をかけた。

「どうじゃ、西郷、百の攘夷論より、一艘の西洋式軍艦の方が役に立つとは思わぬか」

吉之助は甲板に片膝ついて答えた。

「仰《おお》せの通りにございます。まことに薩摩は議の国ではなく武の国でございます」

斉彬は水平線に目を凝らしながら、

「そうじゃ。武とはできもせぬのに、黒船に乗り込み、刀で異人をなで斬りにするなどと強がることではない。彼我の力を見極め、十分な備えを持って立ち上がることじゃ。薩摩は空理空論に時を費やさぬ。おのれの力を蓄え、なすべき時には断固としてなすのだ。さよう心得よ」

斉彬に言われて、去年、〈蘭癖〉のことを諫言したが勇み足であったと、吉之助は恥ずかしく思った。

斉彬は吉之助を振り向いた。

「わしは異国の手からわが国を守る所存じゃ。決して清国のようにアヘン戦争で負けて、異国に奴婢のごとく扱われてはならぬ」

斉彬の凛々《りんりん》とした声が潮風にのって響いた。


五月十四日、阿部正弘始め老中、若年寄たち幕閣が田町の薩摩藩蔵屋敷を訪れた。昇平丸を見学するためだった。

斉彬は阿部たちを迎えると、まず大砲の発射や西洋式歩兵の調練などを見せた。轟音《ごうおん》とともに大砲が発射され、歩兵が号令に従って進退する様を阿部たちは緊張した面持ちで眺めた。

さらに斉彬は阿部たちを昇平丸に乗せて沖合にでると艦砲を発射した。砲撃の轟音が発せられると幕閣の中には青ざめる者や船酔いする者も出た。

阿部は興奮して、

「島津様、かほどの軍艦があれば異国とも戦えまするな」

と囁いた。

阿部は老中として、開国やむなしとする方針をとっているが、本音を言えば西欧諸国の圧力に屈することを好んではいない。軍艦と大砲さえあれば、と日夜、思い続けているのだ。斉彬は笑って答えた。

「いや、これしきのことにてはどうにもなりません。しかし、何年かすればよほど違って参りましょう。それまで時を稼ぐのが肝要でござる。備えが整いさえすれば、わが薩摩一国だけでも異国を打ち払ってご覧にいれます」

阿部はうなずいた。

薩摩藩は後に島津久光が起こした生麦《なまむぎ》事件により、文久三年（一八六三）七月、イギリス艦隊が押し寄せて、〈薩英戦争〉が起きると、城下を焼き払われたものの、イギリス艦隊に大きな損害を与えて撤退させている。

西欧諸国は当時、世界でも最強と見られていたイギリス艦隊が日本の一侯国である薩摩藩と戦いながら勝利をあきらめて退いたことに驚き、日本への認識を改めるのである。

「頼もしきことでござる。水戸様はかけ声は勇ましいが、軍艦や大砲を用意してくださるわけではない。そこへいくと、薩摩は違いますな」

「水戸様は代々、『大日本史』編纂のために財政を傾けて参られたゆえ、尊王攘夷の議論で天下に勝っても軍艦や大砲を備える余裕はござるまい。また、大の西洋嫌いでござれば、たとえ金があっても西洋式の軍備は気が進まれぬでしょう」

「なるほど、そうでありましょうな」

「わが薩摩にも曾祖父重豪様のころまでは金がござらなんだ。それを建て直した功績は調所笑左衛門にあります。それがしは調所が蓄えた金を日本国のために使おうとしているに過ぎません。大功ある調所を死なせましたが、思えば無慈悲なことをいたしました」

斉彬がしみじみと言うと、阿部は海の彼方を眺めながら応じた。

「何の、調所とても、薩摩に留まらず、日本のために大功をあげたことになれば、もって瞑《めい》すべきなのではありませぬかな」

斉彬は何も言わず海を眺めた。


六月七日——

水戸斉昭が十代藩主慶篤《よしあつ》とともに昇平丸を見物に来た。水戸の〈両田《りょうでん》〉と呼ばれる藤田東湖と戸田《とだ》蓬軒《ほうけん》も供をしている。

斉昭は意外にも上機嫌で昇平丸に乗り込み、沖合に出ると、夏の陽射しの照り返しで輝く海面を見ながら、

「壮《さか》んなるかな。いまから、この軍艦にてペリーに戦を挑みたいものじゃ」

と大声で言った。斉彬は苦笑して、

「水戸様の意気こそ、まさに壮んでございますな」

とあたりさわりのない返事をした。そのとき、東湖が、

「島津様に申し上げたきことがございますがよろしゅうございましょうか」

と斉昭にうかがいを立てた。

斉昭はちらりと斉彬の顔を見てから答えた。

「何でも教えていただくがよかろう」

東湖は斉彬に向き直って、

「まことに立派な軍艦にてわずかの間にこれほどの物を造り上げた島津様には感服のほかございません。されど、ひとの受け止め方は様々でございます。外様の島津様がかほどの軍艦を江戸湾に乗り込ませたとあっては、その意図を疑う小人も出て参りましょう。そのことをいかが思《おぼ》し召《め》されておられますか」

斉彬を外様とはっきり言ったうえに、野心を疑われるのではないか、と言い難いことを口にしてのけたのは東湖ならではの胆力だった。

斉昭も興味深げに斉彬の返答を待つ様子だった。

「そのことなら懸念には及びませぬ。かような軍艦を持たねばならぬとご老中方に思ってもらえれば、それがしは本望でござる。それゆえ、昇平丸は八月には大砲ごと幕府へ献上いたす」

斉彬がきっぱり答えると東湖は、さすがに島津様でございます、と嘆声を発した。しかし、その後で斉昭に向けた東湖の目は、

(やはり、島津は油断がなりませぬ)

と語りかけていた。斉昭は軽くうなずきながらも素知らぬ顔で、

「さて、そろそろ陸地に戻していただこうか。船酔いをしてきたようだ。いや、島津殿

の豪気に酔ったのかもしれぬな」

と言って呵呵大笑した。

十

昇平丸を見学した水戸の主従の胸には疑念が渦巻《うずま》いていた。

斉昭は、斉彬が娘を十三代将軍家定《いえさだ》の正室にして将軍家の外戚になろうとしていることにかねてから異を唱えていた。

斉昭は船から短艇に降りる際に斉彬を振り向いて、

「時に篤姫《あつひめ》殿は息災かな」

と声をかけた。斉彬はにこりとした。

「息災にいたしております。お気にかけていただき有難く存じます」

「なに、島津殿にとって大切な手駒だ。病になどなっては、せっかくの輿入《こしい》れもできなくなるからな」

斉昭は皮肉めいた言い方をした。

島津家の姫を、当時将軍家世子であった家定の正室に迎えようという動きが起きたのは嘉永三年（一八五〇）のことである。

家定は公家の鷹司政通《たかつかさまさみち》の妹任子《あつこ》を夫人としていたが、死別した。このため一条忠良《いちじょうただよし》の娘秀子《ひでこ》を正室としたが、やはり早逝した。

すると家定の生母本寿院《ほんじゆいん》が、かつて十一代将軍家斉《いえなり》の正室に迎えた島津出身の広大院《こうだいいん》が子に恵まれたことから、島津家からの輿入れを望んだのだ。

琉球へのフランス艦来航以来、外国への対応を迫られていた斉彬は、幕府との結びつきを強くするため、この縁組を奇貨として話を進めた。

斉彬には家定と年頃が合う娘がいなかったことから、嘉永六年三月に島津一門である今和泉《いまいずみ》領主島津忠剛《ただたけ》の娘一子《かつこ》を篤姫と改名し、実子として届け出た。

篤姫は公家の近衛《このえ》忠煕《ただひろ》の養女として家定に嫁ぐことになった。

だが、ペリー来航直後に十二代将軍家慶《いえよし》が急死し開国問題で世情も落ち着かないことから、篤姫は十月に三田の藩邸に入ったものの輿入れは沙汰のないままとなっていた。

篤姫の輿入れが実現しない背景には水戸斉昭の反対もあった。

斉昭は、関ヶ原の戦いで島津義弘《よしひろ》が徳川家康に敵対したことなどを理由として異を唱えた。松平春嶽にも篤姫の輿入れを認め難いとする手紙を書き送っていた。

この手紙で斉昭は、外様大名が将軍家の外戚になることを、

――廉恥《れんち》もなき世態
と嘆いた。

斉昭は島津家には徳川将軍に取って替わろうとする野望があるのではないか、と見ており、英明な斉彬の動きを警戒していたのだ。

それだけに斉彬が大砲を装備した西洋式帆船を完成させ、江戸湾に回航させたことに斉昭は脅威を覚えた。

(島津は黒船騒動に乗じて天下を狙おうとしているに違いない)

昇平丸を見学した斉昭はこの思いを強くしたのだ。

斉彬は微笑したまま何も言おうとはしない。その様をちらりと見た東湖はさりげなく、

「殿、お気をつけられて」

と言った。

縄梯子《なわばしご》を伝って短艇に降りようとする斉昭に用心をうながした言葉のようだったが、実際には斉彬への言葉が過ぎぬようにとの心配りだった。

斉昭はにやりと笑った。

「そうだな。気をつけよう」

斉昭は年齢を感じさせない身軽さで短艇へと乗り移っていった。その様子を見届けた東湖は斉彬を振り向いて片膝をついた。

「わが主は昇平丸を見学させていただき、いささか気が昂《たか》ぶったようでございます。ご無礼、お許しください」

いや、さようなことはないゆえ安心されよ、とにこやかに答えた斉彬は、ふと思いつ

いたように言った。

「そなたには宋の忠臣、文天祥《ぶんてんしょう》の『正気《せいき》の歌』に和した詩があるそうな。一節だけでも詠じて行かぬか」

斉彬の思いがけない言葉に東湖は一瞬、戸惑った。

『正気の歌』は南宋の忠臣、文天祥が元軍と戦って捕らえられ、獄中で作った五言古詩だ。正気が存在する限り正義は不滅であるとし、騎馬民族の侵攻にさらされながらもなお正義の戦いを行う覚悟を示したものだ。

尊王攘夷を唱える東湖は、外敵と屈せずに戦い、節義を全うした文天祥が好きで、『正気の歌』に和する詩を作っていた。

斉彬の突然の要望に驚きながらもすぐに思い直した東湖は、表情を引き締めて詠じた。

天地《てんち》正大《せいだい》の気
粋然《すいぜん》として神州に鍾《あつま》る
秀でては、不二《ふじ》の嶽《たけ》となり
巍巍《ぎぎ》として千秋《せんしゅう》に聳《そび》え
注ぎては、大瀛《だいえい》の水となり
洋洋として八洲を環《めぐ》る
発しては、万朶《ばんだ》の桜となり

衆芳与《しゅうほうとも》に儔《たぐ》い難し
凝りては、百錬の鉄となり
鋭利なること鍪《かぶと》を断つべし

天地に満ちる正大の気は、神州である日本に集まる。正気が地に秀でて富士の峰となって幾千年もそびえ立ち、流れては大海原となって八洲をめぐる。
開けば幾万もの枝に咲く桜の花となる。正気が凝れば、鍛え抜いた日本刀となり、切れ味鋭く兜《かぶと》を断つであろう。

東湖の詠じる声は朗々と海上に響いた。

斉彬は目を閉じて聞いていたが、東湖が詠じ終えると瞼《まぶた》を上げてにこりとして言った。

「いまの後に、藎臣《じんしん》皆な熊羆《ゆうひ》、武夫《ぶふ》尽《ことごと》く好仇《こうきゅう》、と続くのだな。忠臣はいずれも勇士であり、武士はことごとく良き仲間だ、ということであろう」

斉彬が確かめるように言うと、東湖は答えた。

「さようでございます。島津様にはよくご存じでございます」

「いや、国を憂《うれ》う者は、かくありたいと思うて覚えておるのだ。水戸様もわたしも国を憂うがゆえに互いに信を抱くことができるであろう」

斉彬が淡々と言うと、東湖の目が一瞬、鋭くなった。斉彬の言葉には尊王攘夷の志を抱く者は仲間ではないのか、という問いかけがあった。

東湖もまた、斉彬に疑いを抱いている。

だが東湖が懸念しているのは斉彬の〈蘭癖〉についてだった。

攘夷を主張し、開国に反対する斉昭と歩調を合わせている斉彬だが、それには裏があるのではないか、と東湖は見ていた。

島津が開国に反対するのは、琉球を通じて行っている海外との交易のうま味が失われることを恐れるからではないか。

さらに黒船に対抗するという理由で軍艦や大砲を急速に装備して武力を高めている斉彬の意図を懸念していた。

斉彬は島津家の西洋式軍備を充実させたうえで開国すれば幕府を圧倒できると考えているのかもしれない。

だとすると、攘夷を唱える斉昭と最も相容れないのは島津だということになる。だからこそ吉之助を唆《そそのか》して斉彬の腹を探ろうとしたのだ。

「恐れ入ります」

東湖はゆっくりと頭を下げた。

斉昭が帰った後、斉彬は吉之助を召し出した。吉之助は中庭に来て膝をつき手をつかえた。斉彬は、庭を眺めたまま苦笑して、

「昇平丸をお見せしたが、やはり、水戸様と藤田東湖の疑いはとけなかったようだ。わ

が国の者が結束して異国に立ち向かわねばならぬ時に困ったことだ」

と言った。吉之助は頭を下げて口を開いた。

「まことに残念なことではございもすが、水戸様は名君にございます。また東湖様も賢臣にござれば、いずれ殿の真意をおわかりになられると存じもす」

斉彬はうなずかず、暮れなずむ空を見上げた。

「名君と賢臣か、なるほど、いかにもそうには違いないが、水戸様には敵を作り、争うことを好まれるところがある」

斉彬の言葉に吉之助は目を瞠った。

「武士とは戦う者と存じもすが」

斉彬は頭を横に振った。

「武士とは闇雲に武を振るう者のことではない。武を収める覚悟があってこそ、武士なのだ。力で相手を制しようというのであれば、市井《しせい》の無頼と何ら変わらぬ」

吉之助は大きな目で斉彬を見つめた。斉彬の言葉のひとつひとつが胸に染みてくるのを感じる。

「武士の本懐とは武を収めることでございもすか」

吉之助が大きく吐息をついて言うと、斉彬はうなずいた。

「ひととひとが和してこそこの世は成り立つのだ。それゆえ、われらは何をなすにしても究極で和することを目指さねばならぬ。ひとには戦おうとする心があるゆえ、やむなく戦うのは相手の戦う心を制するためだ。いたずらに相手を打ち負かせばよいというものではない。いったんは矛《ほこ》を交えようとも、その後、和することができてこそ、武士なのだ」

斉彬は諭すように言った。吉之助はしばらく考えてから、

「されば、水戸様の戦う心を制せよとの仰せでございもすか」

と言った。斉彬は微笑して、うなずいた。

「さようじゃ。水戸は家中が治まっているとは言えぬ。これからも争いが起きるやもしれぬ。そうなってはこの国を守らんとする力のひとつが損なわれることになる」

吉之助は目を光らせて頭を縦に振った。

斉昭は第七代水戸藩主治紀《はるとし》の三男として生まれた。兄で八代藩主の斉脩《なりのぶ》に子がなかったため、その嗣子《しし》に立てられた。

だが、藩内には窮乏する財政を立て直すため幕府との結びつきを深めようと、第十一代将軍家斉の子恒之丞《つねのじょう》を藩主に迎えようとする動きがあった。

これに対して藤田東湖や会沢正志斎らが反発して運動を繰り広げて斉昭を藩主の座に据えたのだ。

藩内のこの亀裂は斉昭が藤田東湖、戸田蓬軒らを重用し、門閥派を排除し、藩政改革を行うとさらに深まった。

また、斉昭は海防への関心が深かったことから幕府に睨《にら》まれ、家督を長男の慶篤に譲

り、駒込《こまごめ》の別邸に幽閉されるまでになった。

その後、謹慎を解かれて、藩政に復帰、幕府も海防について意見を求めて用いるようになったものの藩内の確執は依然として燻《くすぶ》り続けている。

「そなたは東湖のもとに通い、薫陶《くんとう》を受けるがよい。東湖がそなたを信じれば、水戸様のわたしへの猜疑も晴れるであろう。さすれば、家中を治めていただきたいとのわたしの願いにも耳を傾けてくださるであろう」

斉彬はさりげなく言った。

「承《うけたまわ》ってございもす」

吉之助は平伏した。斉昭の誤解を解き、水戸と薩摩の間を円滑にするのは自分の役目だと吉之助は思った。

ふと空を見上げると雲が血のように赤く染まっている。

（不吉な——）

吉之助は太い眉をひそめた。

十一

四カ月が過ぎた。

十月二日、夜四ツ（午後十時）——

三田《みた》にある薩摩藩上屋敷の長屋で寝ていた吉之助は、地鳴りとともに激しい揺れを感じて跳《は》ね起きた。

床がぐらぐらと揺れる。何度も倒れながら必死になって着物を着て袴をつけた。刀を手に持って表へ飛び出した。

同時に音を立てて長屋の屋根が大きく傾き、がらがらと瓦が落ちた。砂塵が舞い上がり、目を開けていられない。しかも揺れは続いて、立っているのも覚束《おぼつか》ない。

藩邸のあちらこちらから女中の悲鳴や男たちの叫び声が聞こえてきた。

——地震じゃっど
吉之助は斉彬の寝所に向かって走った。

その時、屋敷の奥から炎が上がった。火の手が上がってうろたえさわぐ藩士たちに向かって、吉之助は、

「何をしている。殿をお守りすっとじゃ」

と怒鳴りつけて広縁に駆け上がり、奥へ向かって進んだ。すると、奥から白い寝間着姿の斉彬が小姓たちに守られて出てくるのが見えた。

吉之助は御前に刀を手にして出るわけにはいかない、と思ってとっさに広縁の端に刀を押しやって、斉彬の前に進み出た。

「西郷か、篤姫が気がかりじゃ。奥へ参って警護いたせ」

斉彬が命じると、吉之助はいったん平伏して、

「かしこまりもした」

と答え、素早く刀を手にすると奥へ走った。火の手は奥へもまわっており、逃げ惑う女中たちの悲鳴が響いていた。吉之助はうろたえ騒ぐ女中たちを押しのけて、

「篤姫様はいずこにおられるか」

と怒鳴った。すると、中庭に降りていた女たちの中から、

「かかる時に篤姫様の御名を口にいたす粗忽者《そこつもの》は誰ぞ」

と叱責する声がした。篤姫を守っている女中たちであろうと思った吉之助は女たちの前に跪《ひざまず》いた。

「お庭方、西郷吉之助にござぃもんで、殿の命により篤姫様を警護いたしもす」

火事のさなかにも唐織の打掛けをまとって装束に乱れがない女人が、

「わたくしは篤姫様お付きの幾島《いくしま》じゃ。お役目大儀、いま少し待たれよ」

と言った。幾島の背後に小柄な女人が立っている。おそらく篤姫だろう。吉之助は顔を上げた。

「すでに火の手がまわっておりもんで、猶予はなりもはん、いますぐにお立ち退《の》きくだされ」

幾島は当惑した様子で、

「奥に篤姫様、輿入れの衣装や調度などの御道具がある。持ち出さねばならぬゆえ、いましばし待て」

と言った。吉之助は驚いて目を瞠った。

「この危急のおりに何を悠長なことを言われもすか。さような物にかまっている暇はありもはんど」

「そうは参らぬ。お道具は奥方様より、篤姫様に譲られたものじゃ。火事で失っては奥方様に申し訳が立たぬ」

奥方とは一橋家から斉彬の正室として輿入れした英姫《ふさひめ》のことである。英姫は自らの嫁入り道具を篤姫に譲ろうと申し出ていた。

吉之助はのっそりと立ち上がった。

「馬鹿げたことを言うてはなりもはん。篤姫様のお命と輿入れ道具とどちらが大事かは考えるまでもなかことでごわす。お立ち退きなくば、それがしが篤姫様をひっ抱えて行きもんで、退いてくいやんせ」

幾島は顔をひきつらせた。

「篤姫様を抱えるなど、何という無礼な。お体に指一本でもふれたらお咎めがあるぞ」

「承知いたしておりもす。篤姫様をお助けいたした後、その場で腹を切りもす。そいで勘弁願いもす」

吉之助は目を光らせて言うと、ずいと前に出た。幾島が大きな声を出そうとした時、

「幾島、もうよい。西郷とやらが申す事が道理じゃ。お道具はあきらめよう」

篤姫が静かに言った。吉之助は大きく、うなずくとともに、

「これで、決まりもした。すぐに篤姫様を外へお連れすっとじゃ。ぐずぐずしてはなりもはん」

と怒鳴った。その声に突き動かされるように女たちは動き始めた。吉之助は先導して、

「退け、退け」

と大声を発して逃げ惑う藩士や女中たちを押しのけて進んだ。

大屋根が崩れ落ち、金粉のような火の粉が夜空に舞った。

阿鼻叫喚《あびきようかん》の地獄絵図そのままの光景だった。

つぶれた民家は一万四千戸以上、町方の死者約四千七百人、武家方、社寺方を含めると死者は一万人を超えたと見られる。

篤姫を避難《ひなん》させた吉之助だったが、地震の被害のあまりの甚大さに呆然とするしかなかった。しかも、そんな吉之助に悲報がもたらされた。小石川《こいしかわ》の水戸藩邸内の自宅でこの大地震に見舞われた藤田東湖が圧死したという。

地震の際、東湖自身はいったん危機を脱し、屋敷の庭へと逃れることができた。だが、屋敷内に母が取り残されていることに気付いた東湖は救出するため、屋敷内に立ち戻った。

母を助けて連れ出そうとしていたところ、頭上から大きな梁《はり》が落下した。

東湖は母をかばって自らが梁の下敷きとなった。

東湖は大きな梁を受け止めながらも母を脱出させた。しかし、そのまま力尽きて圧死

したのだ。

「何ということじゃ」

吉之助は尊敬する東湖の死に愕然《がくぜん》として、悲嘆にくれた。東湖が母をかばって死んだということも吉之助の胸を打った。

（東湖先生は孝心が厚い、やさしかお人じゃった）

この大地震では東湖とともに戸田蓬軒も圧死した。これまで、

――水戸の両田
と言われてきた名臣ふたりが同時に亡くなったのである。

懐刀であった水戸の両田が亡くなれば、斉昭は力を失うだろう。斉昭を動かして海防問題に当たろうとしていた斉彬にとっても痛手だった。


十二月二十七日――

吉之助は水戸藩上屋敷に水戸藩士の原田《はらだ》八兵衛《はちべえ》を訪ねた。八兵衛とはかねてから親交があり、他藩の者たちとともに八兵衛から水戸学について学んでいた。

吉之助が客間に通されると、八兵衛は若い武士と会っていた。眉目秀麗《びもくしゅうれい》でややなで肩の五尺に足りない小柄な男だった。

八兵衛は先客の武士を指して、

「越前福井《ふくい》藩の方でござる」

と紹介した。若い武士は威儀を正して、

「橋本左内《はしもとさない》と申します」

と丁重に挨拶した。

左内の名を聞いて吉之助の目が鋭くなった。松平春嶽の側近として左内の名を耳にしたことがあったからだ。だが、吉之助はさりげなく頭を下げて、

「島津家にてお庭方を務め居ります、西郷吉之助と申します」

と言った。

お庭方は、ひとによっては軽んじるかもしれないし、自ら引け目を感じる者もいるだろう。だが、吉之助はいささかもそんな様子を見せない。

まだ二十二、三に見える左内は、吉之助を好もし気に見て、

「それがしは、藩医の子で、十六歳のときから大坂《おおさか》の緒方洪庵《おがたこうあん》先生のもとで蘭方医となるべく学びました」

と言った。元は士分ではなかったことをさりげなく告げたのだ。

吉之助は目を丸くした。

「ほう、蘭方医であられましたか」

斉彬の〈蘭癖〉はよく知っているが、蘭学者と会うのは初めてだった。

「さようです、大坂での三年の修行の後、国許に戻り、藩医を継ぎました。だが、このほど医員を免じられ、士分にお取り立ていただき、書院番となってございます」

淡々と話す左内の老成を感じつつ、なぜ、松平春嶽は蘭方医であった左内を士分にしたのだろう、と吉之助は考えた。

（何事かに用いようとの春嶽様の思し召しがあってのことに違いなか）

あるいは自分が斉彬に用いられるようになったのと同じかもしれないと思った吉之助はあらためて左内を見つめた。

八兵衛が吉之助の胸中を察したのか、

「橋本殿は大坂におられたころ、尊攘家として名高い梅田《うめだ》雲浜《うんぴん》殿と親しく交際され、また、わが藩の藤田東湖先生の教えも受けておられた」

と左内のことを語った。

「さようでございもすか」

吉之助は得心してうなずいたが、同時に左内に油断ならないものを感じた。

蘭学者であるならば西洋の事情に通じて、開国を望むのではないかと思える。しかし、藤田東湖と親交を重ねたのであれば、そのような考えはいささかも漏らさなかったのであろう。だとすると、名士に近づくために詐術を用いていることになる。

吉之助はゆっくりと口を開いた。

「それがしの殿は西洋の文物へ興味を持たれるゆえ、〈蘭癖〉などと世間で評判されておるようでごわす。尊王攘夷を志す者はさような殿を快く思わぬようです。こんことを橋本殿はいかに思われもすか」

と訊いた。左内の心底を確かめようというつもりだった。

「それは世間が間違っております。ペリー来航以来、もはや西洋のことを知らずして国政を論じることはできません。島津侯はそれをよくご承知ゆえ、学ぼうとされておるのでございましょう。西洋の恐ろしさを最も知る者は、西洋を学んだ者にございますから」

「なるほど、それでは世間の尊攘家は西洋のことを知らぬと言われもすか」

左内は深々とうなずいた。

「知りません。ただ、尊攘を声高に唱えれば、あたかも国を憂えているかのように見えるから申しているだけのことです」

怜悧《れいり》な表情で左内は言ってのけた。

尊王攘夷の総本山とも言うべき水戸藩邸で尊攘を唱える者への批判を口にできる胆力はただ者ではない。吉之助は目を輝かせて、

「橋本殿はわが殿によく似ておられる」

と嘆声を発した。

左内は、恐れ入ります、と言いながら手を膝につかえて頭を下げた。左内は、この日、八兵衛の屋敷で会った吉之助について、

——燕趙悲歌《えんちょうひか》之士ナリ

と書いた。唐の詩人銭起《せんき》に『俠者《きようしや》に逢う』という詩がある。

燕趙悲歌の士
相逢う劇孟《げきもう》の家
寸心言い尽さず
前路《ぜんろ》日《ひ》将《まさ》に斜ならんとす

燕趙悲歌の士とは悲《ひ》憤《ふん》慷慨《こうがい》する人物だ。劇孟のような俠者の家で世を憂える漢《おとこ》に会った。いくら話しても話し足りず、気がつけば日が暮れようとしていた、という詩だ。八兵衛の屋敷で吉之助に会った感激を詩に託して述べたのである。冷徹な左内が思わず詩の世界に入ってしまったほどの感興を吉之助は起こさせたのだ。

十二

橋本左内は、名は綱紀《こうき》、号は景岳《けいがく》。越前国福井城下に藩医で二十五石五人扶持《ぶち》の橋本彦也《げんや》の長男として生まれた。少年のころから俊秀で十五歳の時、

——稚心《ちしん》ヲ去レ

子供じみた心を脱しなければならぬという徳目を掲げた『啓発録《けいはつろく》』を著わすなど、すでにこのころから老成した性格だった。しかも温容に似合わず、豪胆なところがあった。友人が誤って手を傷つけた。医師の息子である左内に治療を頼んだところ、左内は、

「ちょっと待ってくれ」

と言うなり、いきなり傷口に真っ赤に焼けた焼き鏝《ごて》をあてようとした。友人が驚いて止めると、左内は、

「わたしは生傷の治療は知らないが、火傷《やけど》の治療法は心得ている。だから生傷を火傷にして治療するのだ」

と平然と答えたという。十六歳で大坂に遊学して緒方洪庵の適塾《てきじゅく》に入り、蘭学を学んだ。

このころ塾頭は村田蔵六《むらたぞうろく》（後の大村益次郎《おおむらますじろう》）だった。長州人で眉が太く、目がぎょろりとして額が異様に広い達磨《だるま》像を思わせる異相の秀才だった。だが、才長《た》けていることでは左内も負けていなかった。蘭学の研究に没頭した左内は、たちまち適塾でも抜きん出て、師の洪庵から、

——彼は他日わが塾名を揚げん、池中の蛟竜《こうりょう》である

とまで評された。

嘉永五年（一八五二）に帰国し、家督相続すると安政《あんせい》元年（一八五四）江戸に出て、蘭学者の坪井信良《つぼいしんりょう》に蘭学を学ぶとともに理化学、兵学など西洋学一般への知識を深め、英語やドイツ語も習得しようとした。

左内が大坂遊学から帰国したころの福井藩は十六代藩主松平春嶽による藩政改革が行われていた。海防意識に目覚めた春嶽は水戸の攘夷論の影響を受けて洋式兵制の採用に踏み切った。オランダの兵書を翻訳させて、西洋砲術を基礎とした御家流砲術を制定、領内に台場を築き、大砲、小銃、軍艦、火薬などの製造を着々と進めていた。

このような最中、西洋知識を蓄えて帰国した左内が春嶽に用いられるようになったのは当然だった。しかも左内は政治の場に登場した時、すでに鎖国攘夷論を迂論《うろん》として退《しりぞ》け、積極的な開国通商を行うべきだという見識を持っていた。

また、左内は西欧列強の勢力を分析したうえで、独特の、

――日露同盟

の構想を抱いていた。

西欧列強が虎視眈々《こしたんたん》と日本を狙っており、わが国が単身自立することはできない、と見ていた。いずれイギリスとロシアの盟主争いになるだろうから、その際に貪欲《どんよく》なイギリスよりは、信義のあるロシアと結ぶべきだと考えた。

ロシアに対する見方が寛容なのは、この当時、アヘン戦争により清国への侵略を進めるイギリスの脅威が現実として大きかったからだ。

幕府も、長崎を訪れたロシアのプチャーチンに日露和親条約を結ぶにあたって、ひそかにわが国に外患がある時、ロシアの助力は得られるかと質《ただ》した経過がある。この際、プチャーチンは快諾しており、日露同盟は現実性のあるものだった。さらに左内は、通商を行うにあたっても、

——我より無数之軍艦を製し、近傍《きんぼう》之小邦《しょうほう》を兼併《けんぺい》し、互市之道《ごしのみち》繁《はん》に相成り候はば、返つて欧羅巴《ヨーロッパ》諸国に超越する功業相立ち、帝国之尊号終に久遠《くおん》に輝き、虎狼《ころう》の徒自ら異心消沮仕るべし

と唱えた。左内はこの時期の世界が帝国による侵略の時代であることを知っていた。近隣の小国を併呑《へいどん》し、交易を盛んにして強国になることで西欧列強の野望を封じるしかないと考えていたのだ。あたかも明治維新後の日本の行く末を予見したかのごとくである。

左内は、まさに緒方洪庵が見込んだ、

——蛟竜

として池中から天に駆け上ろうとしていた。

吉之助と左内は初対面以降、翌安政三年（一八五六）、四、五月にかけて度々、会った。

このころ、吉之助は斉彬の書簡を届ける形で小石川の水戸屋敷を訪ねては戸田蓬軒の実弟、安島帯刀《あじまたてわき》や武田《たけだ》耕雲斎《こううんさい》ら水戸家の重臣に会っていた。

藤田東湖と戸田蓬軒というふたりの賢臣を安政大地震で同時に失った水戸斉昭の威勢に翳《かげ》りが見えるようになっていた。

もともと斉昭は大奥の奢侈《しゃし》を戒めようとして、十三代将軍家定の生母、本寿院などの女性たちから嫌われていた。しかも斉昭の時代、いわゆる水戸学は儒学と神道を偏重して仏教を排斥《はいせき》するようになっていたため、仏教への信仰心が厚い大奥の不興も買っていたのだ。

このため、斉彬は吉之助を使者として遣わして、自らの懸念とともに、大奥への対応策を伝えた。

後に安島帯刀は水戸家の家老となり、武田耕雲斎は水戸藩の激派、天狗党《てんぐとう》の首領になる。耕雲斎は、斉昭への斉彬の諫言に感激して落涙し、

「君公（斉彬）ある限りは水府《すいふ》（水戸）も暗になるまま敷く」

として水戸家の様々な内情を物語った。吉之助は真摯に安島や武田の話を聞くと藩邸に戻って斉彬に報告した。斉彬は吉之助の報告を黙って聞くと、莞爾《かんじ》と笑った。

「よし、水戸家中の者たちはそなたに信を置いたようだな」

斉彬に言われて吉之助は首をかしげた。

「さようでございましょうか。恐れながら、殿のお言葉ゆえ、安島様も武田様も信じられたのではございませぬか」

「いや、言葉は誰が発するかによって伝わり方が違うものだ。そなたという漢《おとこ》を見込んだからこそ、水戸家の者たちは内情を打ち明けたのだ。それでなくては、親藩と外様が心を合わせてこの国のために働くことはできぬ」

斉彬はうなずくと、今後はさらに諸家に使いに行かせるゆえ、心得ておくように、と言った。

この時期から、吉之助は土浦《つちうら》土屋《つちや》家《け》用人の大久保要《かなめ》、肥後《ひご》細川家《ほそかわけ》家老の長岡監物《ながおかけんもつ》らを訪れては各藩の情報を得るとともに見聞を広めて、自らの見識を深めていった。諸藩にも、

――薩摩に西郷あり
と知られるようになった。

後年の吉之助の活躍の基盤となる人脈はこの時期に作られていったのである。慶喜の継嗣擁立の運動はやがて左内の才略と吉之助の信望によって推し進められていくことになる。

左内の構想の中で吉之助が担っているのは、島津家から将軍家定の正室として嫁する

篤姫を通じての工作だった。

　大奥を動かして一橋慶喜を将軍継嗣に据えようというのだ。


安政三年（一八五六）十一月十日――

篤姫の江戸城への輿入れを前に斉彬は篤姫を藩邸内に設えた茶室《しつら》に呼んだ。斉彬自らが茶を点《た》て、篤姫に将軍家正室となる心得を説き聞かせるためだった。吉之助は茶室の外で地面に片膝をついて控えている。

緋色地に金糸で波模様をあしらった打掛《うちかけ》を着た篤姫が茶室に入ると、斉彬は黒楽茶碗《くろらくちゃわん》で作法通りに茶を点てた。

篤姫の膝前に黒楽茶碗を置いた斉彬は、穏やかな表情で、

「さて、明日は輿入れだが、その前に詫《わ》びておかねばならぬことがある」

と言った。篤姫は利発な目を斉彬に向けて怪訝《けげん》そうに訊いた。

「詫びられるとは何故でございましょうか」

「将軍家は蒲柳《ほりゆう》の質《しつ》にて、おそらく夫婦の事もままならぬお方であろう。そなたが無事にお世継ぎをあげることができれば、何よりだが、おそらくそれはかなうまい。さすれば、そなたには女子としての幸せは捨ててもらわねばならぬ。そのことを詫びるのだ」

　斉彬の言葉を聞いても篤姫は驚かなかった。

かねて幾島から家定が病身であるとは聞かされており、さらに将軍家正室となる自分

の使命が、将軍継嗣をめぐることなのだろう、と察していた。

篤姫の怜悧でたじろがぬ様子を見て、斉彬は微笑した。

「どうやら、そなたにはすでに覚悟があるようじゃな」

篤姫は手をつかえて、落ち着いた口調で答えた。

「わたくしは島津家の分家の娘に生まれましてございます。何事も命に従う覚悟はいたしております」

斉彬は柔らかな表情で篤姫を見据えた。

「それは嬉しいことだが、その覚悟は誰のためであろうか」

思いがけない問いに篤姫は顔をあげて答えた。

「御家のためにございます」

斉彬はゆるゆると頭を横に振った。

「そうであってはなるまい。わが島津家のためでも徳川家のためでもない。そなたには国のために働いてもらいたいのだ」

「御国のためでございますか？」

篤姫は目を瞠った。

「そうだ。薩摩の国のためではないぞ。日本国のためじゃ。そなたも知っておるように、ペリーの来航以来、わが国は異国に迫られ、一歩、間違えれば国が亡ぶやもしれぬ危うきにある」

「はい、さように心得ております」

「されば、国を守るためには、大名も平侍も百姓も町人も、さらには男も女もない。皆が力を合わせねばならぬ。詫びると言ったのは、わたしが詫びるのではない。国が詫びておるのだ。わたしは成り代わって言ったに過ぎぬ。さらに言えば国が守ってくれとわたしを通してそなたに頼んでおるのだ。その頼みを聞いてくれるか」

第十二代将軍徳川家慶が亡くなったのは、ペリー来航で騒然として幕閣が対応に追われていた嘉永六年（一八五三）六月二十二日だった。ただちに将軍職を継いだ嫡子《ちゃくし》家定は、病弱だったため、継嗣を早急に決めねばならなかった。

家慶が亡くなって五日後に数寄屋坊主組頭《すきやぼうずくみがしら》の野村休成《のむらきゅうせい》が時勢を憂えて上申書を提出した。その中で、将軍継嗣には、

――紀州藩主徳川慶福《よしとみ》
がふさわしいと訴えている。さらに、七月二十二日、江戸城内で越前藩主松平春嶽が島津斉彬に将軍継嗣としてふさわしい人物として、

――一橋慶喜
の名をあげて相談していた。すでに将軍後継を巡る政争の前哨戦《ぜんしょうせん》が始まっていたのである。慶喜は水戸斉昭の七男に生まれ、一橋家に養子として入った。一橋家は将軍継嗣となることができる家であり、慶喜を一橋家養子としたのは、将来を見越した老中阿部正弘の勧めによると言われていた。

斉彬は慶喜を将軍継嗣とするためには大奥を動かさねばならないと考えていた。そのために篤姫を送り込むのだ。あたかも人身御供《ひとみごくう》のようであった。

篤姫は斉彬の話を聞きながら、見る見る頰を紅潮させた。

「わたくしのような女子を頼んでくださるとは有り難い限りにございます。お応えいたすのは女子冥利《みょうり》に尽きまする」

きっぱりとした篤姫の声は茶室の外にも漏れ聞こえた。吉之助は片膝ついたまま、篤姫の言葉に胸を熱くしていた。

翌日――

篤姫の輿入れ行列は薩摩藩邸を出立、江戸城に向かった。沿道の諸大名は格式に応じて人数を出し、道沿いに土下座して見送った。

篤姫は朱塗り鋲《びょう》打ちの駕籠《かご》に乗り、まわりを老女、女中たちで固め、警護の武士たちも物々しかった。さらに、島津家の富強を誇るかのように嫁入り道具、調度の列が延々と続き、行列の先端が江戸城に入っても最後尾はまだ、薩摩屋敷を出ていなかったという。

十三

安政四年（一八五七）四月——

斉彬は参勤交代で帰国した。

この時期、将軍継嗣問題では、紀州藩付家老《つけがろう》の水野《みずの》忠央《ただなか》が、主家の徳川慶福《よしとみ》（後の家《いえ》茂《もち》）を、まだ十二歳の少年ながら家定の従兄弟《いとこ》で血筋が近いことなどを理由に将軍継嗣に擁立しようと画策を始めていた。

慶福は美少年で大奥の女性たちの人気が高く、家定も従兄弟であるという親しみが持てたのだ。

予断を許さない情勢だと知りつつも参勤交代はゆるがせにできない。斉彬は嘉永七年の出府以来、三年余り江戸にいただけに帰国するしかなかったのだ。

斉彬は薩摩への帰国の途中、伏見の藩邸に泊まり、さらに京の市中に入った。吉之助も供をしていた。

斉彬は騎馬で御所に向かい、馬を下りて築地《ついじ》の内に入った。

小雨が降っていた。南門の前まで行くと斉彬は陣笠を脱いで吉之助に渡した。

斉彬は小雨に濡れながら跪いて御所を伏し拝んだ。

吉之助も傍《かたわ》らに膝をついて頭を下げた。

しばらくして立ち上がった斉彬は、黙ったまま陣笠を受け取り、御所を出ると桜木《さくらぎ》町《ちょう》の近衛《このえ》屋敷に入って休息をとった。

近衛家と島津家は以前から交際が深く、斉彬は近衛屋敷で数人の公家に会い、何事か話し合った。

　数日して伏見から大坂に出た斉彬は海路をとって九州に向かった。

　鹿児島に帰着したのは五月二十四日だった。

　吉之助にとって三年四カ月ぶりの故郷だった。

　吉之助は留守の間、家を守ってくれた弟の吉二郎をねぎらった。

「ようしてくいやんした。難儀じゃったろう」

「いや、おいは何もしとらん。それよりも義姉さあには気の毒をしもした」

　最初の妻のスガは吉之助が江戸へ出て間もなく、実家に戻り離縁していた。西郷家はこのころ赤貧《せきひん》洗うがごとしで、スガは自らが去ることで、ひとり分の食い扶持を減らそうとしたようだ。

「しようのなかこつたい。スガには悪かことをしたが、貧は大敵じゃ。どげもできもはん」

　吉之助はできるだけ明るい表情で言った。

　吉之助の帰国を知って同志の若者たちが、次々に訪れた。中でも大久保一蔵は連日のように訪ねてきては天下の動きを聞きたがった。

　吉之助は非番の日にはできるだけ一蔵の相手をして、江戸の話をしてやった。藤田東湖の話を嬉しげに聞いていた一蔵だが、橋本左内のことになると、厳しい表情になり、口を一文字に引き結んだ。

吉之助が話し終えると、一蔵は大きくため息をついた。

「橋本さあは、まだ若かひとじゃろうが、考えることは、わたしのような田舎者《いなかもの》にはおよびもつかん大きさでごわすな」

吉之助はゆっくり頭を振った。

「なあも、一蔵どんが驚くことはなか。おいは橋本さあと話していて、一蔵どんのことを思い出しもしたぞ。一蔵どんには、橋本さあに勝るとも劣らぬ経綸《けいりん》の才がある。時節が来れば、一蔵どんは雲を得た龍のごつ、天に駆け上るじゃろう」

「さて、そんな日が来るかどうか、わたしにはわかりもはん」

一蔵はととのった顔に焦《あせ》りの色を浮かべた。一蔵の父である利世は二年前に赦免されてようやく喜界島から戻っていた。

一蔵も徒士目付《かちめつけ》の役職につくことが決まり、大久保家もようやくひと息つこうとしていた。だが、国事に奔走するなどはまだ夢のまた夢だった。

吉之助は一蔵の肩をどしんと叩いた。

「焦りは無用ごわす。時、至れば必ず一蔵どんの背中に羽が生えもんで」

「羽が生えるとでごわすか」

一蔵は自分の背中に目を遣ってから笑った。

「待ちもすぞ。よか便りのある日を」

「おお、そうじゃとも」

吉之助は力強くうなずいた。


だが、七月に入って鹿児島にもたらされたのは悲報だった。

六月十七日に老中阿部正弘が病没したのである。阿部は幕閣の中でも最も、斉彬を理解し、頼りにしていた。

世子のままでなかなか藩主となることができなかった斉彬が家督を相続できたのは、阿部の援助があったからだ。また、将軍継嗣に慶喜を擁立しようとする同志でもあった。

斉彬は落胆し、吉之助もまた、水戸藩の原田八兵衛への手紙で、

――福山公（阿部正弘）死去の由、何とも力なき次第、天下国家のため悲涙此事に御座候

と嘆いた。斉彬は阿部死去の報せを聞いて、しばらく自室に閉じこもり、何事か思案していた。

吉之助は焦慮しながらも斉彬からの命を待つばかりだった。

九月十七日になって斉彬は側近の市来四郎《いちきしろう》に自らを写真に撮ることを命じた。

市来は、この年、二十九歳。高島流砲術を学んだことから斉彬に認められ、砲術方か

ら集成館《しゅうせいかん》事業に携わるなどしていた。

わが国に写真が輸入されたのは嘉永元年（一八四八）ころである。銀板に直接画像を写し込むという最も古い写真術だった。左右が逆に写ったが、銀板の画像は鮮明で美しかった。

斉彬は写真についてかなり詳しく理解しており、水戸斉昭への手紙でも写真を、

——印影鏡《いんえいきょう》
として、その撮影方法についても、詳しく記して〈蘭癖〉ぶりを見せている。

斉彬は城内の中庭で裃《かみしも》姿での写真を市来に撮影させた。斉彬の写真は日本人によって初めて撮影されたものとして後世に伝えられる。

その様を吉之助はすぐそばで不安な面持ちで見守った。このころ西洋の写真は撮った相手の命を吸い取るなどと言われていた。

そんなことはないだろうと思いつつも、斉彬に万一のことがあったら、と吉之助は緊張していた。

だが、斉彬には微塵《みじん》も不安な様子は無かった。試行錯誤《しこうさくご》の末、ようやく写真の撮影が終わると、斉彬は市来四郎に声をかけた。

「市来、近う参れ、そなたに命じることがある」

四郎が急いで斉彬の前に出て跪くと、吉之助も傍らで耳をそばだてた。斉彬は床几《しょうぎ》に腰かけたまま、

「そなた、琉球に参れ。いま琉球にいるフランス人と交渉して大砲と鉄砲、それに軍艦を購入いたせ」

と言った。四郎は仰天した。

「軍艦でございますか」

琉球での交易で薩摩が利を得ていることを幕府は承知していたが、お目こぼしにしているだけだった。

本来は密貿易の〈抜け荷〉だった。その〈抜け荷〉でフランスの軍艦を買うとはあまりに大胆不敵だった。

斉彬は平然として言葉を継いだ。

「大砲、鉄砲、軍艦だけではない。鉄砲を製造する器械を十数台、注文いたすのだ。この器械は年に五千挺か七千挺は造ることができるものでなければならぬ」

さらにこれらの購入は三、四年の年賦にすること、清国福建省の琉球館を増員して交易を拡大する事や、わが国の旧式鉄砲を清国に売り込むことなどを命じた。

斉彬は明晰な頭脳を持っており、一度にふたつのことができることから、家臣たちはひそかに、

——ふたつびんた（頭）

と畏敬していた。市来四郎に与えた命令も緻密《ちみつ》でいささかも思いつきによるものではなかった。

「承ってございます」

四郎は緊張した面持ちで答えた。

斉彬はうなずくと吉之助に顔を向けた。

「西郷、阿部殿が亡くなられたからには、紀州の慶福様を押し立てる動きはさらに強まろう。越前の松平春嶽殿も帰国していた橋本左内を江戸に呼び戻されたそうじゃ。そなたも江戸に戻り、左内とともに働け」

「承知いたしてございます」

吉之助が手をつかえて大きな声で答えると、斉彬はにこりとした。

「西郷は、なぜフランスから軍艦を買おうとしているのかわかるか」

吉之助は顔をあげ、強い光を放つ目で斉彬を見た。

「畏《おそ》れながら、阿部ご老中が亡くなられ、一橋様を将軍に据える形勢が不利となったからには、場合によっては武威によって事を進めるためと存じます。そのためには京におわします帝のご威光も借りようとのお考えではございますまいか。帝より一橋様を将軍にすべしという勅諚を賜《たまわ》り、軍艦にて江戸に赴くお覚悟ではございますまいか」

吉之助がきっぱり言うと、斉彬はからりと笑った。

「よう見た。その覚悟じゃが、いたずらに争乱を起こせば、わが国を狙う異国の思う壺じゃ。わが剣を抜くか抜かぬかは相手しだいのことになる。それゆえ、そなたは江戸で左内とともに働け。この国の運命を切り開くのだ」

斉彬はこの時すでに帝を擁して幕府を従わせ、統一国家として国難に立ち向かう構想を抱いていた。

斉彬の凜乎《りんこ》とした言葉に吉之助は胸中に勃然《ぼつぜん》と熱いものが迸《ほとばし》り、武者震いするのを感じた。

吉之助はかつてない風雲に臨もうとしていた。

十四

十一月一日——

出府のため吉之助は鹿児島を出た。

このとき、吉之助は一蔵をともなっていた。

鹿児島を出たことがない一蔵を肥後まで連れ出し、熊本《くまもと》藩の家老で諸国にも知られた名士である長岡監物《ながおかけんもつ》に引き合わせて見聞を広めさせようと思ったからだ。

長岡監物は、本姓が米田《よねだ》、名は是容《これかた》である。先祖以来、代々家督を継ぐと同時に長岡監物を襲名してきた。家禄は一万五千石という大名なみの重臣だった。

監物は儒学者大塚退野《おおつかたいや》に学び、水戸の徳川斉昭や藤田東湖とも交際し、その名を広く知られるようになった。

藩内の主導権争いで敗れて失脚した。

だが、嘉永六年（一八五三）、熊本藩の浦賀警備隊長として江戸湾の防備にあたった。その後、藩政に復帰、重きをなしていた監物は、鼻梁《びりょう》が高い面長の顔で、この年、四十五歳。

吉之助と会うと荘重な面持ちながら言葉には親しみがこもっていた。吉之助はこの年、四月に鹿児島に帰る途中、監物を訪ねていた。

吉之助が今回の出府は主君斉彬の書状を松平春嶽に届けるのが第一の目的だが、そのほかに天下の名士に面識を得るよう命じられている、と話すと監物は膝を叩いた。

「それはよいことですな。それがしが尾州《びしゅう》藩の家老田宮如雲《たみやじょうん》殿への紹介状を書きましょう」

にこやかに監物から言われて吉之助は頭を下げた。

その様子には薩摩藩の徒士目付に過ぎないと卑下《ひげ》する様子はなかった。堂々と監物と話す吉之助を一蔵は讃嘆の目で見つめていた。

監物はよもやま話をしていたが、ふと、越前福井藩に肥後の者がつかえることになるやもしれません、とさりげなく言った。

吉之助は大きな目を光らせて、

「どなたでございもすか」

と訊いた。監物は苦笑して答えた。

「横井小楠《よこいしょうなん》でござる」

小楠は通称、平四郎《へいしろう》、家禄百五十石の横井家の次男として生まれた。

江戸にも遊学したことがある熊本藩きっての学者で国家経綸の学を当世に行う学問を、

——実学

と称して私塾小楠堂で弟子に教えた。

小楠の号は南朝の忠臣楠木正成《くすのきまさしげ》の長男正行《まさつら》（小楠公）にちなんでつけたという。

小楠のもとに監物ら家中の有志が集まり、藩政改革を志して家中から実学党と呼ばれた。

だが、攘夷論を唱える監物に対して小楠は開国論に傾いたため、二年前に訣別していた。

小楠が越前福井藩と接触したのは嘉永四年（一八五一）夏ごろからで、このころ上洛し、尾張《おわり》、加賀《かが》などを遊歴した。

福井にも滞在し、藩士の三岡石五郎《みつおかいしごろう》（後の由利公正《ゆりきみまさ》）らと会って持論を開陳した。三岡は感服して師事することを望んだ。

松平春嶽は橋本左内を登用するとともに、さらに賢才を求めており、この年春から小楠に来福を要請していた。

さらに春嶽は熊本藩に正式に小楠を借り受けたいと申し入れた。熊本藩にとって春嶽は親戚筋でもあり、すぐに応じなければいけないところだった。

ところが熊本藩では小楠の酒癖が悪いことなどを理由に難色を示してきた。

小楠は飲酒すると、しだいに世を憂えて悲憤慷慨し、手がつけられなくなるのだ。しかし、春嶽はあきらめておらず、いずれ小楠は福井に赴くことになるのではないか、と監物は話した。

ほう、と小さな声をあげたのは、傍らの一蔵だった。吉之助は振り向いて、

「一蔵どんな、横井さあのことば知っちょりもすか」

と言った。すでに諸国の名士に詳しくなっている吉之助が小楠について知らないはずはないが、監物の前で一蔵に花を持たせたのだ。

一蔵は監物に頭を下げてから答えた。

「横井先生は攘夷か開国かについて、外国の要求や使節のふるまいが道理に適《かな》っているか否かを見て態度を決めるべきで、開港か鎖国かという二者択一で論じてはならないと言われていると聞いておりもす」

と述べた。吉之助が即座に口を開いた。

「おお、一蔵どんな鹿児島におっても、よう天下のことを知っておる。さすがでごわす」

監物に一蔵を売り込もうと吉之助は声を大きくして言った。監物はうなずいて、まことにその通りじゃ、と言った。

小楠は外交方針について無道の国は拒絶し、有道の国は通信を許すべきであると論じ、さらに、

――天地の大義を奉じて彼に応接するの道

が重要であるとしていた。小楠は清の魏源《ぎげん》がアヘン戦争での敗北に衝撃を受けて海外情報を知るために集めた翻訳資料をまとめた世界地理書の『海国図志《かいこくずし》』により、国際情勢の認識を深めていた。

その結果、クリミア戦争などの世界情勢を見れば、いまわが国が外国と戦争をすれば、滅亡を免《まぬが》れないだろう、と小楠は説く。

わが国は第二のインドとなるか、世界第一等の仁義の国となるかを問われている。強国を目指すのではなく、仁義の大道を世界に広める国になるべきだ、と小楠は言うのだ。

監物は、小楠の考えについて述べるとともに、

「聖人君子の大義の道を海外に広めようという気宇《きう》壮大《そうだい》はまことによい。義をもって西洋諸国に対しようというのはたしかに正論ではあろう。しかし、小楠には欠けたるところがある」

と苦い顔で言った。

吉之助は、なるほど、さようでございもすか、と春風のように柔らかく受けた。小楠という男は、と監物は声を低めた。吉之助と一蔵は聞き漏らすまいと耳を澄ました。

「英才の癖で、ひとを見れば愚人だと思い、はなはだしく見下すのだ」

ひと口に言って、

――驕慢《きょうまん》な男だ、と監物は吐き捨てるように言った。吉之助は、はは、と笑った。

「天地の大義を貫こうとする方が驕慢と見られてはこまりもすな」

吉之助はこれから越前松平家と接触していかねばならないだけに、春嶽が召し抱えようとしている小楠への監物の悪口に同調することを避けた。監物は一蔵に目を向けた。

「大久保殿は横井小楠についていかに思われる」

一蔵は少し首をかしげて考えてから、明瞭《めいりょう》な言葉つきで答えた。

「長岡様が仰せの通り、まことに英才であり、その論ずるところは正しいかと存じます。されど、考えがいかに正しかろうとも、それを自らが行うためには、ひとととしての器量がいると存じもす。横井先生は酒乱の気味があり、酒の席での失態があると聞いております。天下の事をなそうとする者は酒に飲まれるようなことはありますまい。されば、論じるひとにて行うひとではないかと存じもす」

きっぱりと一蔵が言ってのけると、監物は大きくため息をついた。

「なるほど、小楠の論じるところを行う者こそが、天下を動かすことができるということですな。されど、さような者がおるであろうか」

一蔵は表情を変えずに言葉を継いだ。

「他国のことは存じもはんが、わが薩摩ではここにおります西郷吉之助こそが、横井先生の言われる、天地の大義を奉じて事をなす者でごわす」

一蔵の言葉を聞いて、吉之助は、ばんと音を立てて畳を叩いた。

「一蔵どん、おひかえなされ。戯言《ざれごと》が過ぎもすぞ。さようなことば口にすっとは長岡様に失礼でごわんで」

厳しい吉之助の声音《こわね》に一蔵は手をつかえた。

「ご無礼を申しました。お許したもんせ」

監物は、はは、と笑った。

「おふたりはまことに互いを信じ、心が通じておられる様子じゃ。うらやましい限りでござる。わたしもかつては同じように小楠と互いを信じ合ってきた。いつの間にかようになったものか」

しみじみとした口調で監物は言った。吉之助はゆっくりとうなずいた。

「どげん仲のよか者でも、些細なことで行く道が分かれるかもしれもはん。そいどん、長道が分かれた後でも心のどこかで相手のことを思うとじゃごわはんか。失礼ながら、長岡様はいまも横井先生のことを思われておられるがゆえに、驕慢じゃ、と苦言を呈さずにはおられんのでありましょう。おいはなろうことなら、その思いが横井様に伝わればよかと思いもす」

かたわらの一蔵も深沈とうなずいた。

「さようなものであろうかな」

監物は吉之助の言葉を嚙みしめるようにして目を閉じた。

間もなく吉之助は辞去の挨拶をして監物の屋敷を出た。一蔵とは熊本で別れねばならない。吉之助は振り向いて一蔵に、

「それじゃ、おいは江戸へ向かいもんで」

と告げた。一蔵は頭を下げて、

「熊本まで連れてきてくれてありがとうございもした。長岡様にお会いできてためになりもした。吉之助さあは、いまはおいの手の届かぬところにおいやっど、必ず追いかけもんで」

一蔵が力をこめて言うと、吉之助はにこりとした。

「そん意気じゃ。長岡様と話す一蔵どんを見て、やはり天下に雄飛する大器じゃと思いもした。うぬぼれのごとあるから、ひとには言えんが、おいとおはんがそろえば、天下に恐れる者はなかと思いもす」

吉之助の言葉に一蔵は目を瞠った。

「まこと、さように思われもすか」

「おいは噓《うそ》は言わん。今日、一蔵どんがそばにおって、頼もしかと思うた。そんことに間違いはない」

吉之助は微笑むと、そいじゃ、とだけ告げて踵を返し、北へ向かった。

一蔵はいつまでも吉之助の大きな背中を見送った。

十五

十二月六日――

吉之助は江戸に着いて薩摩藩邸に入った。二日後、吉之助は霊岸島《れいがんじま》の福井藩下屋敷に橋本左内を訪ねた。斉彬から春嶽へ宛てた手紙を手渡し、

「ご家臣と思し召して、存分にお使いいただきたい」

と述べた。斉彬の帰国後、一橋慶喜を将軍後嗣《こうし》に擁立する運動は、春嶽が一手に引き受けて行っている。斉彬は春嶽を助けるとともに、かねてから仕掛けていた篤姫を通じての大奥への工作を行わせるため吉之助を出府させたのだ。いわば、吉之助は斉彬の、

――分身
として政局にあたらねばならなかった。吉之助と会った左内は、

「よう戻られました」

とほっとした表情を浮かべた。何事も手早い左内は、翌日には吉之助が春嶽に拝謁する段取りをつけた。

翌日――

吉之助はふたたび霊岸島に赴き、福井藩下屋敷でひそかに春嶽に拝謁した。春嶽は、この時、三十歳。面長で目が大きく、顔立ちがととのって、いかにも俊秀らしい容貌である。床の間を背にした春嶽は興味深げに吉之助を見て、

「大儀である。これからは何よりも左内と相談いたすように」

と言葉を発した。

春嶽は天保九年（一八三八）、十五代藩主斉善《なりさわ》が病没したため、わずか十一歳で藩主となった。この時、藩は天保の大飢饉《だいききん》の痛手から立ち直れず、財政は火の車だった。藩主となった春嶽は、一千両だった藩主手元金を自ら五百両に減らすなど質素倹約《しっそけんやく》に努めた。さらに藩政改革に取り組んだ春嶽は、自戒の言葉として、

――我に才略無く、我に奇無し、常に衆言《しゅうげん》を聴きて宜しき所に従ふ

を座右の銘《めい》にしていた。号のごとく春の山嶽のように温容だが、芯に厳しい筋が通った大名だった。

天保十四年（一八四三）、家督相続からようやく五年後に国入りした春嶽は、領内をくまなく巡視した。その後、福井藩は海岸が長いだけに、異国船がやってきた場合の備えはどうなっているのかと下問した。すると重臣たちは困惑するだけで少年藩主の問いに誰ひとり答えられず、両三日の猶予《ゆうよ》を願った。

春嶽は苦笑して、

――これは珍敷事《めずらしき》
とつぶやいた。

防備が不自由なとき、敵に三日待ってくれというのか、と春嶽はあきれて、すぐに領内の海岸の巡視を始めた。さらに越前の海岸線に大筒《おおづつ》台場を建設した。

春嶽は様々な改革を行っており、国防への関心を抱いて将軍継嗣問題にも取り組むようになった。吉之助は春嶽に拝謁して、

(まこと、天下の賢侯の名にふさわしきお方じゃ)

と思った。春嶽は、

「左内――」

と呼びかけて吉之助に説明させた。左内はきびきびと、将軍継嗣について篤姫を通じて大奥への働きかけをしていただきたい、と述べた。

吉之助は重厚な様子でうなずき、

「わかりもした。わが主よりかねてから、大奥への手入れを行うよう申し付かっております。身命を賭して成し遂げもす」

と頼もしく答えた。

吉之助の言葉を春嶽は満足げに聞いて、

「島津殿はそなたを家の宝じゃと言われたが、まことにそうじゃな。よろしゅうに努め

てくれ」

と言うと、後は左内と話すようにと告げて部屋から去った。吉之助と左内は低頭して春嶽を見送った。

春嶽の足音が遠ざかると、左内は頭を上げて、

「よろしくお願いいたします」

と言いながら吉之助に目を遣った。

吉之助はうなずきつつ、

「時に、慶喜様のほかに将軍継嗣に名のりをあげる方はおられもすか」

と訊いた。左内は鋭い目になって告げた。

「紀州の慶福《よしとみ》様を推す動きがあります」

「ほう、やはり紀州でございもすか」

吉之助は少し驚いた。

紀州藩主徳川慶福を将軍継嗣に押す動きが去年あたりから出ていることは耳にしていたが、慶福はようやく元服したばかりの十二歳である。

血筋からいえば御三家や三卿の中でも最も将軍家定に近い。

だが、ペリー来航以来、諸外国が開国を迫って国事多難のおりだけに英明な一橋慶喜こそが将軍にふさわしいと思う吉之助は、慶福を擁立する動きをさして気に留めていなかったのだ。

左内は眉をひそめた。

「紀州の付家老、水野忠央《ただなか》様はなかなかの利《き》け者にて油断がなりませぬ」

「さような噂はおいも聞いておりもす」

吉之助はうなずいた。左内は、水野様は藩内で、

――土蜘蛛《つちぐも》
という綽名《あだな》があるということです、とつぶやくように言った。

「水野様が色黒で手足が長い体つきであることからついたと言いますが、それだけではありますまい、おそらく人柄を表す綽名でしょう」

「そや、面白《おもしろ》かおひとのようでごわす」

吉之助は興味深げに目を輝かせた。

水野忠央は紀伊国新宮《きいのくにしんぐう》城主で所領は三万五千石と大名なみである。後に、長州の吉田《よしだ》松陰《しょういん》が、

――水野奸にして才あり、世頗《すこぶ》るこれを畏る
と評したうえでなおかつ、

――一世の豪なり
と言わざるを得なかった男だ。間もなく吉之助と左内の前に立ちはだかることになる強敵だった。

この日、市ヶ谷浄瑠璃坂《いちがやじょうるりざか》の新宮藩江戸屋敷に井伊直弼《いいなおすけ》の家臣、長野主膳《ながのしゅぜん》が訪れた。奥まった座敷で主膳は水野忠央と面会していた。

忠央はこの年、四十四歳になる。

下膨《しもぶく》れの顔の目がややたれている。

鼻ひげを生やし、悠然とした趣があった。

忠央は野心家で隠居後も紀州藩の実権を握っていた十代藩主の徳川治宝《はるとみ》が没すると、治宝の側近伊達宗広《むねひろ》らを幽閉して藩の権力を掌握した。

紀州藩の実権を握った忠央は蘭語や英語、フランス語などの原書を多く翻訳させて新知識の導入に努め、洋式砲術や造船、操船術などを研究した。

さらに藩の兵制を一変させ、洋式銃隊を編成したほか和歌山湊御殿の馬場で実戦そのままの騎馬調練を行った。忠央自身も馬術の達人で馬場に四斗樽《しとだる》を並べて洋鞍を置いた馬でたくみにその間を駆け抜けた。

政治家としては堅実で藩の殖産興業に取り組み、製紙、製薬や小笠原《おがさわら》での捕鯨《ほげい》まで行った。さらに洋式帆船の丹鶴丸《たんかくまる》を造船して蝦夷地を探査するなど先見性に富んでもいた。

そんな忠央だが、ただの辣腕家ではない。

文学を好んで古来の歌集、物語、医書、日記、紀行などを集めた、

——丹鶴叢書《たんかくそうしょ》

という百七十一部、百五十二冊の書物を編纂、刊行している。丹鶴叢書は水戸藩の

『大日本史』や塙保己一《はなわほきいち》の『群書類従《ぐんしょるいじゅう》』と並ぶ名著だと言われていた。

長野主膳もまたかつては国学者で公家の二条家《にじょうけ》に仕えていたという。だが、前半生が明らかではない。

髷《まげ》は黒々として濃く、長身で痩《や》せており、肌は青白いがととのった容貌だった。この年、四十三である。

主膳が仕える井伊直弼は彦根十一代藩主直中《なおなか》の十四番目の男子だった。

家督は兄の直亮《なおあき》が継いでおり、藩主になる見込みはなく三百俵のあてがい扶持で青年時代を過ごした。

彦根城下の尾末町《おすえちょう》で暮らした屋敷を直弼は自ら、

――埋木舎《うもれぎのや》
と名づけた。この埋木舎で直弼が主膳と初めて会ったのは天保十三年（一八四二）十一月のことである。

直弼は和歌、国学を熱心に学んでおり、国学者としての主膳から講義を受けたのだ。

このとき、直弼と主膳はともに二十八歳だった。ふたりは、その後、十年ほど風雅の交わりを続けた。

ところが弘化三年（一八四六）に井伊家の世子直元《なおもと》が病で急逝した。直弼の兄たちはこのころ他家の養子となっていた。

このため、世子となることができるのは直弼だけだった。

直弼はすぐに直亮の養子となり、さらに四年後、直亮の死去により、十三代彦根藩主となった。

一生を埋木として生きると諦《あきら》めていた直弼にとっては思いがけない幸運だった。

直弼には政を担おうとする強い意欲があった。このため国学の師であった主膳が、このときから政の謀臣となったのである。

そんな主膳が忠央と親しんだのは、文学の素養に惹かれてだった。主膳は忠央の所領の伊勢《いせ》の国滝野村《たきのむら》の出身だとも言われる。

主膳には井伊家に召抱えられる前に、忠央の所領の志賀谷村《しがやむら》で国学を教授していた時期があり、そのころから忠央の知遇を得ていた。

この日、ひさしぶりに忠央に拝謁した主膳は落ち着いた物腰で無沙汰を詫びる挨拶をした。忠央はからりと笑った。

「堅苦しいあいさつはよい。それよりも今日は井伊様にわが意のあるところを伝えてもらいたいと思って来てもらったのだ」

「何でございましょう」

主膳は静かに訊いた。

「井伊様には大老になられるおつもりはないか」

忠央の言葉に主膳はきらりと目を光らせた。

「紀州の慶福様を将軍継嗣に押し立てるため、わが殿に力を貸せとの仰せでございましょうか」

忠央はにやりとした。

「さすがに主膳じゃ。わかりが早いな。ならば、井伊様を大老になし奉るという、わしの言葉に嘘はないこともわかっているはずじゃ」

「いかにも存じております」

忠央はお広《こう》という妹を江戸城大奥に送り込んでいた。

大奥に子女を入れることができるのは、旗本の娘に限るというしきたりがあった。だが、忠央はお広を小普請組《こぶしんぐみ》、津田美濃守《つだみののかみ》支配、杉源八郎《すぎげんぱちろう》の養女ということにしたのだ。

お広は十一代将軍家慶の手がついて、お琴《こと》の方と呼ばれ、鐐姫《りょうひめ》、田鶴若《たづわか》、鋪姫《しきひめ》、長吉郎《ちょうきちろう》という二男、二女を産んだが、いずれも夭折した。

忠央はさらにお広の妹ふたりを御納戸頭取《おなんどとうどり》と中奥御小姓衆《なかおくおこしょうしゅう》など将軍の側近に嫁がせて将軍の身の回りを身内で固めていた。

忠央はこれらの工作を行うだけの潤沢《じゅんたく》な資金を持っていた。

所領の熊野三山《くまのさんざん》は幕府公認で金融業を行っており、その収入は年間五十万両と言われていた。

このほかに新宮で産する熊野炭は海路、江戸に年間十万俵も送られて江戸の炭市場の三割を占め、巨額の利益をあげていたのだ。

忠央はこの資金で幕閣に賂《まいない》を贈るほか、熊野炭そのものも付け届けとして配ったため、

――炭屋

などとひそかに呼ばれていた。主膳は少し考えてから、

「されど、わが主は慶福様を将軍継嗣になし奉るだけでよろしいのでございましょうか。水野様にも報いねばならぬと存じますが」

と言った。忠央は言うまでもないという顔をした。

「そなたはわしの素志を存じておろう」

主膳は謹直《きんちょく》な面持ちでうなずく。

忠央の水野家は、徳川家康のいとこを祖《おや》にもつ名門だったが、家康の十男である頼宣《よりのぶ》付きの傅《ふ》（お守り役）になったため、大名なみの所領を持ちながら陪臣となった。

忠央はこのことを不満として、同族の水野越前守忠邦のように老中となって天下の政を行いたい、という野心を抱いていた。

そのために慶福を将軍継嗣にして、やがて慶福が将軍となった暁には、幕閣に加わろうと目論《もくろ》んでいたのだ。

主膳は静かに口を開いた。

「されど、慶福様を押し立てることは、一橋慶喜様が将軍になられる道を塞《ふさ》ぐことでございます。されば、水戸斉昭様の怒りを買いましょう。大老となることはよろしゅうございますが、水戸様と争えばただではすみますまい。わが主はそれでも慶福様を擁《よう》さねばならぬのでございますか」

主膳は井伊直弼が島津斉彬を警戒し、その動きを封じようと考えていることは知っていたが、忠央にはあえて言わない。

忠央ははっはと大声で笑った。

「長野主膳ともあろう者が何を言う。そなたは国学を奉ずる者ではないか。さらに井伊様もいわばそなたの国学の弟子であろう」

「わが学問と将軍継嗣のこと関わりがございましょうか」

主膳は無表情に問い返した。

「あるとも、国学とはすなわち、惟神《かんながら》の道を明らかにし、古《いにしえ》よりのわが国の在り様を守らんとするものであろう」

「さようにございます」

厳かな表情で主膳はうなずいた。

「いま一橋慶喜様を押し立てようとしておるのは、島津斉彬と松平春嶽じゃ。島津が蘭癖大名であり、琉球を通じてフランスと交易いたし、徳川家をしのがんとしているのは明らかじゃ。また、春嶽は橋本左内なる蘭学者を股肱《ここう》の臣《しん》として、ロシアと同盟いたす所存と聞く。島津と春嶽が一橋慶喜様を押し立てるのは、将軍を操らんがためであろう。そのために洋夷の力を借りようというのだ。彼らは、天下を私せんとしてこの国を洋夷に売り渡すことになるぞ」

忠央は大きな目を鋭くし、頬を紅潮させて言い放った。

その言葉を聞いて、主膳の色白の顔はしだいに青ざめていった。

忠央はさらに追い打ちをかけるように、

「井伊様が大老になられれば、彼らの野望を打ち砕き、この国を守ることができるのじゃ。そのためにこそ、国学の徒であるそなたは働かねばならぬ。そなたの学問がこの国を救うことになるのだぞ」

と押し殺した声で言った。

主膳の目が鋭く光った。忠央の言うことがもっともだ、と思ったのだ。

「仰せ、承りましてございます」

主膳はゆっくりと手をつかえ、頭を下げた。


翌日――

江戸城の桜田門からほど近い屋敷内の茶室で藩主、井伊直弼は長野主膳から水野忠央の話を聞いた。

「ほう、水野殿は面白いことを申されるな」

直弼がつぶやくように言うと、主膳はうなずいた。

「水野様は何としても殿をお味方に引き入れたいのでございます」

「そのようだな。紀州にとっては天下分け目の戦になる。ひとりでも味方が欲しいところだ」

「いえ、殿を味方にすれば万軍を得た思いになられるのではありますまいか」

阿諛《あゆ》に似た主膳の言葉に直弼は笑った。

「わしにはさような力はないぞ」

「ご謙遜にございます」

主膳は頭を下げた。

直弼は十三歳のころから彦根清涼寺《せいりようじ》の独掌道鳴《どくしようどうめい》について禅を修行し、心胆を練ってきた。

また、剣術を新心流の河西精八郎《かさいせいはちろう》から学び、居合の極意に達したため、師から新たな居合の一派を創始することを勧められるまでになっていた。

さらに茶道でも才を発揮し、世子となる前年には、『入門記』を著して石州《せきしゆう》流における独自の一派をなすことを表明していた。直弼は不遇の身にあって研鑽《けんさん》努力を重ねて、それぞれ一流の技量を得ただけに、自負の念が強く、やや傲岸《ごうがん》な人柄となっていた。

「とは言え、近ごろの島津の動きは怪しいな。分家の娘をわが娘だと称して将軍家正室となし、何を企《たくら》んでおるのかわからぬ。あるいは徳川の天下を乗っ取ろうと算段しているやもしれぬ」

「さようにございます。島津様が、水戸様ご血筋の一橋慶喜公を将軍継嗣に押し立てるのは天下に望みがあるとしか思えませんぞ」

主膳は目を鋭くして言った。

あごがはり、鼻が大きい荘重な顔の直弼は釜に向かい、鮮やかな所作で茶を点《た》てると、黒楽茶碗を主膳の膝前に置いた。

主膳は恭《うやうや》しく黒楽茶碗をとって茶を喫し、懐紙を取り出して茶碗の縁《ふち》を拭《ふ》いてから畳に置いた。

「水戸は軽佻《けいちょう》ゆえ、島津に踊らされておるのかもしれぬ」

眉をひそめて直弼は言った。

「越前侯も同じでございましょう」

主膳が冷徹に言葉を継ぐと、直弼は自らのために茶を点てた。

「水戸は危うい。このままでは徳川家を薩摩の思いのままにさせてしまうぞ」

直弼が低い声で言うと、主膳は、うなずいて、

「まことに案じられます」

と囁くような声で答えた。

直弼は含み笑いをもらした。

「もっとも、わしがいるからには、さようなことにはさせぬがな」

自信ありげな直弼の顔を主膳は頼もしそうに見つめた。主従の間に、秘め事めいた親し気な空気が流れた。

主膳がさりげなく口を開いた。

「島津様が西洋式の大帆船を建造しようとされていることはお聞きでございましょう

か」

うむ、と直弼は眉間《みけん》に皺《しわ》を寄せてうなずいた。

斉彬は嘉永五年（一八五二）十二月には琉球警備のためとして大砲を積載できる船の建造を幕府に願い出て翌年許された。そして九月に幕府の大船建造禁止令が撤廃されると、さらに壮大な造船計画に取り組んだ。

帆船十二隻、蒸気船三隻、総計十五隻でもはや船団と呼ぶべき数だった。

最も小さな船でも長さ十八間、横三間一尺五寸、深さ二間一尺で六門の大砲を備える。最大の船は長さ三十間、横七間一尺六寸、深さ五間五尺五寸に及び、大砲三十八門を備えるというものだった。

「島津が造ろうとしている船団が出来上がって、江戸湾に攻め寄せたら、江戸はひとたまりもなく壊滅するぞ」

直弼は厳しい口調で言った。主膳は深々と頭を縦に振った。

「さようにございます。島津様は黒船騒ぎに乗じて天下を取るおつもりなのではありますまいか」

直弼は嗤《わら》った。

「島津は琉球を持っている。鎖国が続けば、島津だけが琉球を通じて交易を行い、莫大な利を得ることができる。水戸を煽っているのは、そのためだろう。鎖国を引き延ばし、大船を造って力を蓄え、一気に徳川家をつぶしにかかるつもりかもしれんな」

「恐るべきことにございます」

主膳は真剣な表情で言った。

「だが、いかに島津が英明であろうとも、大名というものは不便なものでな。主君ひとりだけでは何もできぬ。主君にふさわしい家臣がいるかどうかだ」

「さようなものでございますか」

ととのった顔立ちの主膳は、直弼に怜悧な眼差しを向けた。

「わしにはそなたがいる。水戸には藤田東湖、戸田蓬軒がいた。松平春嶽様には橋本左内といったところだ。島津も国許から役に立ちそうな者を連れて参ったそうな。何でも身分の軽い、若い大男だということだ」

直弼は面白そうに言った。

「英明、天下に聞こえた島津様がこれと見込んだ家臣であるなら、よほどの者であると思わねばなりませぬな」

主膳がうかがうように言うと、直弼は、はっは、と笑った。

「案じるには及ばぬ。所詮《しよせん》、九州の果ての田舎《いなか》武士だ。国許では少しはましに見えても江戸に出てくれば、独活《うど》の大木《たいぼく》の如き、愚物であることがわかろう」

「なるほど、独活の大木でございますか」

主膳は深沈とした様子でうなずいた。

十六

松平春嶽の将軍継嗣運動は広がりを見せていた。

斉彬との連携を吉之助を通じて深めるとともに、幕府海防掛、大目付土岐頼旨《ときよりむね》から宇和島藩主伊達宗城、土佐藩主山内容堂まで幅広く、

――一橋派

を形成していた。

そして老中筆頭の堀田がアメリカとの通商条約締結の勅許を得るために上洛すると、春嶽は橋本左内を京に向かわせた。

通商条約締結の勅許が得られるように朝廷を説得して堀田を助けるためだった。だが、左内は上洛を命じられると、

――好機だ

と判断した。左内は一月十四日には春嶽の命により、開明派の幕臣、川路聖謨《かわじとしあきら》を訪ねて議論を交わした。俊秀な川路はひとに勝る頭脳を持ち、弁舌もすぐれていたが、左内の説くところの鋭さに驚き、

「あたかも半身を切り取られたかのようだ」

と感嘆した。川路は、この年、五十八歳。小ぶりな丸顔で目がぎょろりとしているが、

三白眼で、ただ者でない、鋭さを感じさせる。

幕府の徒士《かち》の子として生まれたが、能力を認められて累進《るいしん》した。

小普請奉行、奈良奉行、大坂町奉行を歴任し、さらに勘定奉行となり海防掛を兼ねた。

来航したロシア使節プチャーチンと折衝し日露和親条約を結んだ。

ロシア側ですら川路の手腕を高く評価した叩き上げの能吏だった。

それほどの川路が舌を巻いた左内の才知は、このころから一層の輝きを増すようになっていた。

左内は頭をめぐらし、堀田を助けるために京に上ると同時に公家を説いて朝廷の権威によって将軍継嗣問題を決着させせようと考えた。

春嶽により命じられた左内はただちに上洛の途についた。京に着いたのは二月七日である。

左内が江戸をたったのは堀田の一行より、六日遅かったからかなりの強行軍である。

道中、雪が多かった。

本来、体が強くはないが負けん気が人一倍な左内は、春嶽の命により、日本国のために働いているという意気に燃えていただけに無理をした。

京に着いたとき、左内は頬を紅潮させ、わずかに熱があったが、かまわずに翌日から動いた。左内は京では、

――桃井伊織《ももいいおり》

という変名を用いた。

まず三条実万《さんじょうさねつむ》を訪ね、攘夷は不可であるとして開国のやむなきを述べた。

さらに将軍継嗣問題についても一橋慶喜こそ、多難な我が国の舵取り役にふさわしいと論じた。実万は左内から慶喜の人物像を聞くと、

——拍掌御歓《びやくしようおよろこび》にて

手を叩いて喜んだという。

左内は、剛毅な性格で後醍醐《ごだいご》天皇の建武《けんむ》の新政で活躍した大塔宮《だいとうのみや》の再来とも言われた青蓮院宮《しょうれんいんのみや》（後の久邇宮朝彦親王《くにのみやあさひこしんのう》）を説き、一橋派とした。

また、公家の久我《こが》家に仕える儒者の春日《かすが》潜庵《せんあん》をも大議論のあげくに説得して、慶喜のため死力を尽くして奔走することを約束させた。

左内は八面六臂《はちめんろっぴ》の活躍を見せたが、公家屋敷をまわっていて、はて、と眉をひそめることがしばしばあった。

何者かが左内の後をつけている。左内が説得した公家のもとに赴き、意見を変えさせていた。

しかも、開国論をつぶそうとしているのではなく、将軍継嗣問題だけを説くのだ。将軍継嗣には一橋慶喜ではなく、紀州の徳川慶福を推しているから、

——南紀派

だと言っていい。三条実万から聞いた話では、男の説くところは異様なほどの迫力が

あるという。

「なんや、普通のことを言ってるだけのようやが、その男の口から出る言葉はひとの心を揺さぶる力があるのや」

三条実万は男の名は言わなかったが、その不気味さは教えてくれた。

男は国学者で、わが国は天照大神《あまてらすおおみかみ》の神勅によって成立した国であり、徳川家の天下も神の御心に沿っている。それゆえ、将軍となる者にとって、もっとも、大切なものは血統なのだ、と粛々《しゆくしゆく》と述べるのだという。

一橋派が慶喜はすぐれた才を持っていると主張していることについて、男は、

――神の御心に沿いませぬ
と一笑した。男は、さらに、

「唐の国では、位でもなく、姓氏でもなく、家でもなく、ただ才覚にすぐれた者が天下を治めてきたから、天下が永く続かず戦乱が起きた。わが国は位をもとに姓氏正しき帝が国を治め、それを将軍家にゆだねられてきた。将軍家が帝に倣うのは、当然のこと。されば将軍継嗣は紀州の慶福様こそがふさわしいのでござる」

と説いた。

聞く者は男の説くところが、神がかっていると思うが、耳を傾けている間に魅入《みい》られていくらしい。

左内は開国論と合わせて将軍継嗣問題を説いているが、攘夷の気分が強くなっている

朝廷では、将軍継嗣についてだけ説く男のやり方が功を奏しているようだ。

「何者なのか」

左内は眉をひそめて考えた。だが、心当たりがない。普通のことを言ってひとの心を揺さぶるという言葉に西郷吉之助を思い浮かべた。しかし、吉之助とは対照的な暗い翳《かげ》りを感じさせる男のようだ。

濡れ濡れとした黒い総髪の女のような色白のととのった細面で目には妖《あや》しげな光がある男だと実万は話した。

そこまで言っても名前を口にしないのは、男を恐れているかららしい。

(何としても男の正体を突き止めねば)

思い余って老中堀田正睦に同行して上洛していた川路聖謨を宿舎に訪ねて訊いた。川路はじっと左内の目を見てから、声を低めて、

「井伊の家臣でござる。もともとは、浪人学者だと聞いております」

「なぜ井伊の家臣が南紀派のために動くのでしょうか」

左内は首をかしげた。川路は薄い笑いを浮かべた。

「おそらく紀州徳川家の水野忠央様が、井伊家を味方に引き入れたのでしょう。まことに端倪《たんげい》すべからざるおひとですから」

井伊の家臣の名は、

――長野主膳

だと川路は言った。

川路の話によると主膳は井伊家に仕える前、公家の二条家に仕えたことがあり、この間に九条家の家宰島田左近《しまださこん》と知り合ったらしい。

さらに主膳の妻多紀《たき》も今城家《いまきけ》に奉公したことがあった。前権中納言《ごんのちゅうなごん》今城定章《さだあき》の娘重子《しげこ》が宮中にいることも主膳の工作を助けているようだ。

左内は主膳について知るにつけ、

（これは容易ならぬ敵だ）

と緊張した。

十七

二月二十七日——

吉之助は三田の薩摩藩邸で奥女中の小の島《おじま》に呼ばれてお広敷《ひろしき》（奥御殿）に赴いた。

このころ吉之助は篤姫を通じて、将軍家定に一橋慶喜を継嗣とするよう働きかける工作に没頭していた。

だが、軽い身分の吉之助が直に篤姫に会うことはできない。このため、小の島を通じて篤姫つきの幾島に連絡をとっていた。

小の島は四十過ぎだが、ふくよかな体つきで頬が豊かな顔は若々しく見えた。年下の吉之助を弟のように思うのか、親しみを持ってくれていた。

吉之助が控えると、美しく化粧した小の島はあたりをうかがってから、

「容易ならぬことが起きました」

と言って懐《ふところ》から書状を取り出して吉之助の前に置いた。吉之助が手に取ってみると、幾島からの書状である。

「拝見しもす」

吉之助は軽く頭を下げてから、書状を読み進んだ。途中で大きな目を見開いて、

「なんと」

と低くつぶやいた。

吉之助が読み終えるのを待って、小の島は口を開いた。

「書状にあります通り、篤姫様は、京の近衛《このえ》様に将軍家が一橋慶喜様を継嗣には望んでいないとの手紙を出されたそうじゃ」

幾島からの書状によると、篤姫は何とか慶喜を継嗣にするよう将軍家定に勧めようとしていた。

だが、大奥では家定の母、本寿院と家定を幼いころから育てた歌橋《うたはし》が南紀派に属していた。

政情に不安を感じた家定は何事も本寿院に相談していた。しかし妻の篤姫は家定と直に話して将軍継嗣問題を切り出す機会も無かった。このため、篤姫は本寿院の御座所に

赴いて国許からの書状を見せ、

「なにとぞ、上様とお話しできるようにお願い申し上げます」

と頭を下げて頼んだ。

本寿院は、篤姫ににこやかな表情を向けながらも、

「上様は、せっかく正室を迎えられ、間もなく御世継ぎに恵まれるやもと思うておられます。それなのに一橋慶喜殿を継嗣として推す松平春嶽殿にご立腹の様子でございますよ」

と突き放すように言った。

さらに島津斉彬が、将軍継嗣問題の解決が急務であるとする建白書を提出したことも家定の逆鱗《げきりん》にふれているのだとして、篤姫が家定と話すことを許さなかった。

篤姫はその後、歌橋にも同じ事を依頼したが、

「それは無理というものでございます」

と聞き入れられなかった。老猾《ろうかい》な本寿院と歌橋は、まだ若い篤姫をあしらう事に長《た》けていたのだ。

ところが、昨日（二十六日）になって、歌橋が篤姫のもとを訪れた。いましがた家定に召し出されたと告げた。

「上様は一橋様を継嗣にはなされぬご意向でございます。そのことをご実家（篤姫が養女となった近衛家）にお伝えになるようにとの仰せでございます」

歌橋は権高《けんだか》な口調で言った。たとえ将軍家正室であろうとも、家定を育てた歌橋には遠慮するところがあった。

篤姫は承知せざるを得なかった。さらに歌橋は、

「されば今日のうちにも書状をお書きください」

と追い打ちをかけるように言った。

「今日中とはあまりに性急ではないか」

篤姫が眉をひそめると、歌橋は図々しい笑顔になって、

「善は急げ、と申しますゆえ」

と押し付けた。

やむなく篤姫は養父の近衛忠煕《ただひろ》宛の書状を認《したた》めた。すると、歌橋は書状をさっと奪い、廊下に出るとひとを呼んで急飛脚に書状を京まで運ばせるように言いつけた。あまりのことに篤姫が呆然としていると、歌橋は、

「これでご正室様らしき務めを果たされましたな。まことによろしゅうございました」

と笑って去った。

小の島から話を聞いて、吉之助は一瞬、憤怒の表情を浮かべた。

将軍家に輿入れする前、斉彬と話した篤姫のけなげな覚悟を吉之助は茶室の外で漏れ聞いた。それだけに大奥の女たちのあからさまなやり方に憤りを感じた。

小の島はため息をついた。

「紀州徳川家の付家老水野忠央様の妹君は大奥に入られて先代将軍の家慶公の側室になられています。歌橋はこの側室、お琴の方につながる南紀派でございます」

「水野忠央様の手が大奥でも動いておるとでごわすな」

吉之助は、水野忠央は油断のならぬ敵だと思った。宙を睨《にら》み据えた吉之助の顔を見ていた小の島が微笑んで言った。

「西郷殿は日ごろ、春風のようにやさしくひとと接しておられるが、怒れば雷神のごとき威を発せられますな」

吉之助ははっとした。

「これは申し訳ございもはん。おいどんは、ひとが理不尽な目に遭わされたと聞くと、腹にすえかねるのでごわす。まことに短慮にてお恥ずかしきしだいにごわんで」

「何の、武士は義をもって立つ者でございましょう。不義を見て憤らぬ方は武士ではございますまい」

小の島は笑った。

恐れ入りもす、と頭を下げた吉之助はふたたび顔を上げた。

「しかし、これは放っておくわけにはいきもはん。いま、京では橋本左内殿が必死になって一橋様を将軍継嗣になすべく運動いたしておられもす。そんな京に篤姫様が謀《たばか》られて書いた手紙が届けば、どげなことになるかわかりもはん」

「では、どうなさいますか」

小の島に問われて、吉之助はしばらく考えてから、

「おいも京に行きもす。近衛様にお目にかかり、幾島様の手紙をご覧に入れたうえで、あの手紙は篤姫様の本心ではなかと伝えもんで」

「されど、それはご太守様（斉彬）のご意向をおうかがいしてからなすべきことではありませんか」

心配げに小の島は言った。篤姫に関わることでの近衛忠熙への言上は本来なら、主君斉彬の考えを聞いてからするのが家臣の務めだろう。

「いや、国許に問い合わせてはとても間に合いもはん。もし、ご太守様の意に沿わぬことでございもしたら、腹を切るまででごわす」

きっぱりと答える吉之助を小の島は頼もしげに見つめて深々とうなずいた。


吉之助はあわただしく江戸を出立し、三月中旬には京に入った。

さっそく近衛家を訪ねた吉之助に面会したのは、村岡局《むらおかのつぼね》だった。すでに七十歳を過ぎた白髪の女人だった。永年近衛忠熙に仕えて信頼が厚く、また才智に優れ、尊王の志を抱いており、尊王家の梅田雲浜から、

——理非之分能分かり候器量物にて、女丈夫《おんなだゆう》也
などと言われた。

篤姫が近衛家の養女として家定に嫁した際、村岡局は養母の格で江戸に下り、三つ葉

葵紋を散らした打掛を贈られている。

近衛家を訪れる諸藩の士や尊王家との応接を村岡局はまかされていた。

吉之助とも面識がある村岡局は、急な訪れにも拘らず、吉之助の話を真剣な表情で聞いた。吉之助が幾島の書状を差し出すと、丹念に読んだ村岡局は、

「このこと、主に申し上げましょう」

とさりげなく答えた。その上で、吉之助に顔を向けた村岡局は、

「いま、禁裏ではとんだ騒動が起きたばかりどすが、そのことを西郷はんはご存じどすか」

と訊いた。吉之助は頭を振った。

「昨日、京に入ったばかりごわんで」

村岡局はうなずいて話し始めた。

三日前の三月十二日、権大納言《ごんのだいなごん》中山忠能《なかやまただやす》、権中納言正親町《おおぎまち》三条実愛《さねなる》、三位《さんみ》大原重徳《おおはらしげとみ》ら八十八人の公家がいっせいに参内《さんだい》したという。

三月に入って関白九条尚忠《ひさただ》は幕府への勅答草案をまとめていた。

堀田から求められている米国との通商条約勅許についての返答だった。だが、その内容は曖昧模糊《あいまいもこ》としており、通商条約を認めるのかどうかも定かではなかった。ただ、末尾に、

――この上は関東において御勘考《ごかんこう》あるべきよう、お頼み遊ばされ候ことあり、条約締結について幕府に一任するとも読めた。

このため、尊攘派の公家たちが騒ぎ出し、集団で参内し、九条尚忠を糾問《きゅうもん》しようとしたのだ。

吉之助は目を瞠《みは》った。

公家が集団で参内するという示威行動を行うなど前代未聞のことだった。

「幕府は甘く考えておられるようやが、公家衆は、いまや尊王攘夷で沸き立つばかりや。とても勅許など降りる段ではおまへんえ。尊攘派の公家衆の中には武家伝奏《てんそう》の東坊城《ひがしぼうじょう》聡長《ふさなが》様が幕府寄りだというので、刺すと息巻く方もおらっしゃるそうどす」

村岡局は淡々と言った。

「さようでございもすか」

吉之助は驚いてうなずいた。

これまで、吉之助は将軍継嗣問題での大奥工作に専心するばかりで米国との通商条約締結にはさほど関心を払ってこなかった。

斉彬がすでに開国の方針であることを知っているだけに、多少の紆余曲折はあろうとも米国との通商条約は締結されるだろう、と考えていた。

だが、朝廷でこれほどまでに通商条約締結への反撥《はんぱつ》が根強いとなると、どういうことになるかわからない。

あるいは、朝廷より、将軍継嗣には一橋慶喜がふさわしいとの勅諚を得ようとしている左内の運動にも影響するかもしれない、と吉之助は思った。

(それにしても、本来、文弱でおとなしか公家衆が暴れ出すとはただごとではなか)

陰で唆《そそのか》している者がいるのではないか。

朝廷では前関白の鷹司政通と関白九条尚忠の権力争いが露骨になっているとも耳にしていた。

もともと鷹司政通は幕府寄りだったが、堀田が現関白の九条尚忠の歓心を得ようとしたことで臍《へそ》を曲げ、九条降ろしを画策しているという。

しかし、それだけのことならば、あくまで朝廷内の権力争いだ。武家伝奏の公家の暗殺を企《たくら》むなどという話になるとは考えられない。また、在野の尊王家がそこまでの陰謀を公家に吹き込むとも考え難い。

(陰で動いている怪しい者がおるとじゃ)

吉之助は目を光らせて考え込んだ。

その時、近衛家の女中が村岡局に何事か伝えにきた。村岡局は女中が耳もとで囁くとにこりとした。

「ちょうど、ようおました。西郷はんにお引き合わせしたいおひとが見えられました。ぜひ、お会いになられませ」

村岡局に熱心に勧められて、吉之助は、

「村岡局様がさように仰せになられる方に会わぬわけにはいきもはん」

と応じた。

間もなく女中に案内されて、ひとりの僧侶が座敷に入ってきた。

年齢は四十四、五だろうが、ほっそりとした体つきでととのった上品な顔立ちをしている。村岡局はにこやかに、僧侶を迎えて、

「西郷はん、こちらは月照《げっしょう》様どす」

と紹介した。吉之助は両手をつかえて頭を下げた。

「お名はかねてからお聞きしておりもす。お会いできてまことに嬉しゅうございもす」

相対して座った月照も、

「薩摩の西郷はんのことは拙僧もかねてから聞き及んでおります」

と穏やかに答えた。

月照は大坂の医師の子として生まれ、十五歳の時、叔父の京都清水寺成就院《きよみずでらじょうじゅいん》の蔵海《ぞうかい》に従って仏門に入った。

二十三歳で成就院住職となったが、才識に優れ、憂国の志が篤《あつ》かった。

嘉永七年（一八五四）には、成就院を弟の信海《しんかい》に譲って諸国を遊歴し尊王攘夷を説いた。京に戻ってからは青蓮院宮や近衛忠熙邸に出入りして尊攘論を説いて、

——勤王僧

として知られていた。

十八

この日、長野主膳は、祇園《ぎおん》の茶屋の部屋で女が茶を点てるのを待っていた。障子を通して明るい陽射しがうかがえた。

主膳の傍らに三十過ぎの上品な顔立ちの武士が控えていた。茶釜が松籟《しょうらい》の音をたてる。女はゆったりとした所作で湯を黒楽茶碗に入れ、茶筅《ちゃせん》を手にして茶を点て始めた。黒楽茶碗に抹茶の緑が映える。

女は四十路《よそじ》と見える。髪は黒々として肩から背中、腰にかけてほっそりとしつつもなだらかで、ふくらみがあった。ととのった顔立ちとともに妖艶《ようえん》な趣がある。名を、

――村山《むらやま》たか
という。主膳の隣に座っているのは九条家に仕える、

――島田左近
だった。

主膳が朝廷への工作を行うにあたって力を添えているのがこのふたりだった。

たかは近江国犬上郡多賀《おうみのくにいぬかみぐんたが》神社《じんじゃ》の般若院《はんにゃいん》の社僧、慈尊《じそん》の縁戚で、多賀神社の寺侍、村山某に育てられた。

十八歳の時、武家奉公に出て、このころ井伊直弼の兄に侍女として仕えた。

たかは直弼より六歳年上で、十三、四歳だった直弼にとって魅《ひ》かれる年上の女人だった。

その後、たかは京に出て祇園の芸妓《げいこ》になった。

金閣寺の住職に落籍され、後に金閣寺の寺侍と駆け落ちして夫婦になるなどしていたが、やがて寺侍とも別れて彦根に戻った。

まだ、直弼が、将来のあてもなく埋木舎にいたころで、人生の流転《るてん》を重ねてきたたかと深い仲になった。

その後、井伊家を継ぐことになった直弼は、芸妓あがりのたかとの縁を切ろうとした。

この交渉にあたったことから、主膳はたかと親しくなっていた。

直弼が彦根藩主となると、たかは身を引いて静かに暮らしていた。

だが、直弼のもとから、なにがしかの金品がたかのもとに送られるようにしたのも主膳だった。

この時期、主膳とたかは情を交わした。

だが、ひとたび、何事かをなさねばならぬと思い立つと、主膳はあらゆる情を捨てることができる、

——非情
を自らの生き方としていた。

主膳は京に上るにあたって、彦根のたかのもとを訪れた。

「京で仕事がある。手伝ってはくれぬか」

主膳が言うと、たかは目を瞠った。

「わたしがお手伝いをいたすのですか」

「そうだ。この仕事をなしとげれば、わが殿は大老になられる」

大老と聞いてたかの頰に血の気がさした。たかは直弼と別れたものの思いは残っていた。直弼のためになることなら、ぜひともしたいと思ったのだ。

祇園で芸妓をしていただけに、たかは京で顔が広く、公家だけでなく僧侶にも伝手《つて》があり、主膳を助けていた。

京のひとびとはたかを主膳の妾《めかけ》だと思っていた。実際、たかが主膳の宿館を訪れたときは夜をともにしていた。

二人は寝物語に京の情勢を話し合った。このため主膳とたかの間には常に淫靡《いんび》な残り香が漂っている。

一方、島田左近は九条家の諸大夫《しょだいぶ》である。諱《いみな》は正辰《まさたつ》。石見《いわみ》の農家に生まれ、京に出て商家の手代となったが、その後、九条家に青侍として奉公し、当主に気に入られて諸大夫にまでなった。

一説には、美濃《みの》の山伏の子で九条家に仕える島田某の養子となり、義母が九条家の老女で力を持っていたため、しだいに出世したともいう。

表向きは公家の諸大夫として謹直に務めてはいるが、半ば公然と金貸しをして儲けるなど、したたかでもあった。

このふたりが手助けをしているが、主膳の狙いは、日米修好通商条約締結に向けて朝廷の許しを得ることではなかった。

将軍継嗣について一橋慶喜を推そうとする島津斉彬や松平春嶽、さらには水戸斉昭の野望を打ち砕《くだ》き、紀州の慶福を将軍とすることだった。

たかは茶を点てた黒楽茶碗を主膳の膝前に置いた。

さまざまなことを経験してきた女の落ち着きがそうさせるのか、たかは、主膳に落ち着いた口調で話しかける。

「薩摩の西郷という方が京に上ってみえたそうどすな」

主膳は茶を喫し、懐紙で飲み口を拭いて左近の膝前に置き、

「薩摩の西郷吉之助、越前福井の橋本左内、この両人が一橋派の切り札であろうな」

と言った。左近は黒楽茶碗に手を伸ばしながら微笑を浮かべた。

「いずれも島津斉彬侯と松平春嶽公の信任厚いと聞いております。さぞや手強《てごわ》い敵でしょうな」

主膳は表情を変えずにうなずく。

「さもあろうが、京には魔物が住んでいる。魔物のあつかいは田舎者には荷が重かろう」

たかはちらりと主膳を見た。

「そう言わはっても、橋本様という方はたいそう頭のいい方のようどす。お公家衆の中には橋本様にすっかり言いくるめられた方もおられますえ」

「言いくるめられたのなら、もう一度、こちらが言いくるめればよいだけのことだ。わたしは橋本よりも西郷の方がしぶとかろう、と思っている」

左近は目を細めて主膳を見つめた。

「ほう、西郷はさほどの男でございますか」

「いや、西郷というよりも、その後ろにおる島津が恐い。島津はアメリカが通商を求めておる混乱に乗じ、自らが擁した者を将軍となし、徳川の天下を奪い取ろうとしておるのだ。さようなことを許してはならぬ。徳川将軍家は永世、続かねばならぬ」

主膳は声を低くして言った。

国学者としての主膳は自らの著書、『沢能根世利《さわのねぜり》』で、天照大神《あまてらすおおみかみ》の神勅を受けた朝廷の尊さを説くとともに、一方で徳川幕府の統治もまた神勅によるもので、永世、変わってはならない、としていた。

これは主膳が伊勢川俣《かばた》郷宮前《ごうみやまえ》の大庄屋が所持していた本居宣長《もとおりのりなが》の著書を借覧して宣長の国学を学んだためだ。

宣長は紀州藩領の伊勢、松坂《まつざか》のひとで、学問好きだった十代藩主徳川治宝《はるとみ》は宣長に吹上御殿で講義をさせ、『紀伊続風土記』の新撰を命ずるなどしていた。

このため、宣長は尊皇の心は厚くとも徳川家を敵視しなかった。宣長は、『うひ山ぶみ』で、学者は道を明らかにする者であり、自ら道を行うのではない、すなわち政《まつりごと》を自ら行う者ではない、としていた。

主膳が主君である井伊直弼の意に沿って動くのも君臣の分をわきまえ、忠義を尽くすことにほかならないのだ。

主膳から見れば、尊王を唱え、幕府を難じる尊王攘夷派は不逞《ふてい》の輩《やから》でしかなかった。それでも尊王攘夷派が騒ぐことによって朝廷と幕府の対立が深まれば、主君である井伊直弼が大老となって辣腕を振るう機会が訪れると考えていた。

主膳は左近に目を遣って、

「橋本左内がどう動くかはわかっている。だが、西郷の動きは読めぬ。誰ぞに見張らせたいが」

と言った。左近はうなずいた。

「ちょうどよい者がおります。今日、お引き合わせいたそうと、控えさせております。呼んでもよろしゅうございますか」

「会おう」

主膳が即答すると、左近は手を叩いた。

すぐに座敷の縁側に小柄な町人が来て座った。浅黒く日に焼けた敏捷《びんしょう》そうな顔をしており、額が狭く団栗眼《どんぐりまなこ》であごが尖っている。

町人は手をつかえ額を縁側にこすりつけるように頭を下げた。

「文吉《ぶんきち》と申す目明しにございます。町の者からは、猿《ましら》の文吉などと呼ばれておるそうで、なかなかに目端《めはし》が利き、役に立つ者かと存じます」

主膳は文吉を見据えて、

「猿とは面白いあだ名だな。猿猴《えんこう》、月を取る、という諺言《げんげん》がある。井戸に映った月を取ろうとした猿が井戸に落ちておぼれ死ぬという話だ。身の程をわきまえぬと、死ぬことになる、というわけだ」

とひややかに言った。

文吉はひょいと顔を上げた。愛嬌のある顔に笑みを浮かべて、

「難しいことはわかりまへんが、言いつけられたら、井戸の月でも何でも取って参ります。めったにおぼれ死んだりはいたしまへんさかい、ご安心を願います」

と言った。たかが、主膳に向かって、

「猿の親方は腕利きと評判どす。しくじるようなことはない、とわたしも思いますえ」

と鈴を転がすような声で告げた。

「それは重畳《ちょうじょう》だ。ならば、わたしも殿の命をはたすことができよう」

主膳がうなずくと、たかはため息をついた。

「そして殿様は大老にまでお進みになられるのでございますね。また、遠いところへ行ってしまわはる。わたしは埋木舎のころが懐かしゅうおす」

「それはわたしも同じだ。埋木舎で殿と心置きなく国学について語り合っていたころが、もっとも心楽しく落ち着いた日々であった」

主膳の声には実感がこもっていた。たかは怨じるように主膳を見た。

「もはや、あのころには戻れませぬか」

「戻れぬな。政は修羅《しゅら》の巷《ちまた》だ。倒すか倒されるか、相手を殺さねば、こちらが殺されてしまう。殿は島津の野望を打ち砕くために戦場に立たれる御覚悟なのだ」

「それほどまでにいたさねばならんのどすか。女子のわたしには、とんとわかりまへんえ」

たかは首を横に振った。

「いまや、諸藩が京に隠密を送り込んでおる。そんな最中、わたしが井伊家から送り込まれたと聞いた京童《きょうわらべ》は、井伊は〈歌詠み〉を送ったと笑ったそうだ。わたしが学問一筋で物の役に立たぬと思ったのであろう。だが、その〈歌詠み〉が橋本左内と西郷吉之助をきりきり舞いさせてやるつもりだ」

主膳は厳《おごそ》かに言ってのけた。

たかと左近は鋭利で氷のような刃を恐れるかのごとく主膳を見つめていた。

十九

橋本左内は、朝廷内に隠然たる勢力を持つ鷹司政通に近づいていた。

鷹司家の家士、三国大学《みくにだいがく》が越前三国の出身で福井藩士であることを手掛かりに近づいていった。

公家に接近するためには、金品を贈らねばならないのは、当然だが、それに加えて面会した左内の巧みな弁舌が功を奏した。

鷹司屋敷で政通に拝謁することができた左内は、国家多難のおり、将軍職には血統よりも器量を持つ方をつけねばならない、と誠心誠意、説いた。

ようやく政通が納得の表情を浮かべると、左内は、

「なにも一橋公の名を出して推挙されずともよいのです。将軍にふさわしいのはどのような者かということをお示しください」

「ほう、将軍たるに欠かせぬものを示せと言うのか」

政通は興味深げに目を輝かせた。

「さようでございます」

深々とうなずいた左内は、

一、賢明であること
二、人望があること
三、年長であること

という三つの条件を述べた。

特に〈年長であること〉とは、明らかに紀州の慶福ではなく一橋慶喜を将軍に推挙するための条件だった。

政通が三つの条件を聞いて、

「これは、よろしいな――」

と頭を大きく縦に振ったとき、左内は、

（これで、天下のことは成った）

と思った。鷹司屋敷を辞した後、かねてからの打合わせ通り、近衛家で吉之助と落ち合って、鷹司政通から諾意を得たことを告げた。老女村岡局と月照も同席した。

「そいはようございもした」

吉之助はにこりとして喜んだ。だが、村岡局は、

「たしかによろしゅうございましたが、お公家様は何分にも決めたことをやり通す方は少のうございます。まして鷹司様は変転ただならぬ御方でございますから」

と慎重な口ぶりで言った。さらに月照もうなずいて言葉を添えた。

「京のひとは裏切ると思っていたほうが、ようございます。決まったと思った後に必ず落とし穴がありますゆえ」

左内は眉をひそめた。

「なるほど、さようなものでございますか。ならば、ひとの誠の心は通じませぬか」

吉之助が励ますように声を大きくした。

「なんの、油断は大敵じゃが、かといって、恐れてばかりいては、なにもできもはん。できる手を残らず打てばあとは仕上がりを待つのみじゃ。鷹司様がなびいたのなら、事はなりもんで」

「ならばよろしゅうござるが」

左内は苦笑した。吉之助は深々とうなずく。

「おいどんは主君斉彬公の命によって橋本殿と行をともにして参ったとでごわすが、いまではかようにいたさねば、異国の黒船が押し寄せるわが国を救うことはできん、と腹の底から思うておりもす。わが志をあまねく天下に広げたかち思いもす。そのために身命を擲《なげう》つことをためらいはしもはん。なれば、前に進むだけにごわんで」

左内の表情に明るさが戻った。

「まことに西郷殿の言葉には勇気づけられます。いま、われらがなしておるのは、わが国を守るための戦だと思います。何としても負けられませんな」

きっぱりとした左内の言葉に吉之助は、

「まっことそげんごわす」

と朗らかな声で応じた。

村岡局と月照は微笑んでうなずいた。

三月二十日――

老中、堀田正睦《まさよし》は御所に参内した。

日米修好通商条約の締結へ向けた勅答が下されるためだった。しかし、勅答の内容を知って、堀田は愕然とした。

「三家以下、諸大名に相談したうえで、再度言上せよ」

というもので、条約締結を認めず、差し戻すとしたのだ。

堀田はこれに対して、アメリカは即刻の返事を求めており、諸大名に相談して再び言上するのでは間に合わない、場合によっては幕府の判断で裁いてよいか、との伺書を出した。

これにより、事態はさらに悪くなった。

朝廷は態度を硬化させ、二十四日、条約締結は認められない、とする勅答を出したのだ。綸言《りんげん》、汗のごとし、天皇より勅答が出されたからには、もはや覆《くつがえ》らない。

堀田は窮した。

一方、将軍継嗣問題については進展があったかに見えた。

左内はその後も粘り強く交渉を続け、鷹司政通だけでなく近衛忠煕、三条実万からも一橋慶喜を推す内容の内勅が下付されるよう奏請するという段取りまで取りつけた。

二十二日、左内は日記に、

——可賀可賀《がすべしがすべし》

と書いて喜んだ。

実はこの間の動きの中で九条尚忠が、年長という条件を除くことを主張した。このため朝議は紛糾したが、ついには尚忠が、

「年長であることを書面にせず口頭で伝えてはどうか」

と折れた。このため年長についてだけは口頭で伝えることになった。

九条尚忠の反対は主膳の働きが功を奏したもので、賢明、人望、年長という三条件は書面からはずされた。

実質的に主膳が勝ったと言える。勅答は、

「速やかに養君を定めて将軍を輔《たす》けるべし」

とはしているものの、誰を推挙するともふれなかった。これを受けた堀田は、口頭で年長であることと告げられると、

「畏れながら張り紙にて年長の二文字を付け足していただきとうござる」

と粘った。

このため、特に、「年長ノ人ヲ以テ」と記された紙片が貼られた。

左内はこれをもって、目的が達せられたと判断したようだ。

条約締結についての勅許は得られなかった。

だが、年長の者が将軍継嗣になるという条件が辛うじて残ったことは一橋慶喜派にと

って は喜ぶべきことだった。

近衛邸で村岡局からこのことを聞いた吉之助は素直に喜んだ。

「それはようございもした」

村岡局もうなずく。

「たとえ、張り紙であろうとも、勅答に添えられたからには、帝の思し召しでございます。このこと、徒《あだ》やおろそかにはできますまい」

吉之助は力強く頭を縦に振った。

「さよう、橋本殿は成功されたとでごわす。これからの勝負は江戸になりもそ」

「西郷殿は江戸へ戻られますのか」

村岡局は何事か考えるように言った。

「明日にも京を発《た》つつもりでごわす」

「さようでございますか。ならば気をつけてお戻りになられたがようおますな」

村岡局は不安げな口ぶりで言った。

「何ぞございもしたか」

吉之助がゆったりとした表情で訊くと、村岡局はほっとしたように答えた。

「実は、この屋敷は何者かに見張られているかもしれまへんのや」

「それは異なことでごわすな」

吉之助の目が光った。

「見張っているのは、目明しのようだと屋敷の者たちが申します。だとすると、近頃、井伊家の長野主膳なる者の意を受けて動いている九条家の島田左近の手の者ではないかと存じます」

「九条家の家臣が目明しを使うのでごわすか」

目を丸くして吉之助は驚いた。村岡局はため息をついた。

「公家衆に仕える身としては恥ずかしゅうございますが、彼《か》の島田左近は金貸しをしておりまして、貸した金の取り立てに目明しのような無頼の者を使うという噂がありますのや」

「それで、目明しを使って一橋派の動きを見張っておるとでごわすか。随分と姑息《こそく》な真似をするとでごわすな」

吉之助はからりと笑った。村岡局はつられて笑いながら、

「京には魔物が棲《す》んでいます。ご用心されたほうがええと思います」

いかにも、承知仕りもした、と応じてから吉之助は近衛屋敷を辞去した。

門をくぐって往来に出ると、すでに日は暮れかけてあたりは夕闇に覆《おお》われ始めている。

吉之助はゆっくりと薩摩藩邸への道をたどり始めた。すると、あたりの暗がりから小柄な町人が音も無く出てきて、吉之助の後をつけ始めた。

猿《ましら》の文吉だった。

吉之助は何も気づかない様子で歩いていく。途中、いくつかの路地を曲がったところ

で、後ろからつけていた文吉は吉之助の姿を見失った。

うろたえてあたりを捜しまわっていると、築地塀《ついじべい》の陰にひそんでいた吉之助が手をのばして文吉の後ろ襟《えり》をつかんで引きずり倒した。

地面にころがったものの、文吉はぱっと立ち上がった。その瞬間、吉之助は文吉の顔に張り手を見舞った。

吉之助は少年のころ、喧嘩騒ぎで腕を怪我して以来、剣術の稽古はしていないが、相撲は好きで友人たちといつもとっていた。それだけに相撲の技は心得ている。

吉之助に顔を張られた文吉は吹っ飛んで地面に仰向けに倒れた。それでもすぐに起き上がると懐から匕首《あいくち》を取り出して構えた。

「なにさらすんや」

文吉は食いつきそうな顔で怒鳴った。吉之助は落ち着いて問うた。

「おはんこそ、なぜおいどんの後ばつけるとか」

「そんなことはしらへん」

文吉が怒鳴ると、吉之助はすっと近づいた。匕首で突きかかった文吉の腕をつかんでねじあげた。

「痛い――」

文吉はとんぼを切るように自らひっくり返って尻餅《しりもち》をついた。吉之助はなおも、腕をねじりあげたまま、

「おいも忙しか。おはんと遊んでいる暇はなかとじゃ。なぜ、おいどんをつける。誰に頼まれたか白状するとじゃ」

と問い質《ただ》した。

無造作に吉之助が腕をひねると文吉は悲鳴を上げた。そして、井伊家の長野主膳様、とあっさり主膳の名を口にした。

吉之助はすぐに文吉の腕を離した。

「やっぱりそげんか。じゃっどん、もはや、勝負はついた。いまさら何をしても無駄じゃと長野殿に伝えるとじゃ」

文吉は這うようにして離れた場所に行って立ち上がった。そして襟をなおしながら、

「勝負がついたなどと呑気なことは口にせえへんほうがよろしゅうおまっせ。あんたら、もうじき吠《ほ》え面《づら》かくことになりますさかいな」

と嘲《あざけ》るように言った。

「それはどげなことか」

吉之助は首をかしげた。

「あんたらが京でうろうろしている間に長野様は江戸にお戻りなされたのや。何もかもひっくるめて始末なさるということや」

「何もかもひっくるめてとは、どげなことか」

吉之助がつぶやいている間に文吉はあわてて逃げ出した。

遠ざかる文吉の背中を吉之助はちらりと見たが、追おうとはしなかった。ただ、長野主膳が江戸に戻ったと聞いて不吉な予感がしていた。

吉之助はゆっくりと夜空を見上げた。

一番星が出ている。


四月二十三日——

江戸城に登城した井伊直弼は老中から大老職の命を伝えられ御請けした。もっともいったん老中の御用部屋に入った直弼は、堀田正睦に大老を辞退したいと申し出た。

これに対して堀田が、

——上之御眼鏡
によるものだからと、辞退を許さなかった。

これは形式的なものだったらしく、直弼はこの日のうちに老中らと政の協議を始めた。

それまでの直弼について老中たちは、「児童に等しき男」「傲慢尊大《ごうまんそんだい》」などと陰口を利いており、幕府の大老の器ではない、と見ていた。

二十

井伊直弼が大老になって、何としてもなさねばならないと考えていたのは紀州の慶福を将軍継嗣として決定することだった。

五月二日――

大老となってまだ九日目の直弼は松平春嶽を屋敷に呼んだ。

何事であろう、と思いつつ、井伊屋敷に赴いた春嶽は広間に案内された。春嶽を待ち受けていた直弼は丁重な物腰で挨拶した後、いきなり将軍継嗣について春嶽の意見を問うた。

春嶽はかねてから一橋慶喜を推して運動してきただけに言下に、

「一橋公こそふさわしきかと存ずる」

と答えた。直弼は無表情でうなずいてから、

「それはごもっともなれど、上様の思し召しは紀伊殿（慶福）であったことはご存じではありませぬか。将軍継嗣は紀伊殿でなければならんのです。そのこと、ご承知おきくだされ」

と言ってのけた。

春嶽にとっては青天の霹靂《へきれき》だった。

直弼の言葉つきこそ、丁寧ではあったが、態度は反論を許さないという傲岸不遜さがあった。

春嶽は松平一門としてかつて、ひとからこれほど無礼な対応をされたことがなかった。

思わず、春嶽が怜悧な顔に朱を上らせて、

「それは聞き捨てならぬ。一橋公を推す声は世間に多うござるぞ。異国が開国を迫っている国事多難のおりには、頼もしきひとが将軍継嗣となるべきでござろう。紀伊殿は英明ではあろうが、いまだお若い。かようなおりに将軍継嗣となすべきではござるまい」

と言い募ると、直弼はいかつい顔をほころばせた。

「越前侯には異なことを仰せになられる。将軍継嗣については徳川家が内々にて決めるべきことではござらぬか。なぜ、世間などと仰せになられる。あるいは、世間とは薩摩の島津侯のことででもござるか。島津侯は近頃、西洋式の軍艦、大砲を手に入れようと躍起《やっき》になっておると聞きますぞ。何のためでござろう。あるいは、徳川家に替わり、島津家が天下を取ろうとの謀《はかりごと》があるからではござらぬか。松平御一門の春嶽様がさような謀にのせられるとは、いささか軽はずみではございませんかな」

嘲るような直弼の言葉を聞いた春嶽は顔をこわばらせた。

「大老殿、それはまことのお言葉か」

直弼はつめたい笑みを浮かべた。

「いかにもさよう。武士に二言はござらぬ」

春嶽の顔から血の気が引き、蒼白となった。

「では、米国との条約締結についてはいかがなさる。勅許はいまだ得られておらぬではないか」

春嶽は条約締結問題で勅許が得られていない現状を持ち出して将軍継嗣についての決

定を遅らせようとした。

　直弼は薄く笑った。

「何とでもなりましょう」

「何とでも、とはどういうことか」

　目を怒らせて春嶽は詰め寄った。

　だが、直弼は答えようとはしない。もはや、将軍継嗣について言い渡したからには、それ以上、話すことはない、という態度だった。


　直弼は将軍継嗣問題では態度を鮮明にして南紀派を有利に導いていった。

　一方、アメリカとの通商条約締結については、条約調印の数カ月延期を試みようとしていた。老中堀田正睦に延期を命じ、その間に諸大名の意見を聞いて、あらためて勅許を願い出ようと考えていたのだ。

　後に直弼は勅許が得られないまま果断によって日米修好通商条約を締結したと伝えられたが事実とは違う。

　直弼は、内政と同じく外交においても保守的だった。

　この時期、アメリカ総領事のハリスと交渉を重ねて、開国の方針を貫いていったのは外国貿易取調掛の岩瀬忠震《ただなり》である。

　岩瀬は三十七歳のとき、老中阿部正弘に抜擢《ばってき》されて海防掛となった開明派の幕臣だった。この年、四十一歳である。

将軍継嗣問題では一橋慶喜を推していた。直弼が大老に就任した際、岩瀬は、憤激して老中に面会すると、

「掃部頭《かもんのかみ》は大老たるべき器量のある人物ではない。かかる人物を推挙して、いまの困難な世の中を治められるであろうか」

と凄《すさ》まじい勢いで抗議したと伝えられる。このことで直弼から疎《うと》んじられていた。

ハリスから火が出るように急き立てられていた岩瀬は、勅許を得ることはすでに諦《あきら》めていた。

直弼の調印延期方針に対して、岩瀬ははげしく反発し、とても延期の再交渉はできないと強硬に主張した。

これに対し、直弼は岩瀬が傲慢であるとして、

「口強《くちごわ》な肥後（岩瀬）などはまず排除しなくてはなるまい」

と周囲にもらすようになっていた。

直弼はこのころ勘定奉行の川路聖謨を西丸留守居《にしのまるるすい》に、大目付の土岐頼旨《ときよりむね》を大番頭に左遷《させん》するなど一橋派の追放に着手していたのだ。

江戸に戻った橋本左内は岩瀬に会って意見交換した。

開明的な幕臣は将軍継嗣問題ではほとんどが一橋慶喜を支持しており、その中でも岩

瀬は中心人物だった。

かねてから左内とは親しくしている。このとき、岩瀬は、

「もはや、誰一人、井伊大老に物を言えるものがおらず、何もできずにおります」

とため息まじりに言った。

「ですが、条約締結はもはや、逃げるわけにはいきますまい」

左内は落ち着いた口調で言った。

「いかにもさようなのですが、井伊大老は勅許を得るまで調印をせぬつもりだ、と言って譲らぬゆえ困っておるのです」

岩瀬は苦々しげな顔になった。

左内はあたりをうかがってから声を低めた。

「だからこそ、調印をすべきではありませんか。違勅の責めは井伊大老が負うことになります。そうなれば紀伊様を将軍継嗣とする話も頓挫《とんざ》いたしましょう」

「なんと」

岩瀬は目を瞠《みは》った。

左内は京で公家を説得、年長で賢明な者を将軍継嗣にせよという朝廷の意向をいったん引き出すことに成功した。しかし、長野主膳の巻き返しにより、勅書からこのことが削られた。

堀田正睦の粘りで、年長であることを継ぎ足すところまでこぎつけた。しかし、大老

が旗幟《きし》を鮮明にしたからには、勅書の継ぎ足し文の効果は望めなかった。

それならば、むしろ条約締結問題で井伊に違勅という失態をさせて、これを材料に反撃して再度、慶喜の擁立を図ろうと考えたのだ。

一橋派は水戸斉昭をのぞいて、もともと開国派が占めており、条約調印に異論はなかった。条約勅許問題を政局にからめる驚くべき策だった。

左内は子供時代、友達の傷の手当てを頼まれたとき、生傷の手当ては知らぬが火傷《やけど》の手当てなら知っているから、と生傷を焼き鏝《ごて》をあてて火傷にして治してやると言ったことがある。

まさに将軍継嗣問題を違勅という火傷にして治そうという放胆なやり方である。しばらく考えた岩瀬は目を光らせて、

——うむ
と力強くうなずいた。


十日後——

左内は福井藩邸を訪ねてきた吉之助にこの策について話した。

このころ、左内はしばしば熱を発し、寝込むことが多かったが、吉之助が見舞いに訪れると起き出して羽織袴を着用、威儀を正して会った。

痩《や》せて顔色も青白い左内の様子を見て、吉之助は案じた。

「熱を出されたと聞いておりもんで、さように無理をなさらず、横になってくだされ。そん上で話せばよか」

吉之助が言うと、左内は頭を横に振った。

「いや、ただいまから国事を論じます。臥《ふ》せったまま、話すのは不謹慎ですから」

左内は背筋を伸ばして述べた。将軍継嗣の公表を遅らせるために、外国貿易取調掛の岩瀬忠震に勅許を得ないままの条約調印を行わせ、その非を言い立てて井伊に詰め腹を切らせ、将軍継嗣問題を振り出しに戻そうという策を吉之助は目を閉じて聞いた。

やがて瞼《まぶた》を上げたとき、吉之助の大きな目が爛と光った。

「あえて違勅を行わせるとは思い切った策でごわんな。されどこれ以外に道はなかと、それがしも思いもす。じゃっどん、ひとつ覚悟せねばならんのは、これは幕府内部の争いに禁裏を巻き込むことでごわす。どれほど凄まじい争いになるかわかりもはん。橋本どんもおいも命は無かもんと思わないけもはんな」

吉之助の言葉は左内の肺腑《はいふ》に響いた。

「まことにさようです。もはや、命は捨てております」

左内は透き通った微笑をうかべた。吉之助は大きくうなずく。

「わかりもした。そのお覚悟ならば、おいはもはや申し上げることはなか。明日にでも出立いたし、鹿児島に帰りもんで」

左内は息を呑んだ。

「それは非常のお覚悟をなされてのことでございますか」

「いかにも。井伊大老に違勅を犯させた後、これを糾問するからには、もはや、議論の時ではなかと思いもす。禁裏の威によって井伊大老の強腰を砕くには戦支度をせねばなりもはん。おそらく、わが太守様もさようなお考えであろうかと存じもす」

いざとなれば、武力に物を言わせる、と吉之助は平然と口にした。

「西郷殿、あなたというひとは――」

弁舌によってひとを動かそうとしてきた左内は、吉之助の土壇場での見極めの鋭さと不敵な覚悟に舌を巻いた。

翌日、吉之助は江戸を発った。

この日は朝からの雨だった。笠をかぶり、大きな体を合羽に包んだ吉之助は降りしきる雨に濡れながら足を速めた。

二十一

鹿児島に吉之助が着いたのは六月七日だった。

斉彬はこの日、磯の別邸にいた。

吉之助はそのことを知ると旅装も解かずに磯へむかった。

斉彬は沖へ舟を出して釣りを楽しんでいたが、吉之助が着いたと小姓が舟で報せにくると、すぐに屋敷に戻った。

　吉之助は錦江湾がのぞめる広間にひかえていた。斉彬は旅装のままで汗と埃《ほこり》にまみれ、真っ黒に日焼けした吉之助を見て微笑した。

「江戸の動きがただならぬのじゃな」

　斉彬はよけいなことは言わずに訊いた。手をつかえ平伏していた吉之助は頭を上げ、

「大老となられた井伊様はまことに強引にて紀州様を将軍継嗣に据えようとされております。それゆえ、一橋派の方々は思い切った手を打たれます」

　と言上した。斉彬の目が光った。

「どのような手じゃ」

「勅許を待たずに米国との修好通商条約を結び、井伊大老を違勅の罪で咎《とが》め、幕閣から叩き落とす算段でございます」

　吉之助はきっぱりと言った。

「違勅か、なるほど思い切った手ではあるが、井伊はしぶといぞ。あっさり身を退《ひ》いたりはするまい」

　斉彬は錦江湾に目を遣《や》りながらつぶやいた。

「さようにございもす。いくら一橋派が糾弾いたしても、井伊大老は知らぬ顔で言い抜けようとするに決まっておりもす。そうさせぬためには殿がお出ましになるほかないかと存ずるしだいでごわす」

吉之助はじっと斉彬の顔を見詰めた。

「何としても井伊が折れぬならば、帝より咎めていただくしかないな。だが、いまの朝廷にそれだけの力はない。しかるべき大名が挙兵上洛いたして帝をお助けせねば井伊大老を退《しりぞ》け、一橋公を将軍継嗣となして、この国を守ることはできぬ」

斉彬は淡々と言った。

吉之助は手をつかえて頭を下げた。

「それがし、橋本左内殿より、違勅の策を聞きましたおり、これは力なくしてなしえぬ策だと存じもした。それゆえ、命がけの策になると左内殿に申しましたところ、左内殿はすでに命を無いものと覚悟しておられもした」

斉彬は苦笑した。

「吉之助、そなたは主君たるわたしに幕府への謀反《むほん》を勧めておるのだぞ」

吉之助は頭を横に振った。

「謀反ではありもはん。この国を異国から守る正義にございもす。殿はかつてこの国を救う人柱たらんと仰せになりました。ただいまがその時かと存じます。それゆえ、吉之助は正義の戦の先駆けを務めもす」

「よくぞ申した。それでこそ吉之助じゃ」

斉彬はうなずきながら中庭越しに錦江湾に目を遣った。その横顔には闘志があふれていた。夏の日差しが照り付けて海はまぶしく輝いている。

この日の夜、吉之助はひさしぶりに家族と過ごした。

西郷家はかつての下加治屋町ではなく、甲突川《こうつきがわ》河畔《はん》の上流、上ノ園町に引っ越していた。家にいるのは祖母と弟の吉二郎、慎吾《しんご》（従道《つぐみち》）、小兵衛《こへえ》、妹のお安だった。

江戸土産《みやげ》を渡して、家族水入らずのときを過ごしていると、表から、

「吉之助さあ、おいやっと」

と大久保一蔵の声がした。吉之助が帰国したと聞いて駆けつけたのだろう。吉之助が表に出てみると、一蔵が焼酎の徳利《とっくり》をぶらさげて笑顔で立っていた。

吉之助はにこりとして、

「ひさしぶりじゃ。夜っぴて話しもそ。じゃっどん家ではほかの者が寝られん。甲突川で話しもそ」

と言った。吉之助は家の中に向かって、

「一蔵どんじゃ、話しばしてくる」

と言って甲突川の土手に下りた。一蔵もついてきて、大きな石があったのを幸いに座った。

吉之助は一蔵が持ってきた焼酎の徳利に口をつけて、ぐびりと飲んだ。

「一蔵どん、これから天下は大事になっど」

「やはりそげんですか」

日頃、冷静な一蔵がわずかに興奮した声で言った。

「ああ、天下が真っ二つになっとじゃ。そして、太守様がその乱れを快刀乱麻を断つがごとく裁かれる。それがうまくいかんかったときは、この国は異国に蹂躙されるじゃろう」

吉之助は一蔵に徳利を渡した。

一蔵も口をつけて飲んだ。

「やはり、そげなことになっちょったか。そん戦にはおいも出られるとでごわすな」

「一蔵どんだけじゃなか。有村俊斎も吉井幸輔も樺山三円も皆、戦に出にゃならん。そして何人もが死ぬじゃろう。もちろんおいも生きてはおらん。じゃっどん、それで太守様がこの国を守る大業を果たされたなら、これに勝る喜びはなか。薩摩に生まれた男子の本懐じゃ」

吉之助は愉快そうに言って、また焼酎を飲んだ。

「わかりもす」

一蔵はうなずきながら、しかし不思議じゃ、とつぶやいた。

「何が不思議なんじゃ」

吉之助は夜空の月を見上げながら言った。一蔵も月を見上げた。

「吉之助さあと話していると、死ぬという暗い話をしながらも明るい気持になるのはなぜなんじゃろう」

「そいはおいが死ぬと言いつつ、まことは生きる話をしちょるからじゃ」

「まことは生きる話とはどういうことじゃろうか」

「ひとはこの世に何かをなそうと生まれてくる。どんな小さなことでもおのれがなさねばならんことが必ずあるとじゃ。それをなすのは、この世を照らす燈明《とうみょう》になることじゃ。たとえ、命を失うことになっても、暗い世を照らす燈明になるのはよかことじゃとおいは思う」

「なるほど、燈明ごわすか」

「ああ、この世の中はほっとけば、どんどん暗くなる。たとえ命を失おうとも燈明になる者がおらんといけんのじゃなかろうか」

吉之助は夜空を仰ぎ見て言った。

「吉之助さあは、江戸に出ても変わりもはんな」

一蔵は吐息をついた。

「当たり前じゃ。どこまでいっても、西郷吉之助は西郷吉之助じゃ。変わることなどあろうはずがなか」

吉之助はからりと笑った。

六月十三日――
米艦ミシシッピ号が下田港に入った。

そしてアメリカ総領事のハリスに清国でイギリス、フランスの連合軍が清国政府軍に勝利したことを報せた。

二年前、安政三年（一八五六）九月にイギリス国旗を揚げたアロー号が清国の広州の河岸に停泊中、海賊の嫌疑をかけた清国の官憲が清国人船員十二人を逮捕し、イギリス国旗をひき降した。

いわゆる〈アロー号事件〉が起きていた。

イギリス、フランスの連合軍は広東、天津《てんしん》を占領し、天津条約を締結したのだ。

この報告を聞いたハリスはポーハタン号に乗って神奈川沖に向かった。清国で勝利したイギリス、フランスの艦隊が日本に向かうだろうと脅すためだった。

十八日深夜、岩瀬は下田奉行井上清直とともに汽船で神奈川に到着し、翌十九日朝、ポーハタン号の艦上でハリスと会見した。

ハリスは、イギリスとフランスが清国での戦勝の勢いにのって日本に艦隊を派遣し、通商条約を要求するだろう、と告げた。

もし、いますぐアメリカとの条約に調印すれば、イギリスやフランスが横暴な要求をしてもアメリカが調停の労をとろうと言った。いったん、江戸にもどった岩瀬と井上は直弼に、さらにハリスと交渉するが、

「やむを得ない場合は全権として調印いたします」

と告げた。直弼はあくまで調印を延期するよう指示していたが、どうしようもないと

きには、と岩瀬に迫られて、

「その際はいたしかたもないが、なるたけ尽力せよ」

と渋々、了承した。

直弼が望んだのは、あくまで調印の延期だった。

直弼は調印を延期して、将軍継嗣を公表して決着をつけようと目論んでいたのだ。それだけに条約調印が波乱を起こすことを恐れていた。

しかし、ポーハタン号に赴いた岩瀬と井上はもはや、延期の交渉などしなかった。

このとき、ハリスは、

「日本政府がこれほど敏速に行動したのは初めてのことだ」

と感服した。

十九日八ツ半（午後三時）、ポーハタン号で調印が行われ、二十一発の礼砲が神奈川湾に轟《とどろ》いた。


条約調印については、堀田正睦ら五人の老中が署名した宿次奉書《しゅくつぎほうしょ》で朝廷に報告した。

大老の直弼は署名をしなかった。

このようなとき、大老は署名をしない慣習があったからだが、直弼は巧みに責任を逃れようとした。条約調印後、堀田正睦と松平忠固《ただかた》の老中ふたりを免職とした。

特に堀田の罷免は外交での不手際の責任を負わせた形だった。

さらに直弼は、条約調印問題にこれで決着をつけたと思い、かねてからの念願だった将軍継嗣の公表を二十五日に行うことにした。

だが、この動きに対して一橋派は一斉に攻撃を加えた。いずれも幕府が勅許を得ずに条約締結をしたことを違勅とするものだった。

この動きは朝廷を取り巻く尊攘派にひろがっていた。

一橋派はこの世論を背景に直弼の退陣を迫り、紀州の慶福が将軍継嗣となることを阻止しようとしたのだ。

将軍継嗣の公表を二日後にひかえた二十三日、登城した直弼のもとに、一橋慶喜本人がやってきた。

慶喜はこのとき、二十二歳。尊王の志が厚い、水戸家の出だけに今回の違勅に義憤にかられていた。

しかし、それ以上に慶喜は当然ながら自分を将軍継嗣にしようという動きがあり、それを阻《はば》んでいるのが直弼であることを熟知していた。

将軍継嗣たるべき自分が手ずから、頑迷固陋《がんめいころう》な直弼を論破して邪魔者を取り除こうというつもりがあったのかもしれない。

だが、直弼は老獪だった。慶喜から何と言われても、

「恐れ入ってございます」

と平伏するのみで言質《げんち》を与えない。慶喜は攻めあぐねて、

「お世継ぎのことはどうなっている」

と肝心のことを口にした。

将軍継嗣の候補として推す声が強い、慶喜自らが問えば、さすがに遠慮して、慶喜が継嗣となる可能性に含みを持たせるかと思ったが、剛直な直弼は、

「紀州様でございます」

と言い切った。さすがに貴公子の慶喜は、なぜ、自分ではないのだ、とまでは言うことができなかった。口をつぐみ、そのまま直弼の前から立ち去るしかなかった。

慶喜が部屋を出ていくと、直弼は額の汗を懐紙でぬぐい、

「存外、容易《たやす》かった」

と独りごちた。

翌二十四日、今度は松平春嶽が井伊屋敷に押しかけて朝廷の許しもなく条約締結をするとは何事だ、となじった。

春嶽がもともと開国派であることを知っているだけに、直弼は鼻白む思いだった。さらに、春嶽が、合わせて、将軍継嗣のことについても話したいと言い出すと、直弼は、

「もはや、登城せねばなりませぬゆえ」

と話を打ち切ろうとした。春嶽は表情を硬くして、

「待て、少しばかり登城が遅れてもよかろう」

と直弼の袖をつかんだ。

直弼はこれを振り切って江戸城に向かい、春嶽も後を追った。

この日、水戸斉昭は水戸藩主徳川慶篤、尾張藩主徳川慶恕《よしくみ》とともに登城日でもないのに不時の登城をして直弼に面会を求めた。

老中や諸役人たちは、驚き、

——ワナワナと戦慄せり
という有様だったと越前藩士、中根雪江《なかねゆきえ》が記録した『昨夢紀事《さくむきじ》』にある。斉昭たちは大廊下を通りながら、

「この度の条約調印は違勅の行為であるゆえ、今日は掃部頭《かもんのかみ》に腹を切らさんでは退出せぬ」

と大声で言い交わした。

直弼は御用繁忙《はんぼう》として、なかなか会わず、長時間、待たせたうえ、斉昭たちの追及ものらりくらりとかわした。

直弼は追い詰められながらも必死で堪えたのだ。

このとき、春嶽も登城していたが、御三家とは身分が違うとして同席を許されなかった。論客の春嶽を欠いたまま斉昭たちは声を嗄《か》らして弁じた。

直弼は違勅のことも将軍継嗣についても明らかな返答をせずにしのいで、疲れ果てた斉昭たちがあきらめるのを待った。

斉昭たちの声はしだいにかすれ、やがて熄《や》んだ。

こうして違勅についての幕府内での追及をかわした直弼は、翌二十五日、諸大名に登城を命じ、将軍の継嗣を徳川慶福（家茂《いえもち》）とすることを正式に発表した。

これで一橋派は敗北した。しかし、直弼には気になることがあった。

一橋派の中心人物のひとりだった島津斉彬が帰国したまま、鳴りをひそめていることだった。

（島津め、何を企んでいるのか）

直弼は疑心暗鬼に囚《とら》われた。

七月に入って十三代将軍家定の脚気《かっけ》が悪化し、六日には息を引き取った。享年三十五。

将軍継嗣がようやく決まったばかりであり、死はしばらく秘され、八月八日にようやく発喪された。

次の将軍となる慶福はわずかに十三歳だった。

二十二

井伊直弼が不時登城を行った水戸斉昭たちに対して処分を行ったのは七月のことである。

処罰は世間が驚くほど過酷だった。

水戸斉昭は慎《つつしみ》、尾張の徳川慶恕は隠居、慎、水戸藩主徳川慶篤は登城禁止、一橋慶喜は登城禁止、松平春嶽は隠居、慎といった具合でそれぞれ、今後の政治行動を奪った。これらの処分は将軍家定が存命中に行われた。直弼は死を前にした将軍の権威によって政敵ともいうべき斉昭たちを葬ったのだ。

しかし直弼は窮地に陥っていた。

条約調印問題で天皇の許可を得なかった、いわゆる、

――違勅

について一橋慶喜や松平春嶽、水戸斉昭らの追及は辛うじてかわしたものの、孝明天皇が憤激しているであろうことは察しがついた。おそらく朝廷は条約調印を認めず、有力大名に勅を発して幕府の政治を糾そうとするのではないか。

もし、その勅が島津に下れば斉彬はどうでるか。

すでに西洋式軍艦を手に入れている斉彬は江戸に軍艦を向かわせ、自身は朝廷警護を名目に上洛し、天皇を擁して幕府に対抗しようとするのではないか、と考えた。

直弼が見たところ、水戸斉昭は頑固で一徹な老人に過ぎず、松平春嶽は頭脳明晰《めいせき》ながらも貴種にありがちなひ弱さがあった。

それに比べて、斉彬は怜悧にして肝が太く、いざとなれば何をしてくるのかわからなかった。

直弼は水戸の動きも警戒していた。下城する際、不穏な動きがないかを調べるため、主膳が下城の道筋を見てまわったこともあった。

水戸斉昭たちが不時登城したおりには、下城する際の供回りを日頃の二倍にするという用心ぶりで屋敷に着いた時には、側近に思わず、

「生きて帰ったぞ」

ともらしたほどだった。


吉之助が薩摩を出て大坂に着いたのは七月七日だった。

実はこの日の前日、将軍家定が亡くなっていたが、秘されていたから吉之助は、知りようがなかった。十日に吉之助は京に入った。しかし、このとき、薩摩では吉之助が考えてもみなかったことが起きていた。

斉彬はこのころ、連日のように兵の調練を行っていた。

八日、天保山《てんぽざん》での調練を馬上、指示していた斉彬は気分が悪くなった。

真夏の炎暑の日であり、熱射病かもしれなかった。斉彬は帰城するとすぐに床についた。すると、発熱や腹痛、下痢《げり》が続いた。

数日で急激に病状は悪化し、斉彬は死を覚悟した。

(父上の命で毒を盛られたのだ)

斉彬にははっきりとわかった。兵を率いて上洛するというときだけに、このころまだ存命の父、斉興が、不穏な斉彬の動きを警戒して家臣に命じ、毒殺を図ったのだ。

(父上は、そこまでわたしが憎いのか)

虚《むな》しい思いが斉彬の胸に湧いた。

斉彬は市来四郎に命じて琉球が購入するという名目で那覇にいたフランス人商人を通じて軍艦や銃器製造機械の購入、さらに旧銃器を清国に売りつける商談を進めていた。琉球を隠れ蓑《みの》にしてフランスから軍艦を購入しようとする斉彬の動きはたとえ国を守る志によってだとしても幕府に知られれば謀反以外の何物でもない。

斉興が毒殺を命じたとしても不思議ではなかった。

(やむを得ぬ。もはや、わたしの死は避けられぬ。いまさら父上への恨み言を言っても島津の恥となるだけだ)

斉彬は十五日には、弟の久光を枕元に呼んだ。

久光の長男又次郎を斉彬の娘、暐姫《てるひめ》と娶《めあわ》せて家督を継がせる話をかねてから、進めており、そのことをあらためて告げた。

さらに何より気がかりな国の行く末について、久光もまた努めるように、と言い遺した。

久光が去ると病床の斉彬は心ノ臓をつかまれるような孤独を感じた。

これまで、営々と努力を積み重ね、子供たちを失う辛酸にも耐えてきた。それも、すべては、この国を救う人柱たらんとの心願を立てたからだった。

それなのに壮図《そうと》虚しく、この世を去るのか。死ぬのを恐れるわけではない。ただひたすらに無念だった。

(神仏はわたしを見放されたのか)

なぜだろう、と思った。

もはや、自分の役目は終わったのだろうか。

そうは思えない。なさなければならないことは、山積《さんせき》している。

(それなのにどうして――)

斉彬の脳裏に吉之助の顔が浮かんだ。もはや、希望を託すとしたら吉之助しかいなかった。

――西郷、この国を助けよ
意識を失いつつ、斉彬は吉之助に切れ切れの言葉で命じていた。斉彬の魂魄《こんぱく》はなおもこの国を見守ろうとしていたのだ。

斉彬が亡くなったのは、十六日の明け方である。

空が菫色《すみれいろ》に輝くころだった。

「そげなことは信じられもはん」

斉彬死去の報せが吉之助のもとに届いたのは、七月二十四日のことだった。

このころ薩摩藩は京に新しい藩邸を建てようとしていた。

だが、まだ土地を物色中で、吉之助は柳馬場通錦小路上《やなぎのばんばどおりにしきこうじあが》ル東側の旅籠鍵屋直助《はたごかぎやなおすけ》、通称〈鍵直〉を定宿にしていた。

〈鍵直〉で藩士から斉彬の死を聞かされた吉之助は呆然として言葉もなく、あまりの衝撃に涙さえ出なかった。

吉之助は国許に戻り斉彬の墓前で腹を切って死のう、と思った。

吉之助は月照とともに公家の間をまわって、斉彬の、

——引兵上洛
の地ならしをしていた。それがすべて無駄になったのだ。

孝明天皇は幕府が勅許を得ずに条約締結したことに憤り、譲位したいと言い出していた。帝が譲位を言い出すのは政権に不満があるときだ。

帝の憤りにのって幕府に迫るべきだ、とはわかっていたが、いまの吉之助には足を踏み出す気力が喪われていた。

近衛邸を訪れ、帰国の挨拶をしようとする吉之助の顔色を見て老女の村岡局は何かを察したらしい。すぐに使いを出して月照を呼ばせた。

斉彬の死によって、もはや生きる望みを失った吉之助を諫《いさ》めることができるのは月照しかいない、ととっさに考えたのだ。

やがて駆けつけた月照は吉之助と向かい合うなり、

「西郷はんは斉彬侯をどのように思うてなはったのや。ただの殿様どすか」

といきなり言った。

月照に問い詰められ吉之助は大きな体をすくめて苦しげに答えた。

「いや、太守様はこの国のため、人柱になろうとされた聖人のごときお方でございもした。そんお方が亡くなられれば、この世は闇でごわんで」

吉之助は吐息をついた。

「そこを闇にせんのが西郷はんのお役目やおへんか」

「そいどん、おいに聖人のごたる真似はできもはん。おいは船を失って、孤島に残されたとでごわす」

吉之助は頭を振った。

「なんという情けないことをおいやすのや。誰よりも崇《あが》めておられた島津様がやり残されたことをなしとげるのが、忠臣の務めやおへんか。そのためなら聖人の真似をしなはれ、聖人やから聖人の業をなすのやない。聖人の業をなしたものは、たとえ凡俗であっても聖人になるのや。逃げたらあきまへんえ」

月照の言葉はひとつひとつが矢のように吉之助の胸に突き刺さった。

同時に、斉彬と過ごした日々が脳裏に蘇《よみがえ》った。

吉之助の目に涙があふれてきた。

その様を見て月照は深々とうなずいた。

「今までの西郷吉之助はんは死んだのや。ここにおるのは島津様の魂魄を受け継いだおひとどす。あんたは今日から生きて生きず、死んで死なぬ身になったのや。行うことはただひとつ、この国を守ることや」

日頃、穏やかで冷徹な月照の激しい言葉に吉之助は突き動かされた。

「生きて生きず、死んで死なぬ身ごわすか」

底響きする声で吉之助は言った。

「そうや、もう恐ろしいものも、悲しいこともおへんやろ。西郷はんは生きながら、その身を地獄の業火で焼かはった。金剛不壊《こんごうふえ》の身となったんどす」

静かに目を閉じて聞いていた吉之助はゆっくりと瞼を上にあげた。

「まっこてそがんでごわした。たとえ、太守様が亡くなられようともなそうとされたことは、まだ生きておりもす。これを成仏さすっとはおいの役目ごわんな」

摩利支天（まりしてん）の巨像が動き出したような気配があった。

吉之助の言葉にはひとを動かす力がある。僧侶として修行を積んできた月照が、思わず息を呑んだ。

(この男はどこまで大きくなるのだろうか)

これまで吉之助は斉彬の命にしたがって生きてきた。

斉彬の思惑から出ることは禁じていたが、これからは自分の考えだけで動くだろう。

そのことが、この国に何をもたらすのか。

吉之助がようやく生気を取り戻したころ訪ねてきた者がいる。

日下部《くさかべ》伊三次《いそうじ》という江戸詰めの薩摩藩士だ。日下部は薩摩藩を脱藩した海江田連《かいえだれん》の子で水戸藩で生まれた。

水戸藩で斉昭につかえていたが、その後、斉彬によって帰参が認められた。いまでも水戸藩士とのつながりが深い男だ。

尊王心が厚く、直情径行でもあった。日下部は思いつめた表情で、

「いま、水戸の者が、幕府を糾問する勅諚を得ようと禁裏に働きかけております。西郷殿にお力添えを願いたい」

と言った。不時登城を咎められ水戸屋敷で謹慎となっている斉昭を、

「おいたわしい」

と心を痛める家臣たちは井伊直弼への憤激を強めていた。

このため、井伊直弼を辞めさせせよ、という勅諚を得ようと考えたのだ。

「なるほど、勅諚ごわすか」

「西郷殿には用意があるはず」

日下部は膝を乗り出した。薩摩藩士だけに西郷が斉彬の命によって京で何をしようとしていたのか知っている。

斉彬が挙兵上洛すれば、ただちに幕府の誤りを正させる勅諚を得るための働きかけを

西郷はしていたはずだ、と日下部は見ていた。

「さてどげんでごわそう」

吉之助が大きい目で見つめると日下部は、ごまかしは許さないという鋭い目で見返してくる。

「わかりもした。吉之助はからりと笑った。お手伝いいたしもそ」

「ありがたい」

日下部は素直に喜んだ。

しかし、吉之助の胸中は複雑だった。たしかにこれまで勅諚を得るために公家たちに働きかけている。宛先を薩摩から水戸へ変えるだけのことだから、吉之助が動けば勅諚はすぐに出るだろう。

(勅諚が出ても水戸藩は受けられるのか)

水戸藩はかねてから内輪もめが続いており、斉昭が謹慎しているいまは鎮める者がいない。たとえ勅諚を受けても家中の争いが激しくなるだけのことではないか。

吉之助は前途に不吉なものを感じないではいられなかった。

二十三

吉之助の考え通り、勅諚は間もなく出ることになった。江戸では斉昭らの処分によって一橋派の動きは、止まっていた。

しかし、直弼が違勅を犯したことで尊攘派の、梁川星巌《やながわせいがん》や梅田雲浜、頼三樹三郎《らいみきさぶろう》などの浪人学者たちが公家たちに、

「井伊はまことに不敬でござる。これでは朝廷の威厳は保たれませんぞ」

「帝のお怒りを鎮めるには井伊に腹を切らせるしかないと存ずる」

などと訴えていた。

これらの遊説も功を奏して、朝廷はしだいに炎に煽られるように勅諚を出さねばならぬという意見が圧倒するようになっていた。

朝廷が幕府に意見するというかつてない事態に公家たちは色めき立っていた。熱に浮かされたように勅諚を出そう、と口角泡を飛ばして論じ合った。

この勅諚は、この年が戊午《つちのえうま》であったことから後に、

——戊午《ぼご》の密勅
と呼ばれることになる。

その内容は、幕府の無断調印を糾し、尾張、水戸をなぜ罰したのかを問い、さらに幕府は三家、三卿、家門、諸藩と合議、評定して徳川家を助けよ、というものだった。

吉之助はこの情勢の中、近衛忠煕に拝謁して、

「おそれながら、九条関白様にお辞めいただくほかありもはん」

と説いた。もはや九条関白さえ除けば、朝廷は直弼を糾問するに違いなかった。

「九条はんをか」

忠熙は顔をしかめた。

公家の通弊で朝廷の人事はあまりあつかいたくないのだ。一度、蹴落とした相手は決して恨みを忘れない。

狭い公家の社会だけにどこで報復を受けるかわからないのだ。

「そいどん、九条様がおわすかぎり、此度の勅諚は公のものではなく、密勅ということになってしまう恐れがごわす」

関白があくまでも反対すれば勅諚は朝議を通過することができない。そうなると帝の内意としての密勅になってしまうのだ。

密勅であってはならない、正々堂々たる勅諚にすべきだと吉之助は説いた。だが、忠熙は煮え切らない。

「ならば、それがしを水戸への使者としてくだされませ」

「そなたを?」

「さようでございもす。それがし、帝のご意向を水戸へ伝えもす」

忠熙は、しばし、考えさせてくれ、と言った。

吉之助は、忠熙の前を下がった。しかし、あらためて近衛家の村岡局を通じ、忠熙に自ら勅諚を水戸藩に伝える使者とするよう願い出た。

斉彬の急死によって薩摩が動けない以上は水戸を動かすしかない。そのことが斉彬の遺志を活かす道だと、吉之助は考えていた。

忠熙は度重なる吉之助の願いに根負けして、

「わかった。江戸へ参るがよい」

と言った。村岡局からこのことを告げられた吉之助は大きく頭を縦に振った。

「これで天下のことはなりもんで」

吉之助は自分の背後に斉彬がいて、

——吉之助、よくぞしとげた
と言うのを聞いた気がした。


吉之助は八月二日、早暁に京を出発、江戸へ向かった。

ふと空を吉之助は見上げた。

明け方の空は菫色に変わろうとしていた。

(斉彬様は夜明けの空がお好きであった)

江戸藩邸でも斉彬はたまに早朝に起き出し、庭に出て東の空を眺めていることがあった。

傍らに控えていた吉之助は朝日が昇るにつれ、佇《たたず》む斉彬が黄金《こがね》色に染まっていくのを見て、

——この方は神に違いない

と思った。

斉彬自身が仰々しい褒《ほ》めかたを好まないだけに、吉之助は口にこそしなかったが、斉彬を神と見まがうひとであるとこのとき、深く思い定めたのだ。

昼夜兼行して、七日に江戸に入った吉之助は、さっそく小石川《こいしかわ》の水戸藩邸に入って、家老の安島帯刀に会って、密勅のことを伝えた。

すると、帯刀は困惑した表情で、

「いま、家中はまとまっておらず、とてもお受けできない」

と言った。

吉之助は嘆息した。

藤田東湖と戸田蓬軒を地震で失ってから、水戸藩は人材が払底《ふってい》しつつあった。勅諚が出ても水戸家が受けられないかもしれないと思ったからこそ、吉之助は使者の役目を買って出たのだ。

だが、これ以上、説得しても無駄だ、と吉之助は見極めた。

「わかりもした。無理しては却《かえ》って朝廷のためになりもはん。ひとまずこの件はおいが持ち帰りましょう」

吉之助があっさりと言うと、帯刀は手をつかえて、

「かたじけのうござる」

と涙をにじませながら言った。

「こいでよかとでごわす」

吉之助は帯刀を慰《なぐさ》めてから藩邸へと引き揚げた。

しかし、京では続いて勅使を派遣するであろうことは吉之助にはわかっていた。その密使が着けば、帯刀も断るわけにはいかないだろう。

（このままではすまん。水戸は茨《いばら》の道を歩むことになるじゃろう）

吉之助は藤田東湖の面影を脳裏に浮かべた。


このころ直弼は京の動きがただならないことを感じていた。そこで、主膳に向かって直弼は、

「京でどのような悪巧みがなされておるかわからん。行って探ってまいれ」

と額《ひたい》に汗を浮かべて言った。

「承ってございます」

主膳は冷徹な表情で頭を下げた。

島津斉彬が死んだことで直弼は焦眉《しょうび》の急を免れた思いがしていた。

当面、違勅を言い立てる者の動きはあってもいずれ沈静化するに違いない。それまで耐え忍ぶしかない、と直弼と主膳は考えていた。しかし、それも京で新たな動きが起きなければということでしかない。

（やはり不穏な気配があるようだ）

吉之助が江戸に発った直後の八月三日、主膳は京に着いた。

七日の夜――

朝廷では勅諚について正式に決定し関白九条尚忠の裁可を経ない密勅として水戸藩へ伝えられた。だが、朝廷がそれを幕府に伝えたのは後日だった。

主膳は十二日には、朝廷が水戸藩京都留守居役に密勅を下されたらしいと知って緊張した。

朝廷が幕府に対してこのような介入を行うのは、初めてのことである。

（なんたることだ。一橋派は帝を意のままに操って幕府をつぶす気か）

仰天した主膳は朝廷内で何がおきたのかをつぶさに調べていった。

するとわかってきたのは、薩摩の陰謀だった。しかもその動きは慎重でありながら大胆だった。

（かつての橋本左内とは違う、容易ならざる者が動いているようだ）

斉彬が死んで薩摩の動きが止まったかと思った。だが、却って執拗《しつよう》で放胆な動きが出ていた。主膳は村山たかと島田左近を宿舎に呼んだ。

「いったいどうしたことだ」

一橋派の動きを封じ、水戸斉昭らも処分して、もはや直弼の前に敵はいないと思っていたのに、気づいたら、すべてが逆転しつつあるではないか。主膳は苛立ちを隠さなかった。

「どうやら薩摩の西郷吉之助といわはる方の仕業のようどす」

たかが言うと左近もうなずいた。

「密勅の一件は水戸の者が動いたようですが、それを成就させたのは、西郷の働きでございます」

「西郷はそれほどの者であったのか」

主膳は信じられない思いだった。

たかがうなずく。

「橋本左内は切れ味鋭い剃刀《かみそり》みたいなおひとでしたが、西郷は鉈《なた》どすな。切れるわけではないけど、いったん決めたら梃子《てこ》でも動かんおひとみたいどす」

たかは感心したように言った。

「そうか、面倒な男だな」

主膳は苦々しげに言った。左近が膝を乗り出した。

「長野様、これは非常の覚悟を持って臨まねばならぬと存じます。それでなくては彼奴《きゃっ》等《ら》のたくらみを防ぐことはできませんぞ」

「そうか。どうすればよいのだ」

「根こそぎ、でござる」

「根こそぎ？」

主膳は眉をひそめた。

「さよう、梁川星巌、梅田雲浜ら浪人学者から攘夷を言い立てる公家、さらには一橋派の者たちをすべてお縄にいたすのでございます」

左近は唇をなめながら言った。

主膳は目を閉じた。

左近が言っていることはわかるが、そうなれば、時局は混乱するに決まっている。それは決して望ましいことではない。しかし、水戸藩は勅諚を受ければ、幕府を揺り動かすだろう。このまま、放置していれば、恐ろしい事態になりかねない。

(もはや手段は選べぬ)

主膳は覚悟した。


八月二十五日——

吉之助は福井藩邸にひそかに橋本左内を訪ねた。

密勅を発した朝廷と幕府の間の緊張が高まるとみて、京に戻ろうとしており、その前に左内に暇乞《いとまご》いをしようと思ったのだ。

この時期、左内は病床に臥していたが、吉之助の来訪を知ると起き出して羽織袴姿で面会した。

左内は春嶽が幕府の咎めを受け、処分されてからは、謹慎して表立つ動きをしていなかった。吉之助は痩せた左内を痛ましげに見て、

「おいは京に戻りもす」

と言った。左内は透明な微笑を浮かべてうなずいた。吉之助は不意にこれが左内との永訣になるのではないか、という気がして、

「お体をおいといやんせ」

と言った。

「西郷殿こそ」

左内の声が震えた。吉之助はそれ以上、何も言わずに福井藩邸を辞し、京へ向かった。これが左内との別れとなった。

吉之助が再び、江戸の地を踏むのは、十年後、官軍の東征大総督府《とうせいだいそうとくふ》参謀としてだった。

二十四

吉之助が京に入ったのは九月一日、夜のことである。

いつも通り〈鍵直〉に宿をとると、すでに江戸から京に入っていた同志の有村俊斎と伊地知龍右衛門がやってきた。

ふたりはかつて大久保一蔵とともに『近思録』を読んだ仲間である。ふたりは興味深い話を伝えた。

「吉之助さあ、どうやら九条尚忠様が関白ば辞めさせられるごとあるぞ」

俊斎は興奮して言った。吉之助は大きな目を光らせた。

「なしてさようなことになったとじゃ」

龍右衛門は身を乗り出して言った。

「九条様は水戸へ密勅が下されるおり、別紙を添えられたそうじゃ。それには、帝の仰せはかようだが、心配にはおよばぬと、勅に従わずとも良いように書かれていたそうじゃ」

「そいは公家にあるまじき不遜じゃな」

吉之助は厳しい顔でつぶやいた。

俊斎は頭を大きく縦に振った。

「そうじゃ。九条様に代わって近衛忠熙様が関白に任じられるということじゃ」

近衛家はかねてから島津家と親しく、吉之助もかねてから入説《にゆうぜい》している。

吉之助はにこりとした。

「面白かことになってきもしたな。越前の橋本左内どんは海防掛の岩瀬忠震に勅許を得ないままの条約調印を行わせ、その非を言い立てて井伊大老に詰め腹を切らせる策を仕掛けもした。猪武者《いのししむしや》の井伊はこの策により罠に落ちたとじゃ。落とし穴でもがいている井伊大老に密勅という矢を射かけて仕留めるとでごわす。井伊大老の息の根は間もなく止まりもすぞ」

吉之助たちが勢いづいたとき、江戸にいた同志の有馬《ありま》新七《しんしち》が京に上ってきて〈鍵直〉

に現れた。

新七は薩摩国伊集院《いじゆういん》郷の郷士《ごうし》の息子だが、父が城下士《じようかし》有馬姓を継いだのに従って加治屋町に移り住んだ。

少年のころから、英敏激烈な性格で東郷流弓術、神影流剣術を修行、江戸に出て山口《やまぐち》菅山《かんざん》について、山崎闇斎の崎門《きもん》学を学んだ。

その後、京に滞在した際、同門の先輩梅田雲浜らと交遊し、熱烈な尊王家となった。

新七は吉之助より、二歳、年上である。精悍な顔つきをしており、後に寺田屋事件で島津久光の命を受けて暴発を抑えようとした同じ尊攘派の同志に討たれて壮烈な死を遂げる男だ。

長幼の序が厳しい薩摩だけに、斉彬の股肱の臣だった吉之助といえども、新七には遠慮せざるを得ない。

激情家の新七は、江戸では水戸藩の内部対立が深刻で密勅に沿うことができない、この上は上洛してくる老中間部詮勝《まなべあきかつ》を斬って天下に正義を示すしかない、と火が噴き出るように主張した。

俊斎や伊地知龍右衛門らそのほかの同志とともに新七の意見を聞いた。老中を斬るという話にしだいに興奮し、皆の目が吊り上がってきたとき、吉之助が悠然と言った。

「有馬さあの言わるること、もっともでごわんで。間部詮勝を斬りもそう」

吉之助の言葉に同志たちは、おおう、と声を上げた。だが、吉之助はさらに言葉を続けた。

「じゃっどん、われらが間部を斬っただけでは天下はびくとも動きもはん。近衛様から、今回の密勅の写しをいただき、諸国の大名に広く伝えねばならんと思いもすが、いかがでごわそう」

吉之助が落ち着いて投げかけると、炎のようだった新七が思わずうなずいた。

「そいはせねばならんことでごわす」

「ならば、月照様をお呼びして手はずをととのえねばなりもはん」

吉之助はすぐに月照への連絡などの手配を始めた。

そのときになって、新七は諸大名に密勅の写しを届けるとなると、同志たちはそれにかかりきりになる。間部詮勝を斬る計画はしばらく棚上げになることに気づいて、

「おはんというひとは――」

と言いかけたが口をつぐんだ。

吉之助は新七の目を見つめて、

「有馬さあ、われらはやらねばならぬときは、必ず命を捨ててやりもす。じゃっどんそれはできる手をすべて打ってからのことじゃ。そのことで寸分も怠りがあってはなりもはん。おいはそのことを太守様より教わりもした」

と諭すように言った。

吉之助が命を捨てることにいささかも躊躇《ちゅうちょ》しないことは語気から伝わってくる。それ

でもできることはすべてしなければならない、というのが吉之助の考えだった。

「西郷どんの覚悟、肝に沁みもした。おはんはまことに大勇のひとでごわすな」

新七はいつのまにか得心して、吉之助の器量に感心した。

新七が京に入ったのは、九月七日である。

この日、長野主膳は伏見《ふしみ》奉行所に赴き、内藤豊後守《ないとうぶんごのかみ》に、

「公家たちに遊説いたし、世を乱している巨魁《きょかい》の梅田雲浜を捕らえていただきたい」

と迫った。

主膳はこのころ、麩屋町《ふやちょう》の俵屋《たわらや》という旅籠に投宿して島田左近や猿《ましら》の文吉を使って一橋派や尊王攘夷派の動向を探っていた。

そして京都所司代の酒井《さかい》忠義《ただあき》に雲浜の捕縛を願った。だが、酒井は雲浜がかつて家臣であった旧縁があるためか許さなかった。

業を煮やした主膳は伏見奉行の内藤を説いたのだ。

主膳は尊王家の名士である梅田雲浜の捕縛をきっかけにこれまで朝廷を動かし、幕府に対抗しようとしていた一橋派と尊王攘夷派を一掃しようと考えていた。

内藤は主膳の要請に応じた。

この日の夜、京の堺町通りの自宅にいた雲浜は伏見奉行所の役人によって捕縛された。

〈安政の大獄〉の大弾圧が始まったのである。

主膳は狙った獲物を逃がさぬようにひそかに動いた。

雲浜同様に尊王攘夷派の大物だった梁川星巌《やながわせいがん》のもとにも捕吏が向かった。

だが、星巌は九月二日には、このころ流行していたコレラに罹ってすでに死んでいた。

このため、後に星巌は、

――死に（詩に）上手
などと言われた。星巌が死んでいたため、捕吏は星巌の妻の紅蘭《こうらん》を捕らえるなど、捕縛の手を広げていった。


「大変どす――」

九日の早朝、〈鍵直〉を訪れた月照は吉之助に会うなり雲浜の捕縛を報せた。

さすがに吉之助は驚いた。

尊王家として名高い梅田雲浜を捕らえれば公家たちの反発が大きいはずだ。しかし、それを恐れずに捕縛に踏み切ったやりかたは、これまでとは違っている。

（井伊直弼の意を受けた長野主膳が動いているのかもしれぬ）

だとすると、弾圧は苛烈なものになるのではないかと吉之助は感じた。

「月照様、こうなったら、密勅の写しを諸大名にできるだけ早く伝えねばなりもはん。さもなければ幕吏によってすべて抑えられてしまうやもしれもはん」

吉之助が言うと月照はうなずいた。

「そやなあ、急ぎましょう」

吉之助はさっそく、月照とともに近衛屋敷に赴いた。

村岡局の取次で近衛忠熙に拝謁した。吉之助は、密勅の写しを下賜していただき、諸大名に送って、東西呼応して井伊大老を糾したいと言上した。

しかし、忠熙は憂色を顔に浮かべて、

「それは結構なことやが。幕府の動きが何やら急なようや」

と言った。平伏していた吉之助は顔をあげて口を開いた。

「梅田雲浜殿が捕縛されたことでございもすか。幕府の暴虐が極まっていればこそ諸大名へ働きかけねばならんのでごわす」

だが、忠熙は頭を振った。

「それどころではないのや。すでに月照にも捕吏の手が伸びておるという話や」

「月照様に――」

吉之助の目が光った。

「そうなのや。雲浜の次に狙われとるのは月照らしい」

忠熙はため息をついた。

自分が捕縛されるかもしれない、と聞いても月照は眉ひとつ動かさなかった。

二十五

長野主膳は俵屋で左近と密議していた。かたわらに村山たかと猿《ましら》の文吉がいる。

主膳はひややかに言った。

「すでに梅田雲浜は捕らえた。梁川星巌はコレラで死んでおったゆえどうしようもないが、残る悪謀の者どもも必ず捕らえる」

主膳は梅田雲浜と梁川星巌のほか、青蓮院宮家や三条家に出入りしていた浪人儒者の池内大学、頼山陽の三男で尊王家として知られる頼三樹三郎の四人を、

——悪謀四天王
と呼んで憎んでいた。左近はうなずいたものの、

「まさにその通りですが、近衛様を動かしてきた島津にも手を伸ばさねばなりますまい」

と言った。

主膳は怜悧でととのった顔の眉をひそめる。

「とは申しても島津は大大名だ。簡単にはいかぬ」

「いえ、島津と近衛様の間で動いてきた者たちを捕らえねばなりませぬ。まずは、あの大男です」

左近が声を低めて言うと主膳はうなずいた。

「西郷吉之助か」

「さようにございます」

「西郷とともに動いていた福井藩の橋本左内はいずれ捕らえる。その前に西郷を捕縛できればいうことはないが。島津家の者には手が出しにくいな」

主膳は腕を組んだ。

たかが主膳にしなだれかかるようにして、

「それなら、罠を仕掛けたらどうどす」

「罠だと？」

主膳はたかに顔を向けた。

「西郷という薩摩者はひとの信望が厚いと聞きました。そのようなひとは守らなならん相手を捕らえたら、自分から罠に飛び込んでくるのやおへんか」

「西郷が守らなければならん相手とは誰のことだ」

主膳が訊くとたかは艶然と微笑んだ。

「近衛様と西郷様の間に立って働いてきたのは近衛家の村岡局と、もうひとりは月照というお坊様やそうどすな」

たかの言葉を聞いて左近は膝を打った。

「なるほど、月照を捕らえれば西郷がどのように動いていたかは明らかになります。また、西郷には月照を守らねばならぬ義理があると思いますゆえ、月照さえ抑えれば西郷を捕らえたのも同然でございますぞ」

主膳は文吉を見遣った。

「文吉、そなたは西郷に会ったことがあるな。どのような男であった」

文吉は首をひねった。

「そうどすなあ、何やら得体の知れん男でしたが、何とのうひとのために命を投げ出すのを恐れん男みたいどした」

主膳は面白そうに文吉を見た。

「ほう、目明しにさように見えるとは西郷という漢《おとこ》はなかなかのものだな。そのような漢なればこそ捕らえねばなるまい」

文吉は主膳をうかがい見た。

「では、月照という坊主を捕まえて西郷をおびき出す餌《えさ》にしたらよろしおますのやな」

ああ、と言って、主膳は声をあげずに笑った。

文吉の指図で目明したちが月照を捕らえるべく行方《ゆくえ》を追った。だが、近衛家にいたはずの月照の姿がぷっつりと消えていた。

(どこへ逃げた。天に上ろうが、地に潜《もぐ》ろうがわての目はごまかせんぞ)

文吉は必死に月照の行方を捜した。

そのうち、月照らしい僧侶がふたりの屈強な武士に付き添われて竹田《たけだ》街道を南へ進んだ、と言う話が入った。武士のうち、ひとりは六尺豊かな大男だったという。

（西郷や――）

駕籠わきに武士だけでなく月照の下僕《げぼく》の重助《じゆうすけ》という若者が従っていたらしい。

竹田街道は、伏見街道と鳥羽街道の間を走っている。

（どこへ行くつもりや）

なおも探索すると、僧侶の一行は伏見の船宿に入ったという。文吉はそれを聞いてすぐに伏見に向かった。

西郷たちが伏見で泊まったのは文珠屋《もんじゆや》という宿だった。

文吉は伏見奉行所の捕吏とともに文珠屋に踏み込んだ。捕吏が、

「御用改めである。薩摩の西郷という武士がこの宿に泊まっているであろう」

と問うと、宿の主人は震えながら、

「先ほど、三十石船で大坂に行かはりました」

と答えた。

「しもうた。一歩違いやったか」

文吉は歯嚙みした。

このころ、吉之助はいったん京に戻った後、有村俊斎と落ち合い、月照を守り、下僕

の重助を従えて大坂に入ると、夜がふけるのを待ってから、

——小倉《こくら》船
に乗り込んだ。

小倉船とは豊前《ぶぜん》の小倉から大坂まで往復している三十石船のことだ。

吉之助たちが土佐堀から小倉船に乗るとまわりの岸に捕吏らしい者たちの姿が見える。

船荷に隠れるようにして捕吏の目を逃れた一行は十月一日には、下関《しものせき》に着いた。

このころ京では老中間部詮勝が上洛したものの、病気と称して参内はせずに一橋派と尊王攘夷派を捕らえる指揮をとっていた。

そのことを港で伝え聞いた吉之助は、

「おのれ、幕府は血迷ったのか」

と憤った。そして、月照に、

「井伊大老のいまのやり方は到底、看過できもはん。この上は薩摩に一刻も早く馳せ帰り、大殿、斉興様に願い出て京に兵を出していただきもんで」

と言って、先行する許しを請うた。

月照は微笑した。

「西郷はん、わたしはとっくの昔に命は捨てた覚悟で国事に奔走して参りました。これから何が起ころうと悔いはおまへんのや。どうぞ、先に薩摩に戻られて思う存分、働いておくれやす」

月照に言われて、吉之助は薩摩へと急いだ。

十月六日――

吉之助は薩摩に入った。

六月十八日に鹿児島を出て以来、三カ月半ぶりだった。だが、その間に天下の情勢がなんと激変したことかと思った。

何より、主君島津斉彬がこの世のひとではないのだ。そのことを思うと吉之助の胸は悲しみが満ちて、矢も楯もたまらず、島津家の菩提寺《ぼだいじ》である福昌寺《ふくしょうじ》に行き、斉彬の墓の前で額《ぬか》ずいた。

手をつかえ頭を下げていると吉之助の両目から涙があふれた。ようやく涙をぬぐった吉之助は呆然と斉彬の墓を見つめた。

そのとき、背後でひとの足音がした。吉之助は振り向かずに、

「その足音は一蔵どんじゃろう。いま少しひとりにしておいてはくれもはんか」

と言った。

吉之助が察した通り、後ろに立ったのは大久保一蔵だった。

「吉之助さあの気持はわかりもすが、いまは一刻も無駄にはできんと思いもす」

冷徹な一蔵の言葉を聞いて吉之助はあらためて涙をぬぐうと墓に一礼して立ち上がった。振り向いて一蔵に顔を向けた吉之助は口を開いた。

「聞きもそか。太守様が亡くなられて薩摩がどげん変わったかを」

一蔵はうなずく。

「何もかもでごわす。吉之助さあが知っておられた斉彬公の薩摩はもうありもはん」

かつて斉彬が行っていた反射炉による大砲の製作、溶鉱炉での製鉄、洋風帆船や蒸気船の建造、輸出のためのガラス器、陶磁器の製造、さらに硫酸、綿火薬、硝酸、塩酸の製造から砂糖、櫨蠟《はぜろう》、樟脳《しょうのう》作りなどがことごとく停止していることを一蔵は、話した。

かつてヨーロッパの一小国なみの工業化を果たそうとしていた薩摩がいまでは旧態依然として、あたかも埃をかぶり、くすぶったかのようだ、というのだ。

「なして、そげなことになった」

吉之助は怒りで目を赤くして言った。

一蔵は冷然として、

「斉彬公が亡くなられたがゆえに決まっておるではごわはんか。いまの薩摩を動かしておるのは久光様ごわす。古い物がお好きで新しか物は毛嫌いされるお方であることは吉之助さあも知っちょるはずじゃ」

と告げた。

「そげなことは知らん。一蔵どん始め、国許におる者たちは何をしておったとじゃ。太守様のなされたことを守るために腹を切れんかったのか」

吉之助は悲しみのあまり激しく言い募った。それも相手がわがままを言える一蔵なればこそだった。

「吉之助さあ、無理は言いやんな。おいたち国許におった者もいつでん天下のために命は投げ出す。じゃっどん、どこで死ぬかは自分で決めもす」

一蔵が穏やかに言うと、吉之助は頭をたれた。

「一蔵どん、すまんじゃった。あまりに悲しゅうて、乱暴な物言いをしてしもうた。許してたもんせ」

「なんも、気にさるっことはなか。吉之助さあの気持は痛いほどわかりもんで。じゃっどん、辛か話はまだあっとじゃ」

一蔵はまわりを見まわしてから、吉之助に近づき、押し殺した声で言った。

「近衛家出入りの月照という僧を京から連れ出し、薩摩で匿《かくま》おうとしているという話はまことでごわすか」

吉之助もあたりをうかがいながら、

「まことじゃ。むつかしかことになっとりもすか」

と訊いた。一蔵はかすかにうなずいた。

「いまの藩の重役たちには、幕府の機嫌を損じるほどの覚悟はなか。吉之助さあが匿おうとしている月照という坊様は〈永送《ながおく》り〉にされもすぞ」

「〈永送り〉じゃと」

吉之助はかっと目を見開いた。薩摩では、あつかいの厄介な罪人は日向《ひゅうが》に送ると称して、途中の山中で斬り捨てる。これを〈永送り〉と称していた。

「藩の重役はそこまで腰が抜けもしたか」

吉之助はもはや、憤りさえ見せずにつぶやいた。

「どげんしもすか」

一蔵は鋭い目を吉之助に向けた。

「しょんなか、月照様への申し訳に腹を切るしかあるまい」

「吉之助さあのことじゃから、そう言うじゃろうと思うて、話しに来たとでごわす」

一蔵は囁くように言った。

「じゃっどん、ほかに方法はなか」

「運を天にまかせてはどげんでごわそうか」

「運を天にまかせる？」

吉之助は訝《いぶか》しげに一蔵を見た。

「そうじゃ、どちらにしても月照様は助からん。それならふたりで錦江湾に身を投げるとじゃ。もし、天が吉之助さあにまだやることがあると思えば、吉之助さあは助かる。月照様も同じことじゃ。命を天に問うてみるとじゃ」

「そげなことはできもはん」

吉之助は顔をそむけた。

「辛かことじゃ。それに助かるかどうかもわからん。だがそれでもおいは吉之助さあに命を天に問うてもらいたか、吉之助さぁはそれだけのおひとじゃ。もし、命が助かったら、それは天が吉之助さあに命を与えるゆえ、天下のために働けと言うておるとでごわす」

吉之助は何も答えず、空を見上げた。

透き通ったまぶしいほどの青空である。


月照が旅の途中、筑前黒田藩《ちくぜんくろだはん》の志士、平野國臣《ひらのくにおみ》に助けられるなどして薩摩に入ったのは十一月十日の夜のことだった。

月照はかねてから面識があった日高存龍院《ひだかそんりゆういん》という山伏の家に泊まった。そして翌朝には、月照は上ノ園町の西郷家を訪ねた。

平野國臣には有村俊斎への手紙を届けてもらい、従者の重助だけを連れていた。

訪ね歩いて、ようやく吉之助の家にたどりつくと、重助が訪《おとな》いを告げた。

朝早くからの客の来訪に驚いた吉之助が出てみると、朝の光に照らされて月照が微笑して立っている。

「月照様――」

吉之助の目に涙がにじんだ。

「西郷はん、やっと着きました」

月照は清らな声で言った。

二十六

吉之助は月照を家に招じ入れ、小座敷で話した。

西郷家は祖母や弟妹など五人の家族がいるが、立派な風采《ふうさい》の月照を見て、あわててそれぞれの部屋に引き籠《こも》った。

月照には妹の安が恐る恐る茶を出した。ゆっくり茶を喫する月照を見つめる吉之助の胸に悲痛な思いが湧いた。

（近衛家出入りの高僧である月照様を京から南の果ての薩摩までお連れしてしもうた）

月照を匿えると思ってのことだったが、斉彬亡き後の薩摩は変貌していた。

吉之助は手をつかえた。

「月照様、まことに申しわけなかことでごわす。せっかく薩摩までお出でいただきもしたが、いまの薩摩は腰抜けとなりはてておりもす。もはや、月照様のお命を守ることすらできぬやもしれもはん」

苦しげに言う吉之助を見て、月照は微笑した。

「西郷はん、さように気にされることはござりまへん。京にて近衛様ですらかばえぬこの身や、命が無いものとはとうに覚悟しております。薩摩まで来たのは、西郷はんの御国をひと目、見ておきたかったからどす」

「薩摩をご覧になりたかった？」

吉之助は目を丸くして月照を見つめた。

月照はゆっくりと茶を飲み干した。

「西郷はん、わたしは、これまでいろんなひとに会うてきたが、あんたはんのようなひとは初めてどす。さすが、島津様がお目をかけられたはずや、あんたはんは人中の龍や。雲を得て天に駆け上り、この世を震撼《しんかん》させるおひとや」

「それは月照様の買いかぶりごわす」

吉之助は頭を振った。

「いや、何よりの証拠がこのわてや。わては尊王の志がおましたが、近衛様にお出入りがかないました。だが、もとはと言えばただの坊主や、幕府に逆らうなど思いもよらんかった。ところが、あんたはんに会うてると、不思議に勇気ゆうもんが湧いてくる。あんたはんは、ひとに、自分がしなければならんと思うたことのために、死ぬことも恐れん勇気を与えるひとなのや」

「滅相もない。それではひとを死なせるだけの漢ではございもはんか」

「いや、死なせるのやない。生かすのや、ひとはたとえ死んででも、なしたいと思うことをなすのが生きるということと違うやろか。わては死んででもなしたいことのために薩摩に来ましたのや」

「月照様のなされたいこととは」

吉之助は爛と光る目で月照を見つめた。

「西郷はんとともに尊王の志をあらわすことどす。わたしはひとりだけやったら、一介の坊主や。そやけど西郷はんとともにやったら、不朽の名を青史にとどめることができますやろ」

吉之助は太い腕を組んだ。

「そいどん、おいは月照様の死出の旅路の供をせねばならぬと思うとでごわす。あの世に参らば、もはやこの世のことはできもはん」

月照は手をのばして組んでいた吉之助の右手をとった。月照の細い白い指が吉之助の武骨な手を包んだ。

「西郷はん、あんたは男の血を沸かし、恋情を抱かせるところがおありや。橋本左内はんもそうやったのではないかとわては思います。松平春嶽公の命によって動いた橋本様の胸のうちに、ともに闘う喜びとあんたはんに褒められたいという思いがあったのではないでしょうか」

「さて、それはわからんことでごわす」

吉之助は穏やかに言った。

月照はうなずく。

「そうやろうなあ、ただひとつだけ言うておきます。わては寺におったから、衆道《しゅどう》のことはよう見聞してきました。衆道は相手を自分だけのものにしたいと思うゆえ、嫉妬《しっと》がきついものどす。痴話《ちわ》喧嘩や刃傷《にんじょう》沙汰が絶えまへん。ひとの和を乱し、ひとがなそうとすることを妨げます。まことに相手を思うなら、忍ぶ恋こそ至上の恋どす。そのことを覚えておいて欲しゅうおます」

月照は何事かを伝えようとするかのように思いを込めて言った。吉之助は月照の手を両手でしっかりと握った。

「わかりもした。月照様の手に合わせたおいの手の血の熱さが、血盟の証じゃと思うてくだされ」

月照は目を閉じて吉之助と手をにぎりあった。しばらくして、月照は吉之助の手をゆっくりと放した。

「西郷はん、死出の供は三途の川まででよろしい。そこからあんたはんは引き返しなはれ。わてはは極楽に往生しますが、あんたはんは嵐吹きすさぶ修羅の此岸に留まりなはれ。それが、西郷吉之助の道や――」

月照は言い置いて日高存龍院の屋敷に戻っていった。

この時、すでに存龍院には藩から月照に番人をつけて外出禁止、客との面会も禁ずる達しが届いていた。

京の猿《ましら》の文吉の手下である目明しが肥後の水俣まで来ており、黒田藩の盗賊方が鹿児島城下に入って月照と吉之助の行方を追っていたのだ。

藩ではさらに月照を平野國臣、従僕の重助らとともに城下の田原屋という旅籠に移した。監視されていることはかわらず、軟禁された。

十五日――

薩摩藩の家老新納《にいろ》久仰《ひさのり》ら重臣たちは協議のうえ、月照を〈永送り〉とすることを決めると簗瀬《やなせ》源之進《げんのしん》という役人の家に吉之助を呼び出して伝えさせた。

簗瀬は月照を途中で斬れとは言わなかった。

あくまで日向で潜伏させよという言い方だが、これは古来、命じられた藩士が自らの判断で行うことになっていたからだ。

吉之助は口を引き結んで伝達を黙って聞いていた。

だが、この時、月照とともに死ぬにしても、刃で月照を刺すやり方はしてはならないと思い定めた。

（おいが月照様を刺せば、藩は命に従って月照様を斬り殺し、そのうえで自決したということにするじゃろう。狡猾《こうかつ》な役人どもの思い通りにはならん）

吉之助が簗瀬家を出ると外に一蔵と有村俊斎が待っていた。ふたりとも、吉之助が呼び出されたことを聞いて駆け付けたのだろう。

一蔵があたりをうかがいながら訊いた。

「吉之助さあ、どげんなりもした」

吉之助は黙ったまま、頭を振った。

「いよいよごわすか」

一蔵は悲痛な表情をした。俊斎が腹立たしげに、

「どげんかならんもんでごわすか」

と言った。吉之助は珍しく怒気を露《あら》わに見せた。

「どげんもならんもんは、どげんもならん」

吉之助はそれ以上は言わず黙々と歩いた。


夜になって吉之助は田原屋を訪れた。

「船にて日向にお送りすることになりもした」

吉之助は言葉少なに言った。表情は常日頃と変わらないが目に悲しみの翳《かげ》りがあるのを見てとった月照は静かにうなずいた。

平野は鋭敏に感じるところがあったが、何も言わなかった。

吉之助は月照たちを案内して港へ出ると藩が用意していた船に乗り込んだ。苫《とま》をかけた大きな帆かけ船である。

すでに真夜中である。月光に照らされた海面を滑るように進んだ。

船には酒肴がととのっており、酒好きの平野は喜んで盃《さかずき》を重ね、興がのったのか立ち上がると舳先《へさき》へ出て携えてきた横笛を吹いた。

りょうりょうと海面に響き渡る笛の音に耳を傾けていた月照は、

「西郷はんこれを――」

と紙にしたためた二首の和歌を示した。

くもりなき心の月も薩摩潟　沖の波間にやがて入りぬる

大君のためには何か惜しからむ　薩摩の迫戸《せと》に身は沈むとも

死の覚悟を詠った辞世の和歌だった。

吉之助は涙が出そうになったがこらえた。やがて船が龍ヶ水《りゅうがみず》大崎鼻沖にさしかかったとき、吉之助は月照をともなって船首へと出た。

ふたりとも月光で恐ろしいほど青白く照らされている。

吉之助は龍ヶ水を指差した。戦国末期、島津家の当主義久《よしひさ》の弟歳久《としひさ》は、九州を攻略して島津家を降した豊臣秀吉にあくまで抗し続けた。

秀吉の朝鮮出兵の際にも歳久には不穏な動きがあった。義久はやむなく討手を放ち、歳久は家臣二十七人とともに戦った後、自害した。

「薩摩ん者はいまでも豊臣の力に屈しなかった歳久公を崇めておるとです」

それに比べていまの薩摩はと思いつつ吉之助は月照と顔を見交わした。

月照は微笑した。

「そろそろ行きまひょか」

吉之助は月照の体を抱きかかえるようにして船縁《ふなべり》から海面へ飛んだ。

大きな水音がして、苫の下で寝ていた平野が跳ね起きた。船首に出た平野は、吉之助と月照がいないのに気づいて、

「やはり、そうか――」

歯嚙みして見まわしたがすでに海面は静まり返って人影は見えない。

「西郷さん、月照様――」

平野は声を限りに叫んだ。


十二月二十二日――

京の長野主膳のもとに京都西町奉行所与力渡辺金三郎《わたなべきんざぶろう》が西郷吉之助と月照が死亡したのは疑いないと伝えてきた。

猿《まし》の文吉もまた鹿児島城下に入った黒田藩の盗賊方がふたりの水死をたしかめたと報せてきていた。

（あの大男は死んだのか――）

主膳は能面のように無表情な顔にかすかに笑みを浮かべた。思えば京都工作で井伊直弼を苦しめたのは橋本左内と西郷吉之助だった。

すでに左内は十月二十三日に捕縛、取り調べを受けて親類預けになっており、後は処分を決めるだけだ。

吉之助が死んだということになれば、将軍継嗣争いでの一橋派は壊滅したことになる。

すでに大掛かりな摘発は進み、十月三十日には頼三樹三郎《らいみきさぶろう》が捕縛された。十二月五日には鵜飼吉左衛門《うがいきちざえもん》、幸吉《こうきち》父子や三国大学らが江戸檻送になっていた。朝廷は幕府の弾圧に震え上がり、十二月二十四日には孝明天皇が幕府に対して、

――疑念氷解
したという勅諚を出した。

すなわち、アメリカとの条約締結は違勅であるとしていたが、その疑いは解けたというのである。

幕府に対する朝廷の全面降伏だった。

二十七

このころ、吉之助は鹿児島の港から奄美大島に船で向かおうとしていた。

錦江湾に飛び込んだ吉之助と月照は平野たちによって助け上げられた。月照は蘇生しなかったが、吉之助は息を吹き返した。

実家にかつぎこまれ、ようやく意識を取り戻した吉之助は、月照の安否を訊いた。亡くなったと家族が話すと、

「そうか、おいが殺したとじゃな」

とうめくように言った。

その後、一蔵が訪ねてきても、何も言わず呆然としているだけだった。その様子を痛ましげに見た一蔵は吉之助の家族に、

「吉之助さあは自決さるっかもしれもはん。刃物を身近に置いちゃなりもはんど」

と言い置いて辞去していった。

しばらくして吉之助はようやく筆がとれるようになると、熊本の長岡監物に手紙を送った。自らの心の裡を整理するためでもあった。

――私事土中の死骨にて、忍ぶべからざる儀を忍び罷《まか》り在り候次第、早《はや》御聞き届け下され候わん。天地に恥《はずか》ヶ敷《しき》儀に御座候え共、今更《いまさら》に罷り成り候ては皇国のために暫《しばら》く生を貪《むさぼ》り居り候事に御座候

「土中の死骨」とは思わず出た言葉だった。死を恐れぬ薩摩《さつま》隼人《はやと》が守るべきひとを死なせ、自らだけが生き延びたのだ。これに勝る恥はなかった。

月照が言っていた、生きて生きず、死んで死なぬ身、という言葉の意味がようやくわかってきた気がした。

一蔵から運を天にまかせよ、と言われ、月照からは嵐吹き荒《すさ》ぶ修羅の此岸に留まれと言われた。

死を恐れる気持は微塵《みじん》もない。一蔵と月照の言葉も使命を果たすためにはいかにすべきかを言われただけだ、と受け止めていた。

しかし、こうやって生き延びてみると、自分は死ぬのが恐ろしかった、ただただ生き延びたかったのではないか、という恐ろしい疑いがどす黒く胸の奥底に湧いた。

（そげなことはなか。おいは西郷吉之助じゃ。死ぬことを恐れぬ勇気を持っちょる）

自分に言い聞かせても、疑いは心の小さな黒い染みとなっている。そのことが何より腹立たしく、ひとと話す気にもなれなかった。

夜、寝ても海中でもがき、助かろうとして抱きしめていたはずの月照を突き放してしまう自分の姿を見て、はっとして目覚めることがあった。

冬なのに寝汗でぐっしょりと寝間着が濡れていた。

煩悶《はんもん》の日は続いた。そんなある日、起き出して井戸端で顔を洗っていると、近くの屋敷から示現流の朝稽古をしているらしい少年の、

――チェスト

という気合を聞いた。

清冽な穢《けが》れのない声である。

その声を聞いた瞬間、顔を洗っていた吉之助ははっとした。

（おいは死を恐れぬなどと何という思いあがったことを考えていたのじゃ。ひとが死を恐れるのは当たり前じゃなかか）

恥ずべきは死を恐れてなすべきことがなせないことだ。死ぬことが目的ではない。事をなすことこそが大事ではないか。

何事かをなそうとしたとき、胸の奥底に生きたい、死にたくないという気持があったからといって何であろう。

死を恐れはしなかったのだ、と自分でも思い、他人にも思ってもらいたいと望むのは、

——虚栄
に過ぎない。そんな思いが吉之助の胸に猛然と湧き起こった。

（おいは、死を恐れて月照様を死なせた卑怯者じゃ。だからこそ、なすべきことをなすまで死んではならん、逃げてはならんとじゃ）

顔を洗って手拭で拭いた。

空を見上げる。

よく晴れた、透き通るように青々とした空である。

（おいは何もしちょらんのに、天は日々かわりなくおいたちを見守ってくれちょる。ありがたかことじゃ。報いるためにはおいのできることを命がけで果たさにゃならん）

藩は生き残った吉之助をどうするか苦慮しているだろう。おそらく、幕府を憚り、どこかの島に追いやってほとぼりが冷めるのを待つのではないか。

かつて斉彬の寵臣《ちょうしん》であり、江戸、京都で奔走した身が同志とも切り離され、島送りにされるのは屈辱だった。しかし、耐えねばならない、と吉之助は思った。

間もなく吉之助は藩から、

――菊池源吾《きくちげんご》
と改名して奄美大島に渡り、潜居するように、と申し渡された。

こうして吉之助は奄美大島行きの砂糖船に乗せられたのだ。このとき、吉之助は『春《しゆん》秋左氏伝《じゆうさしでん》』、『孫子《そんし》』、『韓非子《かんぴし》』、『近思録』、『言志録《げんしろく》』などの書物を携えていった。大島で読書にふけり、おのれを鍛え上げようと思っていた。

船は鹿児島湾口の山川《やまかわ》港に入って外洋に出るため日和を見た。ところがなかなか天候が回復せずに年が明けた。

正月二日――

鹿児島城下から伊地知龍右衛門が陸路をやってきた。山川港までおよそ十三里ほどある。

伊地知はわずか三歳で文字を読み、神童と呼ばれたが、幼い頃の大病で左目を失明し、片足も不自由となった。

それでも気魄に富み、後の戊辰《ぼしん》戦争では、白河口《しらかわぐち》の戦いでわずか七百の兵で白河城に拠《よ》る旧幕府軍二千五百に圧勝する戦功をあげ、稀代の軍略家と見なされることになる男だ。

何事だろうと思って吉之助が宿で会うと、伊地知は、

「今後のことについておはんの意見を聞きたかと皆が思うちょる。そいで、わしが代表

で来たとじゃ。委細は大久保どんの手紙に書いてある」

といって懐から取り出した書状を手渡した。

一蔵の手紙には、八項目の質問が書かれている。主なのは、幕府の弾圧に憤激した同志たちの間で突出論が高まっているが、どの段階で突出すればよいか吉之助の判断を仰ぐものだった。

一蔵はまだ吉之助が臥《ふ》せっているころに訪ねてきてひそかに話したことがある。

「吉之助さあの明日をもわからんときに、酷かことを言わねばなりもはん。おいはこれから殿の実父であり、これからの藩を率いる久光様に近づこうと思うちょる。出世を願ってのことではなか。吉之助さあが斉彬様に用いられて天下のために働いたことになったかとでごわす。そして若い者たちを率いるにあたっては、吉之助さあがこげん言わはった、と言う。詐術に似ちょりもすが、おいの腹には吉之助さあにも負けん赤誠《せきせい》がある つもりじゃ。吉之助さあの名を使うことを許してたもんせ」

「なあも、そげなことは気にすることはなか。一蔵どんな、一蔵どんの思い通りにすればよか」

吉之助は寝床に横たわったまま答えた。

「許してくれなはるか」

「許すも、許さんもなか。おいと一蔵どんは血盟の仲じゃ。死ぬまで一緒でごわす」

話し疲れた吉之助はそのまま目を閉じた。一蔵は歯を食いしばって嗚咽《おえつ》をこらえながら吉之助の顔を見続けていた。

（あん時の話じゃな。一蔵どんは慎重で石橋を叩いても渡らんところがある。突出などできんと思うておるのじゃろう）

だからこそ、吉之助に止めてもらいたいのだ。

「わかりもした。返事を書きもそ」

吉之助はうなずいて伊地知に告げて、書状を巻き戻そうとした。だが、その時になってさりげなく読み飛ばしていた一項目に目を遣った。

——諸藩の有志の人名を書き出して欲しい

というものだった。

吉之助はこれまで斉彬の使者として諸藩の人材と会い、意見を交換してきた。その人脈こそが、吉之助を、

——薩摩の西郷

と諸藩の人物に知らしめてきた。その人名録は吉之助にとっての武器だった。

（一蔵さあが、まことに欲しかとはこれじゃな）

同志たちの突出を押さえることは一蔵ひとりでもできないことではない。

だが、一蔵がこれから藩外へ出て活躍しようと思えば吉之助が握っている人脈が必要なのだ。

「そげんこつか」

吉之助はつぶやいた。
一蔵の政略がたのもしくもあったが、それだけではない。一蔵はもはや、吉之助が薩摩の代表として奔走《ほんそう》する時期は終わったと見ているのだ。吉之助が大島に送られている間に自分がとってかわろうと考えているのだ。
一蔵が自ら言っていた通り、
――赤誠
があってのことだろう。だが、自分がいない間にすべてを握ろうとする一蔵の思惑に吉之助はわずかな寂寥《せきりょう》を感じた。
しかし、すぐに思い直した吉之助は、伊地知を待たせたまま、文机に向かって手紙を書いた。
突出に関しては、諸藩の有志と連携し、仮にも血気の男に逸《はや》ってはならないと説いた。
さらに、一蔵が求めている有志の人名について、一瞬、目を閉じて考えた。
そしてゆっくりと書き進んだ。
水戸　武田耕雲斎《こううんさい》、安島帯刀《あじまたてわき》
越前　橋本左内、中根雪江
肥後　長岡監物
長州　益田弾正《ますだだんじょう》

土浦　大久保要
尾張　田宮如雲《じょうん》

吉之助は書き終えて大きく吐息をついた。

（これで、おいは無一物《むいちもつ》の裸になる。斉彬様から与えられたものはすべて一蔵どんに引き渡すとじゃ）

それでどうなるのか。たとえ大島から帰ってきたとしても、もはや、自分の居場所はなく、何もできないかもしれない。

「そいでんよか」

吉之助はつぶやきながら、書状を巻いて封をすると、伊地知に渡した。

吉之助のつぶやきを耳に留めた伊地知が、

「そいでんよか、とはどげんことね」

と訊いた。

吉之助は微笑した。

「なんでんなか、一蔵どんなようやっとるとおもうただけごわす」

伊地知はじっと吉之助を見据えた。

鋭敏でひとの気持もよく汲み取るだけに、

「大久保どんになにか言いたかことのあるなら、おいが伝えもすぞ。胸に何か持っちょ

と声をひそめて言った。吉之助は苦笑した。

「まことになんでんなかかとじゃ。じゃっどん伊地知どんには胸の中ば見透かされたごたる。伏せておいては同志の結盟がゆらぐゆえ話しておく。そいどん、他言は無用じゃ」

「承知ごわす」

「西郷さあらしくなか」

伊地知は深々とうなずいた。吉之助はゆっくりと口を開く。

「おそらく一蔵どんないつかおいの敵になりもそ。憎くて敵になるのではごわはん。ずっと先のことじゃ。一蔵どんなおのれのなそうと思う道を歩き出しもした。しぶとく粘り強い漢《おとこ》じゃから、何としてもやり抜くじゃろ。しかし、薩摩はひとつでごわす。一蔵さあの道を行くか、おいの道を行くかで争う日が来もそ。そんとき一蔵どんなどげな手を使ってでもおいを倒そうとするじゃろ」

伊地知は大きく吐息をついた。

「西郷さあにはそげに見えちょりもすか」

「じゃっどん、心配はいりもはんど。いまは味方じゃ。そしてたとえ敵になっても友であることに変わりはなか。おいと一蔵どんはそげな仲でごわす」

伊地知は黙ったまま鹿児島城下へ帰った。

吉之助を乗せた船は間もなく山川港を出航し、一月十二日には龍郷村阿丹崎《たつごうむらあたんざき》に入港した。

大島代官所見聞役の木場《こば》伝内《でんない》が出迎えていた。

二十八

安政六年（一八五九）三月――

大老井伊直弼は江戸、上野で花見を行った。井伊家の家紋、丸に橘《たちばな》の〈彦根橘〉を染め抜いた幔幕《まんまく》を四囲にはり、緋毛氈《ひもうせん》を敷いて座った。

快晴に桜が映えてあたかも桃源郷の心地がする。盃を傾ける直弼の前には紀州藩付家老の水野忠央《ただなか》が座り、侍女に盃《さかずき》へ酌をさせている。少し離れて直弼の側近、側役兼公用人の宇津木六之丞《うつきろくのじょう》がひかえていた。

直弼にとっては京にいる長野主膳と常に身近に置く宇津木六之丞がもっとも心を開いて機密について語れる政治秘書ともいうべき存在だった。

昨年十月に老中間部詮勝《まなべあきかつ》が入京、主膳に辣腕を振るわせて一橋派、さらに尊王攘夷派へのあからさまな弾圧を行ってきた。

いまや摘発が終わり、処分を決定する段階となっていた。直弼はこれにそなえ幕府の評定所で裁判を担当する五手掛《ごてがかり》のうち、意に添わない者を免職し、自分に従う者だけをそろえた。

直弼はすべてが思い通りに進みつつあることに上機嫌で盃を干した。その様を見た忠

央が、

「しかし、井伊様のなされたことはまさに快刀乱麻を断つごときでしたな」

「いや、間部殿やわが家臣、長野主膳の働きによるものですが、最後の断を下した功はそれがしにあるかもしれませんな」

直弼は自らを誇るように言った。忠央はうなずいて、

「まさに、それでこそ、われら将軍家を押し立て参った甲斐《かい》があったというものでござる」

とさりげなく、紀州藩主慶福《よしとみ》を将軍継嗣とし、さらには家定没後の十四代将軍家茂《いえもち》をつくりあげてきた自らの功をほのめかした。

直弼は忠央の辣腕に助けられてきたことは知っているだけに、まことに、まことに、とつぶやいた。忠央は自らの功を告げると、あっさり話柄を転じた。

「時に朝廷のまわりが片付いたならば、次は幕府内のことでございますな」

「さよう、わずかばかりの才を鼻にかけて大老たるわたしをないがしろにいたした木《こ》っ端《ぱ》役人どもを除くつもりでござる」

直弼は盃を口に運びつつ目を光らせた。直弼が目障《めざわ》りだと思っているのは、
川路聖謨《としあきら》
岩瀬忠震《ただなり》
永井尚志《なおむね》

など、いずれも幕府きっての有能な官僚たちだった。

中でも岩瀬忠震はアメリカとの修好通商条約の締結について朝廷の承認を得たかった
直弼の考えを無視して調印に踏み切った。このため直弼は、

——違勅
であるとして糾弾された。

島津斉彬の急逝によって実行はされなかったが、この時薩摩藩は兵を率いて上洛、朝廷を守護しようという動きがあった。

もし、斉彬の挙兵上洛が実現していれば、幕府はさらに水戸藩などへの密勅降下によって窮地に陥っていただろう。

薩摩の上洛がなかったからこそ、朝廷への圧力がかけられたが、そうでなければ幕府の側が追い詰められていたに違いない。

忠央は盃を口に運びながら、桜に目を遣った。

「それにしても島津の始末は大老が薩摩の者に命じられたのでございますか」

忠央の言葉に直弼は頭を振った。

「いかにわたしでも薩摩に藩主を除けとは命じられぬ。江戸藩邸のご隠居、斉興公の側近を呼び出してあらいざらい話してやったのだ。このままでは斉彬侯は謀反人となり、島津家は亡びるだろうとな。島津が死んだのは、それから間もなくのことであった。さすがに斉興公はやることが早かった」

「島津は古い家でござる。たとえご隠居とはいえ、主の命はたちどころに行われるのですな」

忠央は感に堪えたように言った。

「そうだ。さような家だからこそ、ひとたび挙兵上洛すれば幕府を倒すところまでやったであろう。思えば、島津は恐ろしい男であった」

直弼は思い出して身震いした。

「いかにも」

忠央はうなずいて盃を干した。

紀州藩では兵の洋式訓練を取り入れ、蘭学所を設けて、洋書の『造船全論』、『軍馬教育論』、『馬医原術』なども翻訳させていた。

さらに蒸気船の建造にも取り組むなどしていただけに、近代化に向けて着々と成果をあげていた斉彬の凄みを忠央は理解していた。

(斉彬が生きておれば、幕府はつぶされ、われらはことごとく薩摩の下風に立つことになっただろう)

直弼にとっては薄氷を踏む思いの闘いだった。

ところで安政の大獄が始まった安政五年（一八五八）、ロシアは東シベリア総督ムラヴィヨフが清国への圧力を強め、アイグン条約を結んで清国領のアムール川左岸を獲得していた。

ロシアは南下政策によって極東での勢力を大きくしようとしていたのだ。しかし、そのロシアでは三十三年前の一八二五年に若い貴族である青年将校たちによる専制と農奴制廃止を訴えての、

——デカブリストの乱

が起きている。

この乱は皇帝アレクサンドル一世がアゾフ海沿岸のタガンロク旅行中に急死し、ニコライ一世が即位する間隙《かんげき》を縫って行われた。

すぐに鎮圧されたが、一九一七年のロシア革命の先駆けとなる革命運動だった。デカブリストと呼ばれたのは、蜂起したのが十二月《デカブリ》だったからである。

最高権力者である皇帝の逝去による体制のゆらぎにおいて起きたところは、島津斉彬による上洛挙兵計画と似ている。

いずれにしても後の明治維新で薩摩藩が天皇を擁して旧幕府軍と戦う構図はこのときにできていた。

それを防ぎたいと思ったからこそ、直弼は粗暴と思えるやり方で一橋派と尊王攘夷派を弾圧したのだ。

幕閣は薩摩が琉球を通じて密貿易をしていることはかねてから知っていた。だが、近年、琉球にフランスが通商を求めてやってきた際、斉彬は老中阿部正弘の了解を得たうえで、琉球を開国させた。

その後、斉彬は琉球を通じ、フランスから武器や軍艦までも輸入しようとするようになった。

全国の三百藩がいまだに鎖国の惰眠《だみん》を貪っている間に、薩摩だけが琉球を隠れ蓑にしてフランスとの交易をひそかに行うようになっていたのだ。

そのことを知る直弼は、ひそかに、

（薩摩は化け物のような藩になった）

と思っていた。しかも、そんな薩摩は全国で最も武士が多い藩であり、その武士たちの剽悍《ひょうかん》さは比類がないとされていた。

薩摩藩が西洋式の軍事力を備え、洋式軍艦で江戸湾に侵入してきたらどうなるか。

（薩摩、恐るべし――）

直弼は島津のことを考えるたびに冷や汗がでた。

あるいは直弼にはこれから、この国で何が起きようとしているのか、わかっていたのかもしれない。

直弼は宇津木六之丞を振り向いた。

「ところで越前藩の橋本左内はどうなっておる」

六之丞は手をつかえて答える。

「はい、昨年より、町奉行所にて取り調べを受けておりましたが、ただいまは評定所にてのお調べとなっております」

昨年十月、江戸町奉行石谷因幡守《いしがやいなばのかみ》配下の与力、同心が常盤橋《ときわばし》藩邸内の左内の役宅から書類を押収、左内は藩邸内の滝勘蔵《たきかんぞう》方へ預けられた。

「まだ、処断はしておらなんだか」

直弼は眉をひそめた。

「何分にも親藩越前松平家の家臣でございますれば、秋まではかかりましょう」

六之丞は恐れ入って答えた。直弼は苦い顔をして、

「秋までかかるとは悠長なことだが、やむを得ぬか。それにしても親藩の家来の分際で、京にて一橋を将軍継嗣にいたそうとさんざんに働いたのはあの男だぞ。断じて許すことはならぬゆえ、さよう心得よ」

と言い放った。

左内は取り調べの内容に拘らず、死罪にしろというのだ。

その声が届いたのか、あたりの桜がいっせいにはらはらと散って風に舞い、桜吹雪となった。

二十九

奄美大島に流された吉之助は呆然として日々を過ごしていた。

奄美大島にはこれまで〈近思録崩れ〉や〈高崎崩れ〉の際に多くの藩士が流されてい

た。しかし、吉之助は罪人としての「遠島」ではなく、幕府の目から逃れるための「潜居」であり六石の扶持がついていた。

このため島の代官所から禄をもらって龍郷村の借家で暮らした。鹿児島の同志からの手紙も届くし、弟の吉二郎からもたびたび品物が届いた。

龍郷は笠利《かさり》湾を望む静かな集落で、まわりの珊瑚《さんご》や魚が豊富な海は穏やかで波も静かに打ち寄せた。

緑濃い山々にはガジュマロが鬱蒼《うっそう》と生い茂っている。

龍郷のひとびとは、吉之助が流罪人ではないことは理解していたが、鬱屈《うっくつ》とした吉之助は時に庭に出て木刀を振り回し、素裸で大木を相手に相撲をとるなどした。

初めは島になじめず、吉之助は鬱々としていた。鹿児島の大久保一蔵へ宛てた手紙では、

——誠にけとう人には込《こま》り入り申し候。矢張《やは》りはぶ性にて食い取ろうとする念ばかり

と「毛唐」、「ハブ」などと島民をあからさまに侮蔑《ぶべつ》した。また、島の女たちに対しても、

——島のよめじょたちうつくしき事、京、大坂がかなう丈に御座無候。垢のけしょ一

寸計《ばかり》、手の甲より先はぐみをつき、アラヨウ

と荒んだ言葉を吐いていた。

奄美大島の女は、成熟した証として、手の甲にハジチ（針突）と呼ぶ刺青《いれずみ》をする風習がある。吉之助は奄美の女たちの手の甲に十字や卍の刺青があるのを見て気味悪く思ったのだ。

さらに吉之助を暗い思いにさせたのは奄美大島の現状だった。

奄美は、かつて琉球王国に属しており、そのころを那覇世《なはんゆ》と呼んだ。しかし、十七世紀初頭に島津氏が琉球支配下の奄美に攻め込み、藩直轄の蔵入地《くらいりち》にしたため大和世《やまとんゆ》となった。

公式には琉球王国のうちとされており、薩摩藩は、幕府に隠れて奄美大島で収奪を行った。大島、喜界島、徳之島の三島でサトウキビを生産させたうえで砂糖惣買入制を行ったのだ。

奄美の島民から砂糖一斤《いっきん》を米三合と交換し、大坂で四、五倍の価格で売りさばいた。この莫大な利潤を守るため島民への支配は過酷で、貨幣を流通させず、衣服などは琉球風のものを強制した。

島民はサトウキビを育てながら、薩摩藩に召上げられるだけで、自らのものとすることができず、飢えに苦しんだ。いわゆる、

——黒糖地獄《こくとう》

である。年貢が払えず、借財が重なって富農に身売りする者もいた。このような者をヤンチュ（家人）と呼んだ。

一種の農奴である。ヤンチュは奄美の人口のうちおよそ三分の一にまでのぼっていた。

吉之助はこの様を見て、

——当島の体誠に忍びざる次第に御座候。松前《まつまえ》の蝦夷人捌《さば》きよりはまだ甚《はなはだしく》敷御座候次第、苦中の苦、実に是程丈けはこれある間敷と相考へ居り候処驚き入る次第に御座候

とした。

このころ蝦夷地では松前藩がアイヌ民族に対して過酷な収奪を行っていたが、それよりもひどいのではないか、と感じた吉之助にとって奄美大島の〈黒糖地獄〉は、「苦中の苦」だった。

（おいはあまりに狭か世間しか見てこんじゃった）

斉彬に見出され江戸に出て京、大坂にも行き来して天下のことに思いをめぐらしたと思っていた。だが、あれはただの自惚《うぬぼ》れだった。

奄美大島でこれほどのことが行われ、民を苦しめておきながら、国を守るなどと豪語していたのは、なんと傲慢なことであったか、と省みて吉之助は自らを恥じた。

（斉彬様はかようなことをご存じなかったのであろうか。いや、あの聡明な斉彬様がご存じでなかったはずはない）

そして斉彬が奄美大島のことを知れば、なんとか改善しなければと心を砕いたはずだ。斉彬がどのようなことを考えていたのか。

それは吉之助にもわからなかった。

鬱々と楽しまぬ日を過ごしていた吉之助だったが、それまで住んでいた空き家から龍郷の名家である龍《りゅう》家の離れに移ると心の落ち着きをしだいに取り戻していった。村の子供たちに読み書きを教えるなどしてしだいに交流を深めていった。

そんな中で龍家の一族のある娘と知り合った。

龍佐恵志《さえし》の娘、於戸間金《おとまがね》である。

於戸間金は六歳のときに父を亡くし女手ひとつで育てられた。芭蕉布《ばしょうふ》を織るのが巧みで近郷の娘たちが織り方を習いに来ていた。

吉之助は知り合ってから、時折り畑仕事をする於戸間金に声をかけ、話をするようになっていた。

於戸間金は初め、この鹿児島から来た遠島人を警戒した。龍郷村に来たころの吉之助は失意のあまり、粗暴な振る舞いが多く、

——大和のフリムン（狂人）

などと呼ばれていたからだ。しかし、その後、子供たちに読み書きを教えるようにな

った吉之助のやさしさは於戸間金にも伝わってきた。

あるとき、龍家を訪れた吉之助と於戸間金は行き合わせた。龍家の主人である佐民《さみん》為行が、

「西郷様に島唄ば聞いてもらいなさい」

とうながした。於戸間金は戸惑ったが、佐民にうながされ、蛇皮線《じゃびせん》を弾くとともに、

玉乳《たまじ》握《か》ちみれば
染《す》だるより勝り
後ろ軽々と
いもれしょしら

美しい歌声だが、言葉の意味はわからない。吉之助が当惑していると、佐民があわてて、

「於戸間金、その唄はいかんぞ」

と止めた。吉之助は興味を持って、

「いまん唄はどげなことですか」

と訊いた。佐民は顔をしかめて、

「これは昔、奄美におった鶴松《つるまつ》という女子が作った歌と言われております。鶴松は見目《みめ》

麗《うるわ》しか女子でしたが、気性はしっかりしておってお役人の横暴に負けなかったと言われているのです」

「ほう、それはたのもしか。どげなことがあったとですか」

「それは、ある年の初夏のことでございます」

佐民は話し始めた。隠してある砂糖はないかと役人が調べにきた。砂糖が家の中にある者は震えあがった。

そこで鶴松は、村人たちが隠しもっていた砂糖を全部自分の家へ運び込ませた。そしていつものように、機織《はたお》りをしていた。

役人が入ってきたが、美しい鶴松を見て思わず胸にさわった。すると鶴松は機織りの手を止めて、

玉乳握ちみれば
染だるより勝り
後ろ軽々と
いもれしょしら

玉の乳房に手を触れたからには男女の契《ちぎ》りをかわしたのにも勝る。それで満足して未練を残さずにさっさとお帰りなさい、という意味だった。

鶴松は役人の卑しい心情を暴いて恥じさせたのだ。役人は砂糖の摘発もそこそこに逃げるようにして帰っていったという。

「それは偉か女子ごわすな」

吉之助は讃嘆して於戸間金を見た。於戸間金は吉之助が胸中で島民を侮《あなど》っているとみて、女ながらも役人に抵抗した鶴松の故事を島唄に託して伝えたかったのだろう。

（鶴松も偉か女子じゃが、こん於戸間金も見どころがあっとじゃ）

吉之助は感心した。偉か女子じゃ、と思うのがいわば恋情の発端であるとは吉之助は思わなかった。

於戸間金も自分の胸に吉之助への思慕の念が生まれているとは思わない。

恐ろしいひとではないかと思っていた吉之助の思わぬやさしさに心を開き、奄美の女をわかって欲しいという思いを島唄に託したのだ。

於戸間金もまた、わかって欲しい、という思いは慕情なのだとは思いもしなかった。

ただ、佐民があわてて、

「もっと情の深かものを唄わんか」

と言っただけだった。於戸間金は困った顔をしたが、やがて蛇皮線を手に目を閉じて唄った。

行きゅんにゃ加那

吾きゃ事忘れて
行きゅんにゃ加那
打っ発ちゃ
打っ発ちゃが　行き苦しやソラ行き苦しや

行ってしまうのですか愛しいひと。わたしを忘れていってしまうんですか、愛しいひと。発とう発とうとして行きづらいのです、という歌意だ。於戸間金のしっとりとした歌声に吉之助は耳を傾ける。

そんなふたりを佐民はじっと見つめた。


このころ、サトウキビが不作となり、年貢を納められない島民が続出した。

代官の相良角兵衛《さがらかくべえ》は島民がサトウキビを隠匿していると疑い、島民を代官所に呼び出して拷問《ごうもん》を加えた。

これを知った吉之助は憤り、相良に激しく掛け合い、島民を家に戻すよう求めた。これに対し、相良は、

「これはおまんさあの役目ではござるまい。よけいな口出しはせんでたもんせ」

と突っぱねた。だが、吉之助は顔を赤くして、

「いや、こいは御家の恥になることじゃ。おいは見逃すわけにはいきもはん。もし相良

殿がおいの言うことを聞かぬのなら、殿に訴えもす。それでようごわすか」

と声を荒らげた。

吉之助はかつて斉彬の側近だっただけに藩の重役にも顔が広い。吉之助を怒らせればどのようなことになるかわからない、と思った相良は渋々、島民を釈放した。

島民たちが家に帰るのを見定めた吉之助は、龍郷村に帰った。島民たちは釈放されたものの、黒糖地獄が解消するわけではない。

そのことが胸に重くのしかかる吉之助の足取りは、島民を釈放させたという意気揚々としたものではなく、うつむいてとぼとぼと歩いた。

吉之助が村に入ると、道に於戸間金が立っていた。吉之助は立ち止まって於戸間金を見つめた。

於戸間金はにこりとして頭を下げた。そのそばを歩いて通り過ぎながら、吉之助は、

「おいはなあもできんじゃった」

とつぶやいた。つかまっていた島民を釈放させたにしても黒糖地獄の現状には指一本、ふれることはできなかったと吉之助は無念に思っていた。

於戸間金は驚いたように吉之助を見つめた。

「助けてくれるひとがいることを知っただけでも、皆、嬉しく思っています」

於戸間金の言葉は耳に届いたが、吉之助は振り向かなかった。

吉之助の背中を見送る於戸間金の目に涙が滲《にじ》んだ。

龍家から吉之助のもとに、於戸間金を妻に迎えないかという話が来たのは、それから間もなくのことである。

島の女が遠島になった薩摩藩士の妻になることは、藩に認められていた。だが、藩士が赦免《しゃめん》されたとき、ともに鹿児島に行くことはできない。あくまで島妻なのだ。

それだけに吉之助は於戸間金を不憫《ふびん》に思い、承諾しなかった。しかし、佐民から於戸間金も望んでいることだからと説得されるとついに承知した。妻に迎えるにあたって吉之助は於戸間金に、

——愛

の名を与えて愛加那《あいかな》と名乗らせた。

この年、十一月、吉之助は愛加那との婚礼を行った。吉之助は三十三、愛加那は二十三だった。

愛加那とともに暮らすようになって間もなく吉之助は鹿児島の同志からの便りを受け取った。

島妻を迎えたことについて、何か言ってきたのだろうかと思いつつ手紙を読み進んだ吉之助は息を呑んだ。

十月七日、橋本左内が小伝馬町《こでんまちょう》の獄舎で処刑されたという。

この日の朝、四ツ半(午前十一時)、左内は獄舎から引き出された。このとき、牢屋

で左内に接するうちに心服していた牢名主が、涙をぬぐいつつ、

――貴殿之一命ニ代リ候儀出来候事ニ候ハバ、代リ度モノ也

と嘆いたと伝えられる。

左内はいったん評定所に送られた。一橋慶喜を将軍継嗣と企み、京で周旋したのは公儀を憚らざる致し方であるとして、

――右始末不届ニ付死罪

と言い渡された後、裃《かみしも》をとられ、縄をかけられて伝馬町獄舎に戻った。

さすがに死を言い渡されて獄舎に戻った左内の顔は蒼白になっていた。もともと藩医の子で武術の修行をして心胆を練ってきたわけではない。

医者としてひとの命を大切に思い、自らの命もそう思ってきた。春嶽を助け、国事に奮闘してきたことが、どうして死に値するのか。

(なぜ、わたしが死なねばならぬのだ)

それは井伊直弼始め、南紀派の都合でしかない。そのことがわかるだけに左内は苦しい思いを抱いた。

懸命に国のために尽くそうとしたものを意見が違うというだけで殺そうとする者たちがいることを恐ろしいと感じた。

(このようなことがまかり通れば、この国は滅びる)

そう思った時、左内は吉之助を思い浮かべた。

正義を行うことをためらわず、どのような強い相手も恐れず、立ち向かっていく勇気を持った男だ。

「西郷さん、もう一度、お会いしたかった」

左内は獄舎で頽《くずお》れ、落涙した。

その後、左内は刑場に引き出された。士分のあつかいとしての切腹は許されず罪人として斬首の場に座らされた。

左内は従容として落ち着いていた。生への未練を断ち切り、堂々と首を斬首役が構える刀に向かって差し伸べた。

一瞬、闇が訪れた。

二十六歳の若さだった。

吉之助は、手紙を投げ捨て、
うおっ
と声をあげるなり庭に駆け下りた。

空を見上げる。

真っ青な南国の空だった。

主君斉彬を失い、同志であった月照を死なせ、いままた盟友であった左内の最期を知った。

吉之助は言葉にならぬ声を天に向かって発し続けた。その様は吉之助が奄美に来たときに島民たちが噂した、

——大和のフリムン

そのままだった。

三十

橋本左内が処刑されたことを悲しむ長州人が小伝馬町の獄舎にいた。名を、

——吉田松陰

という。

松陰はかつてアメリカのペリー提督が浦賀に再来航した際、密航を企《くわだ》てたが失敗、捕らえられた後、長州に送られ、萩《はぎ》で投獄された。その後、実家に幽閉されたが、この間に、〈松下村塾《しょうかそんじゅく》〉を開いて久坂玄瑞《くさかげんずい》、高杉晋作《たかすぎしんさく》ら多くの俊秀を育てた。

松陰は萩を訪れた梅田雲浜と密議した疑いをかけられ江戸に送られた。

江戸の評定所が松陰に問いただしたのは、梅田雲浜と話した内容などだったが、これらに関して松陰の弁明は受け入れられた。無罪放免となるはずだったが、松陰は自ら、老中間部詮勝を暗殺しようとしていた、と自白した。

幕府に自らの考えを述べる機会だと思ってのことだったが、評定所の役人は予想もしなかった老中暗殺計画に驚愕した。

このことによって松陰は死への道を自ら歩み出したのだ。

松陰は獄中で認《したた》めた〈留魂録《りゅうこんろく》〉に左内のことを記している。

――越前の橋本左内、二十六歳にして誅せらる、実に十月七日なり。左内東奥に坐する五六日のみ

左内は五、六日、牢にいただけで処刑された。

だから松陰と会うこともなかったのだ。しかし、左内と同じ牢にいた尊攘派志士の勝《かつ》野《の》保三郎《やすさぶろう》が左内の死後、松陰の牢に移された。

勝野は旗本の家来だったが、水戸藩士と交わって尊攘派となり、水戸藩への密勅降下に際しても働いていた。

勝野は左内が幽閉中に『資治通鑑《しじつがん》』を読んで注釈を付け、『漢紀《かんき》』を読破したと話し

た。
これを伝え聞いて松陰は感銘を受けた。そのような人物とは、ぜひとも会って話したかったとの思いにかられ、
――予益々左内を起して一議を発せんことを思う。嗟夫《ああ》
と惜しんだ。左内は獄中にあって数編の詩を遺している。

苦冤《くえん》　洗ひ難く　恨み禁じ難し
俯《ふ》しては則ち悲痛　仰ぎては則ち吟ず
昨夜城中霜始めて殞《お》つ
誰か知らん　松柏《しょうはく》　後凋《こうちょう》の心

冤罪《えんざい》はぬぐい難く、恨みは抑え難い、伏しては悲痛な思いにかられ、仰いではうめいてしまう。

昨夜は城中に初めて霜が降りた。誰が、わたしの松柏のような変わることなき心を知ってくれているだろうか、という詩だ。

「松柏後凋」とは『論語』にある、

——歳寒くして、然《しか》る後松柏の彫《しぼ》むに後《おく》るるを知る

からとられている。苦難に耐えて最後まで固く節操を守るという意だ。

ところで、左内の死を惜しんだ松陰自身も二十日後の十月二十七日には処刑された。三十歳だった。

首斬り役の山田《やまだ》浅右衛門《あさえもん》が驚いたほど、落ち着いた最期だったという。〈留魂録〉には、

身はたとひ武蔵の野辺に朽ぬとも留置まし大和魂

という辞世の歌が遺された。

このころようやく〈安政の大獄〉での処罰が出そろった。

大名では水戸斉昭を急度慎《きっとつつしみ》、尾張藩主、徳川慶恕《よしくみ》、越前藩主、松平春嶽に隠居、急度慎を命じていたが、公家では朝廷の反対を押し切って、

右大臣鷹司輔熙《すけひろ》

左大臣近衛忠熙《ただひろ》

前関白鷹司政通《まさみち》
前内大臣三条実万《さねつむ》
を落飾させ、仏門に入らせた。また、処分は大名家の家臣や浪人にもおよび、水戸藩家老安島帯刀が切腹、橋本左内、吉田松陰のほか、
水戸藩奥右筆《おくゆうひつ》頭取茅根伊予之介《ちのねいよのすけ》
同京都留守居鵜飼吉左衛門《うがいきちざえもん》幸吉《こうきち》父子
が死罪の極刑となった。さらに水戸藩士鮎沢伊太夫《あいざわいだゆう》、鷹司家諸大夫小林良典《こばやしよしすけ》、大覚寺《だいかくじ》門跡家士六物空万《ろくぶつくうまん》が島に流された。

このほか、追放、押し込み、所払いなど連座して処罰された者は百余人におよんだ。日下部伊三次、梅田雲浜は獄死した。

前代未聞の弾圧だったが、井伊直弼は、外圧の危機に際しての、

——臨機の権道

であると嘯《うそぶ》いた。

この年、九月十四日、直弼は間部詮勝ら老中三人に、

——水戸一条も今般可成に落着致し候事

と始まる書状を出している。直弼にとって大獄は将軍継嗣問題に端を発した、

――水戸一条
だったのだ。この書状で直弼は水戸藩への処罰申し渡しなどで功績のあった老中松平乗全《のりやす》と矢田藩主松平信和《のぶやす》への恩賞を検討するように要請している。そのうえで自分自身への恩賞は辞退したいとして、将軍家茂が成長した暁には、

――すらりと御役御免さへ仰せ付け下し置かれ候へば十分の至り

としている。あっさり大老職から退かせてもらえれば十分だというのは、自らの功績に大きな自信を持っての言葉だろう。

直弼は大老となってからは、好きな茶事も控えていたが、このころから少しずつ、再開した。

ある日、江戸藩邸で茶を点てた。相手は京から報告のために戻ってきた長野主膳である。

直弼は茶釜の前に座り、松籟の音を聞きながら、機嫌よさげに、

「どうやら、なしとげたようだな」

とつぶやいた。

主膳は白皙《はくせき》の顔に笑みこそ浮かべなかったが、さすがに表情をやわらげた。

「まことに、祝着《しゅうちゃく》でございました」

うむ、とうなずいて直弼は茶を点て始めた。

当代の茶人のひとりに数えられるだけあって、落ち着いた鮮やかな所作である。直弼は黒楽茶碗を主膳の膝前に置きながら、

「京では、たか女もよう働いてくれたそうだな」

主膳は片方の眉をあげて静かに答える。

「殿の御《おん》ためと思えばこそでございましょう」

直弼は、ふふ、と笑った。

「そなたの役に立ちたいとの思いがあってこそではあるまいか」

「滅相もございません。たか女の心にはいまも殿だけがおりましょう」

主膳はゆっくりと茶を喫した。

思えば、将軍継嗣問題での京での暗闘はいずれが勝つかぎりぎりまでわからなかった。ひとつ間違えば、奈落の底に落ちていたのは直弼と自分だったかもしれない、という思いが主膳の胸を過《よぎ》った。

そうか、とつぶやいて直弼はもう一杯の茶を点て始めた。そして不意に感極まったように、

「そなたもわしもよう命があったものよ」

と独りごちた。

「まことにさようにございます」

主膳は黒楽茶碗を置いて、頭を下げた。

「これで、終わったのだな」

直弼は楽茶碗を口元に運びながらつぶやくように言った。

「終わりましてございます」

言い切った主膳はふと、ざわりと胸騒ぎを感じた。

本当に終わったのだろうか。

何か見落としていることはないであろうか。

目を閉じて考えてみた。

将軍継嗣問題での敵は水戸斉昭、松平春嶽、島津斉彬だった。このうち、斉彬はすでに死んだ。斉昭と春嶽も逼塞した。春嶽の腹心橋本左内は処刑した。

もはや、怖い者はいない。そこまで考えて主膳は、

――西郷吉之助
の名を思い出した。

(あの男は月照とともに入水して死んだはずだ)

だが、本当にそうだろうか。九州の果てでの話である。幕吏がたしかめたわけではないのだ、という不安がかすかに浮かんだ。しかし、馬鹿な、もし、生きていたとしても、たかが陪臣の分際でいまさら、何ができるというのだ。

主膳は胸中でつぶやいた。

不安を振り払うように、主膳は直弼に向かって、

「もはや、案じることは何もないかと存じます」

ときっぱりと言った。

直弼は悠然とうなずいた。

その顔は幕府を支える大老としての威厳に満ちたものだった。

三十一

このころ、吉之助は奄美大島で島民たちともなじんで暮らしていた。

海で漁をするなどした。そんなとき、吉之助は日焼けしたたくましい体に短い襦袢《じゅばん》、褌《ふんどし》ひとつで魚を獲《と》った。

その姿は島民と変わらず、あたかも生れついて奄美大島にいたかのようで、島民の親しみも増した。

だが、そのことが一方では吉之助の苦しみでもあった。

将軍継嗣に一橋慶喜を擁立しようとした同志であった左内が刑死したのに、のめのめと生きていることが悲しかった。

しかし、ことさらのように、それを口にして嘆くのも恥ずべきことではないかと吉之助は思った。

(おいはいま何もでけん、悲しむのも不遜じゃ)

吉之助は頑《かたく》なに心を閉ざそうとしていた。

そんな吉之助にとって幸運だったのは、重野《しげの》安繹《やすつぐ》という薩摩藩士がこのころ、奄美大島の古仁屋《こにや》というところに流されていたことだ。

重野ははるばる、吉之助のもとを訪ねてきてくれた。

吉之助と同年だが、江戸の昌平黌《しょうへいこう》の生徒となり、塩谷宕陰《しおのやとういん》、安井息軒《やすいそっけん》などの学者から学んだ薩摩藩きっての秀才だった。

重野は安政三年(一八五六)に薩摩に戻ったが、同僚の金の使い込みの責めを負って遠島になっていた。

学問に優れた重野の話を吉之助は喜んで聞いた。そのとき、重野はふと、

「おまんさあは、王学《おうがく》はご存じごわすか」

と訊いた。王学とは、王陽明《おうようめい》の学問のことである。すなわち知行合一《ちぎょうごういつ》を唱える、

——陽明学《ようめいがく》

のことだ。吉之助はかねてから、昌平黌の儒官(総長)で朱子学が専門でありながら、ひそかに陽明学にも見識があって、

——陽朱陰王《ようしゅいんおう》

と噂された佐藤一斎《さとういっさい》の、ひとはいかに生きるべきかの箴言《しんげん》をまとめた『言志録《げんしろく》』を好んで読み、自分用に抜き書きまで作っていた。それだけに、陽明学に興味があったが、

学んではいなかった。

「重野さあ、そや面白か。教えてたもんせ」

吉之助は頭を下げた。重野は手を振った。

「いや、おいも詳しゅうはなか。そいどん、王陽明は苦境にあって悟りば開きもした。そんことを西郷さあが知りたいかもしれんと思うたとでごわす」

吉之助はにこりとした。

「ぜひともお願いしもす」

吉之助に言われて、重野は話し始めた。


王陽明は明の時代のひとである。

若いころから学問を志した。朱子学では万物に理が備わっているとするが、それならば万物の理は感得できるはずだと考え、庭の竹の理を窮《きわ》めようと、七日七晩、竹の前に座り続け、ついに倒れたという。

陽明は常に物事を突き詰めて考え、容赦《ようしゃ》するところがなかった。官吏となった三十五歳のころ、朝廷では宦官《かんがん》の劉瑾《りゆうきん》が権勢を得て暴虐を行っていた。朝廷の改革派が劉瑾を批判する上奏文を出すと、逆に禁固された。

このことに陽明は怒った。劉瑾を弾劾し、改革派を救済しようとした。しかし、たちまち投獄され、杖罰四十を受けた。

さらに、貴州《きしゆう》の龍場《りゆうじよう》の駅長という職に左遷された。この際、旅の途中で、劉瑾が放った刺客に狙われ、銭塘江《せんとうこう》に身を投げたように見せかけて商船に乗り込んで危機を脱した。陽明が銭塘江に身を投げた話は、吉之助が月照とともに錦江湾に身を投げたことによく似ている。

この話を聞いて吉之助は思わず感動で身を震わせた。月照とともに入水しながら、一人だけ助かった自分を吉之助は、

――土中の死骨

と称して恥じてきた。それだけに陽明が似た境遇の中から覚悟を切り開いたことに感銘を深くするのだ。

陽明は、その後、嵐に遭《あ》い、苦労して龍場を目指した。途中、寺に泊まった際に、旧知の道士と出会った。道士は陽明をこのまま龍場に向かってもきっと道は開ける、と励ました。陽明はあらためて龍場に向かう決意をして寺の壁に詩を認《したた》めた。

険夷《けんい》　原《もと》胸中に滞《とどま》らず
何ぞ異ならん　浮雲の太空《たいくう》を過ぐるに
夜は静かなり　海濤《かいとう》三万里
月明に錫《しやく》を飛ばして天風を下る

〈海に泛《うか》ぶ〉という詩だった。いま、自らが逆境にあるか順境にあるかにとらわれ、心を煩《わずら》わせることはない。

そのような事は、浮雲が空を通り過ぎるようなものなのだ。静かな夜の大海原を、月明かりに乗じ、錫杖《しやくじよう》を持った道士が天風を御して飛来する。

そんな広大な心をわがものとしている、という意だ。

龍場は都を遠く離れた僻地《へきち》で、住民は苗《ミヤオ》族で言葉も満足に通じなかった。

陽明は自ら掘立小屋《ほったてごや》を建て、畑を耕して飢えをしのいだ。この暮らしの中で、陽明は考え続け、後に、

――龍場の大悟《だいご》
と呼ばれる悟りを開いた。

朱子学では理を究めようとするが、ひとの心には良知《りようち》という正邪善悪を判断する心の本体が本来あると陽明は考えたのだ。

心そのものが理なのである。

そして心は善悪を見定めることができる、すなわち、心即理であると陽明は喝破《かつぱ》した。

それゆえ、良知である心を磨《みが》いて実践していけば、善の社会が実現できるというものだった。そのためには、まず知ったことは行わねばならない。これが、

――知行合一

である。陽明が龍場にいるあいだに、劉瑾たち宦官勢力が衰《おとろ》え、ついに一掃された。陽明は吉安府《きつあんふ》の知事に任命された。

陽明は仕事をしながら実践と反省を繰り返して心を鍛え、おのれの欲から離れた明鏡の精神を持つことを自分自身に課した。

その後、陽明は各地での反乱や暴動を兵を率いて鎮圧し、官吏としてのおのれの使命を全うした。

「どげんでごわす。政の非を糾《ただ》そうとして僻遠《へきえん》の地に流された王陽明はいまの西郷さあによう似ておりもそ」

重野はにこりとして言った。吉之助はしばらく答えられなかったが、ようやく絞《しぼ》り出すようにして声を発した。

「まことにそげんでごわす。佐藤一斎先生の『言志録』に、心は則《すなわ》ち能《よ》く物を是非して、而《しか》も又自ら其の是非を知る、とありもした。読んだだけではようわからんじゃったが、いま重野さあが言われたことじゃな」

心は則ち能く物を是非して、而も又自ら其の是非を知る、とは心は物事の善悪がわかり、さらには心自らの善悪もわかるというのだ。

吉之助は大きな体をかがめ、重野に深々と頭を下げた。

「重野さあ、ありがとうごわす。おいはこの島に来て、何をなさねばならぬかわかりもした。心を鍛えて他日あるを期さねばならんとでごわすな」

吉之助の大きな目に涙がたまっていた。

その様を見て重野はため息をついた。

「おいはいままで何人ものひとに王陽明の事績を話しもしたが、西郷さあのように感得したひとは初めてじゃ。西郷さあは王陽明の道を歩かるっとでごわそう」

「なあもそげなことはなか。おいは土中の死骨じゃといまも思うとるとでごわす」

月照をひとり死なせたという、吉之助の心の傷は今も癒えてはいなかった。

この日、吉之助は重野とともに焼酎を酌《く》み交わしながら、夜遅くまで語り明かした。


数日後、吉之助のもとを木場伝内が訪れた。

伝内の話はユタについての相談だった。

ユタは琉球から奄美大島にかけて存在するシャーマンであり、ほとんどが女性であった。神意をうかがい、判じ事をするほか、口寄せをする者もいる。信じる島民が多く、薩摩藩として、支配の障害になるため、しばしば禁じてきた。

「じゃっどん、なかなかユタは収まりません。ユタの言うことを信じて役人の命に従わぬ者もおるとです。これでは困りもすで、どうにかできる知恵はないものかとお尋ねに参りもした」

伝内に丁寧に言われて吉之助は少し考えてから答えた。

「薩摩の村でもそれぞれ信じる神仏はありもす。これを禁じるとは難しかことでごわすが、迷蒙《めいもう》があれば晴らしたほうがよかと思いもす。おいは島に来て日も浅かで、ユタもおいのことは知りもさん。そいでこの家にユタば呼んで、おいのことをどげん言うか皆で聞きもそ。誤ったことをユタが口にすればそれだけで皆、ユタの正体を知ることになりもそ」

「なるほど、そうに違いもはん」

伝内はさっそく手配しようと言って帰っていった。伝内が去った後、愛加那が吉之助の側《そば》に来て、遠慮がちに、

「旦那様、ユタのことにはあまりかかわらないほうがいいと思いますが」

と言った。吉之助は黒光りする目を愛加那に向けた。

「どげんしてな」

「島のひとは、苦しか思いをしておりますから、ユタにすがるとです。ユタがいなくなったら、すがるものがなくなります」

愛加那の言葉に吉之助はうなずいた。

「そんことはわかる。しかし、役人があつかいかねるとユタを力で追い出してしまうじゃろう。それより、皆がユタのことをわかるようにするとがよかじゃろ」

吉之助の親身な言葉に納得はしたものの、何となく不安を覚えて愛加那は眉をひそめた。

間もなく伝内は龍郷村の主だった者を吉之助の家に集め、さらに奄美大島で最も名高

い秋名《あきな》村のユタを招いた。

ユタに依頼したのは、死んだ者の魂を呼ぶ、〈マブリ合わせ〉の儀式である。やってきたユタは小柄なすでに白髪の女で何かに憑《つ》かれたような目をしていた。

祭壇が設けられ、白衣をつけたユタはしきりに呪文を唱えた。やがて、ユタは目が座り、呆然とした様子で言葉を発し出した。

吉之助の両親など近親で死んだ者の魂の言葉のはずだった。

だが、ユタは鹿児島での暮らしを知らないだけに、頓珍漢《とんちんかん》でとても吉之助の父母が言っているとは思えない。

集まっている島民たちにも、ユタが言っていることが鹿児島のことではないとわかるはずだ。

吉之助は苦笑すると、伝内に目配せした。もはや、〈マブリ合わせ〉を終えて、ユタに礼物を与えて帰そう、と思った。

ユタの力がどれほどのものかは皆にわかったはずだ。

吉之助が声をかけようとしたとき、ユタがさっと振り向いた。端が黄色い眼を見開いて、吉之助をまじまじと見つめた。

そしてユタは吉之助を指さして、

――ヨノヌシガナシ

と叫んだ。何のことかわからず、吉之助は首をかしげた。すると、ユタはさらに、吉之助には琉球の血が流れていると言った。

吉之助は笑った。

「おいは鹿児島から来たで、琉球の者じゃごわはんが」

ユタは頭を振った。

「血は先祖からだけ伝わるのではない。子から親へも伝わるのじゃ」

何を馬鹿なことを、と言いかけた吉之助は愛加那がそっとお腹に手をあてるのを見た。

吉之助は伝内を振り向いて、

「今日はここまでにしもそ」

と言った。

伝内はうなずき、ユタと島民たちに帰るよううながした。

島民たちは、ユタがヨノヌシガナシと言ったときから、吉之助を恐々と見つめていたが、何も口にせず帰っていった。

ユタは家を出るとき、振り向くと土間に座って頭を下げた。そして立ち上がると、

「悲しいひとじゃ」

とつぶやいて帰っていった。

「あのユタは何を言うておるのでごわそうか」

苦笑した伝内が間もなく辞去すると、吉之助は座敷で向かい合って座った愛加那に、

「ひょっとして身ごもっちょるか」

と訊いた。愛加那は恥ずかしげに、はいと答えた。

「申し上げようと思っていましたが、恥ずかしくて言いそびれました。申しわけございません」

「何のめでたかことじゃ、おいは嬉しかぞ」

吉之助は笑顔で言うと、膝をはたと叩いた。

「そうか、愛加那は龍の一族で琉球の血を引いちょるから、わたしも琉球の血の流れを引くようになったとユタは言うたとじゃな」

愛加那はうなずいて、

「そうだと思いますが、なぜ、ヨノヌシガナシと言ったのでしょうか」

と首をかしげた。

「そのことじゃ、ヨノヌシガナシとは何じゃ」

吉之助に訊かれて、愛加那は眉を曇らせて答えた。

ヨノヌシガナシ、とは、昔、沖永良部島《おきのえらぶじま》を治めていた、

——世之主加那志《よのぬしがなし》

という王だという。かつて琉球は三つの国に分かれていた。

北山《ほくざん》王国
中山《ちゆうざん》王国
南山《なんざん》王国
である。

世之主加那志は北山王の次男で、沖永良部島の統治を任されていた。名君で島民からも非常に慕われていた。ところが琉球は南山王国の豪族だった尚巴志《しょうはし》が台頭、中山王国の実権を握った。

沖永良部島にも尚巴志が派遣した中山王国の船が数隻、海を越えてきた。和睦《わぼく》の船だったが世之主加那志は軍船《いくさぶね》だと勘違いした。

このため、世之主加那志はとてもかなわないと見て、島民を守るため妻とともに自害して果てたという。

「そげんことがあったのか」

吉之助は感慨深げに言いながら、しかし、ユタはなぜ自分を指さしてヨノヌシガナシと言ったのだろう、とつぶやいた。

愛加那は、わたしにもわかりません、と答えた。

しかし、本当はわかっていた。

吉之助は、世之主加那志と同じように、ひとびとに慕われながら、ひとびとを守るために自ら死を選ぶ運命にあるのではないだろうか。
だからこそ、ユタは、
——悲しいひとじゃ
とつぶやいたのであろう。
愛加那は吉之助を見つめながら涙をこらえるのだった。

三十二

安政七年（一八六〇）三月三日——

江戸は、時ならぬ春の雪に覆われた。

真っ白な雪景色の中、五ツ半（午前九時ごろ）江戸城桜田門外で登城しようとしていた大老井伊直弼が水戸藩脱藩の十七人と薩摩藩脱藩、有村次左衛門《ありむらじざえもん》に襲われた。

彦根藩邸から桜田門までは三、四町（三百から四百メートル）、行列の供廻りは六十人ばかりだった。

行列が通り過ぎる路傍《ろぼう》には武鑑を手にした見物人が立っていた。

水戸浪士、森五六郎《もりごろくろう》が駕籠訴《かごそ》を装って行列に駆け寄った。彦根藩士がこれを取り押さえようとしたとき、森はいきなり抜刀して斬りかかった。

森を取り押さえようとした彦根藩士が額を割られて倒れると同時に、近くに潜んだ水戸浪士が短銃を直弼の乗物に向かって放った。

銃声が響き、乗物の中の直弼は腰に銃弾を受けた。直弼は乗物から出て逃げることができなくなった。

直弼は痛みにあえぎながら、

(天下の大老を襲うとは何事だ)

と憤怒《ふんぬ》の思いにかられていた。

これまでにも水戸藩士に不穏な動きがあるからとの忠告をひそかに受けていたが、幕府に背《そむ》くような愚か者はおるまいと決めつけていた。そんな油断が自らの命を縮めることになったかもしれない。だが、同時に、

(徳川の天下を支えたのはわしだ。わしを殺せば徳川は亡ぶぞ)

と胸の中で言い募った。水戸藩士にはそのことがわからないのか。傷の痛みで意識が遠のく中、直弼は歯を食いしばった。

この日、雪のため供廻りの彦根藩士たちは雨合羽を着て刀に柄《つか》袋と鞘《さや》袋をかけており、斬りかかる浪士たちに向かって抜き合わせることができなかった。

襲撃に驚いた乗物をかついだ足軽たちは逃げ散った。残る十数名の供侍は浪士に斬りつけられ、鞘のままで応戦した。

それでも心得がある彦根藩士は、合羽を脱ぎ捨てると落ち着いて柄袋を外し、さらに襷《たすき》をかけて刀を抜いて乗物脇で浪士たちに立ち向かった。

襲いかかる浪士を斬り捨て、懸命に乗物を守ったが、浪士が相次いで斬りかかると深手を負って倒れた。

護衛がいなくなった乗物に浪士たちが殺到し、続け様に扉越しに直弼を刺した。乗物からはうめき声がもれた。

有村次左衛門が扉を開け、髷《まげ》を摑《つか》んで裃姿の直弼を引きずり出した。血まみれの直弼はまだ息があり、地面を這った。

有村は刀を高く振り上げ、気合とともに直弼の首を打ち落とした。それに気づいた水戸浪士たちは、歓声をあげ、

「引き揚げだ」

と叫んだ。有村は直弼の首級を刀に突きたて掲げると、引き揚げようとしたが、追いすがった彦根藩士から後頭部に斬りつけられた。

「おのれ」

有村は振り向いて彦根藩士を睨んだ。それでもかまわず直弼の首を携えて歩いたが、若年寄遠藤胤統《えんどうたねのり》邸の門前で自決した。直弼の首は遠藤家の家来が収容した。

浪士たちはひとりが桜田門外で死に、逃げ散った者の中でも深手を負った四人は自決、後に八人が自首、五人が逃亡した。彦根藩士も八人が死亡した。

桜田門外の路上には首のない直弼の亡骸《なきがら》や彦根藩士の遺体が横たわった。あたりの雪は鮮血に染まり、斬られた指や耳が散乱する無惨《むざん》な光景だった。

直弼が討たれたことは数日後には彦根藩の国許に知らされた。

彦根城でこのことを知った長野主膳は愕然とした。とっさに、

(わたしはどうなるのだ——)

という思いが湧いたが、いや、大丈夫だ、と自らに言い聞かせた。このころ、主膳は将軍家茂に孝明天皇の妹、親子《ちかこ》内親王(和宮《かずのみや》)を輿入れさせる、いわゆる、

——和宮降嫁《こうか》

を策して暗躍していた。〈安政の大獄〉で冷え切った幕府と朝廷の絆を深めようという、

——公武《こうぶ》一和《いちわ》

の策である。この策に公家の中でも謀才がある岩倉具視《いわくらともみ》も乗り気になっていた。

〈和宮降嫁〉さえなしとげれば、主膳は幕府にとっても朝廷にとっても有用な人材ということになる。

(殿の不運の道連れにされることはあるまい)

そう思ってほっとした後、主膳の胸にはようやく直弼を悼《いた》む気持が湧いた。

不遇の時代から直弼を知っているだけに、ようやくここまで上り詰めた直弼が暗殺された無念さは痛いほどにわかった。

直弼を襲ったのが水戸と薩摩の脱藩浪士だということは、敗北した一橋派が直弼に復

讐した、ということであろう。

直弼とともに、大獄がうまくいったことを寿《ことほ》いだばかりだけに虚《むな》しさが込み上げてくるのをどうしようもなかった。

（ひとの世はどうなるかわからぬものだな）

主膳は無常を感じた。


直弼が〈桜田門外の変〉で暗殺された後も彦根藩の藩政に参与した主膳だが、直弼の跡を継いだ藩主直憲《なおのり》からは疎まれ、家老の岡本半介《おかもとはんすけ》と対立した。

直弼の死から二年後、文久二年（一八六二）、島津久光が勅使に随従して江戸に赴き幕政改革を行った〈文久の改革〉で井伊家は糾問される。

この際、直憲は主膳を斬首、打ち捨ての刑に処す。享年四十八。

同じ年、京では尊王攘夷派による、

——天誅
の嵐が吹き荒れることになる。

主膳の手先となっていた島田左近は妾宅《しょうたく》にいたところを薩摩藩の田中新兵衛《たなかしんべえ》らに襲われて斬殺される。

村山たかは、尊攘派に捕まり、女だけに命はとられなかったものの、三条河原《さんじょうがわら》に三日三晩晒《さら》されるという辱《はずかし》めを受ける。御用聞きの猿《ましら》の文吉も土佐藩の岡田以蔵《おかだいぞう》によって斬殺される。

〈桜田門外の変〉は主膳たちも暗い淵《ふち》へと引きずり込んだのだ。

吉之助が、井伊直弼が殺されたことを知ったのは、四月半ばである。龍郷村に船が入り、書状が吉之助のもとへ届けられた。

すでに夕刻だった。

吉之助は燭台《しょくだい》の灯りで書状を読むとむくりと立ち上がった。床の間の刀をとり、縁側から庭に素足で降りた。

愛加那は書状を手にしたときから、吉之助の様子がおかしいと思って部屋の隅から見つめていた。

庭に下りた吉之助はガジュマロの木に近づくと、

――チェスト

気合を発して斬りつけた。何度も繰り返して斬りつける。そのつど、ガジュマロの葉がばさり、ばさりと落ちた。

やがて吉之助は刀を鞘に納めると、夜空を見上げた。

星が降るようである。

吉之助は、振り向かずに愛加那に向かって、

「焼酎を沸かしてたもんせ。それから佐民殿を呼んでくいやんせ。よかことのあったで、

焼酎ば酌み交わしたかとじゃ」

と言いつけた。

愛加那は縁側に出て、はい、と答えた。しかし、良い事があったと言いながらも、吉之助の背中には喜びはなく、むしろ悲しみが宿っているように感じた。

なぜなのだろう、と思いつつも愛加那は、龍佐民を呼びに行き、佐民が来るまでに手早く焼酎を沸かした。

佐民がやってくると、吉之助は呆然として縁側で月を眺めていた。吉之助の手元には焼酎が満たされた湯呑がある。

佐民がそばに座って、

「西郷様、何かありましたか」

と訊くと、吉之助はうなずいた。

「おいの敬う月照様を死なせ、信じる友の橋本左内殿を酷く殺した大老井伊直弼が討たれもした」

淡々とした吉之助の言葉を聞いて、佐民は目を瞠った。

「なんと、幕府の大老が殺されるとは一大事ではありませんか」

「おいから見れば井伊大老が討たれたとは、正義が行われたというしかありもはん。だが、できれば、登城途中を襲うなどではなく、堂々と兵をあげて討つべきであったと思いもんで」

吉之助は湯呑の焼酎をぐいと飲んだ。

「そいで悲しい顔をされているのでございますか」

佐民がさりげなく言った。吉之助は佐民に顔を向けて、

「おいは悲しか顔をしちょりもすか」

と面白げに訊いた。

「愛加那がわたしを呼びに来たときにそう申していました。宿ん主が悲しんじょるちゅうとりました」

佐民の言葉を聞いて吉之助はからりと笑った。

「井伊大老が死んで世の中は変わりもそう。じゃっどんひとの血が流れて変わるからには、これからおいどんたちが行く道は血に染まりもす。そんことを思えば浮かれるわけにはいきもはん」

「さようでございますか」

佐民は息を呑んだ。

「井伊が死んで薩摩は、どう動くか。すべては一蔵どんにかかっちょるじゃろう」

吉之助は焼酎を口にしながらつぶやいた。

佐民は畏敬の念をこめて吉之助を見つめている。

なぜかしら吉之助の器量が島に来たばかりのころよりも、ひときわ大きく感じられたのだ。

月が皓々と照っている。

三十三

このころ一蔵は、藩主忠義《ただよし》（幼名又次郎）の父で、

——国父
と称されるようになっていた島津久光に近づいていた。すでに久光の父、斉興はなくなっており、久光が薩摩藩を独裁できるようになっていた。

一蔵はその久光が好きな碁を習い、久光が探していると聞いた書物を手に入れて献上するなどした。

あたかも久光に媚《こ》びへつらうやり方だったが、剛直な一蔵はひとからどのように見られようと目的のためには平気だった。

一蔵は同志のひとり、税所篤《さいしよあつし》の実兄である僧侶、吉祥院乗願《きつしよういんじようがん》が久光の囲碁の相手をしていることを知ると、まず乗願から囲碁を習うことから始めた。

囲碁の稽古《けいこ》に通いつつ、やがて乗願の信頼を得ると、久光へ意見具申できるようになった。

一方、久光もかつて斉彬のもとにいた藩内の若手を押さえておきたいという気持があり、自らに近づいてくる一蔵を使うことを考え始めた。

言うならば、ふたりとも打算によってつながろうとしているわけで、斉彬と吉之助の真情が通じた君臣の交わりにはほど遠いものだった。

しかし、一蔵はいったん決めたからには、迷わなかった。

（おいは吉之助さあとは違う、久光様も斉彬様とは違う。心が通わぬ間柄でも利害が同じならばそれでよいのだ）

一蔵は割り切っていた。

このころ、かつて吉之助が率いた同志は岩下方平《いわしたみちひら》、伊地知龍右衛門、有馬新七ら四十数人がいた。一蔵は吉之助が奄美大島に流されるや、同志たちの領袖《りょうしゅう》の地位を占めるようになっていた。

吉之助がいなくなってから同志たちの間では脱藩して突出しようという意見が沸騰《ふっとう》した。京に入って京都所司代の酒井忠義らを討ち、事態の打開を図ろうとしていた。しかし、一蔵は軽挙妄動を嫌い、あくまで藩を動かさねばならないと考えていた。

（若か者だけで、突出しても討ち死にするしかなか）

一蔵にはこの行動が暴挙であるとわかっていた。だが、止めることができない。吉之助ならば、

「無理なことはできもはん」

のひと言で同志たちの動きを鎮静化させることができる。だが、一蔵が同じことを言っても誰も聞かないだろう。

それだけでなく、せっかくつかんだ頭領の座から滑り落ちることになる。さらに久光にとって使い様がある男と見られているのを裏切ることにもなる。

一蔵は同志たちを抑えるには久光の力を借りるしかないと考えた。また、久光も一蔵を通じて若手藩士を抑えようと目論んだ。

こうして、安政六年（一八五九）十一月、藩主忠義から、

——誠忠士之面々

に宛てた直筆の諭書《さとししょ》が出された。この諭書では、

——万一時変到来之節ハ、第一順聖院《じゅんせいいん》様（斉彬）御深意ヲ貫キ、国家ヲ以テ忠勤ヲ抽《ヌキ》ンズベキ心得ニ候

として斉彬の遺志を受け継ぐとはっきり言明した。

この諭書に同志たちは感銘を受け、突出を思い止まった。一蔵たちが、誠忠組の名で呼ばれるようになったのはこのときからである。

一蔵はすかさず、諭書の請書《うけしょ》を出した。

請書には同志四十数人の名を書き連ね、その筆頭を奄美大島にいる西郷吉之助とした。

いずれ吉之助を呼び返すための布石だったが、同時に同志たちを吉之助の名でまとめていこうという慮《おもんぱか》りでもあった。

忠義から諭書が出されて四カ月後に〈桜田門外の変〉は起きた。

井伊大老の襲撃に薩摩藩の有村次左衛門が加わっていたことを知った久光は、よくこそ、誠忠組を抑えた、と安堵の胸をなでおろした。同時に、あらためて一蔵を用いるべきだ、と思った。

文久元年（一八六一）十一月——

一蔵は、異例の抜擢をうけ、勘定方小頭から小納戸役に昇進し、政務に参与することとなった。藩内と世上の動きを巧みに読み取った一蔵は石をひとつずつ積み上げるようにして藩の中枢に上ったのだ。

あたかも囲碁で冷徹な一手を打つのに似ていた。

このころ、長州藩の重臣、長井《ながい》雅楽《うた》が、

——航海遠略策
を引っ提げて政局に登場していた。長井は、周布《すふ》政之助《まさのすけ》と並んで長州政治家の双璧とされた。また、学識を備え弁舌も巧みだったことから、

——智弁《ちべん》随一
とまで称せられた。

そんな長井は文久元年三月、藩論を自らの〈航海遠略策〉にまとめ、朝廷と幕府間の

周旋に乗り出したのだ。

〈航海遠略策〉はアメリカとの修好通商条約における調印が違勅であったことのわだかまりを捨て、海外との交易により、武威を国外に振るおうというものだった。

そのために朝廷から将軍に命令して開国し、幕府がこれを奉じて行うことで国内を統一しようというものだった。これにより、「皇国」を五大州に雄飛させることができるという長井の構想は壮大だった。

しかし、見方を変えれば、これまでの開国か否かの議論にはあえて踏み込まず、〈航海遠略〉の美辞で朝廷と幕府の間の亀裂を取り繕《つくろ》おうというものでもあった。

これに対して〈安政の大獄〉で刑死した吉田松陰の門下生たち、松下村塾の尊攘派は猛反発した。

長井は上洛して朝廷の同意を取り付け、さらに江戸に下って幕閣を周旋しようとした。しかし、その間にも家中の尊攘派の反対の声は激しく、長井はしだいに孤立していった。

一蔵はこの動きに目をつけた。

久光は実際に斉彬の遺志を継いで、政治に関わろうとする意志があることを見抜くと、長州の〈航海遠略策〉が成功すれば、もはや、薩摩の出番はなくなると、ひそかに久光の御前に出て意見具申した。

長州に先んじるためには、いまこそ斉彬が抱懐していた挙兵上洛策を行うしかないと訴えた。長州に対する、久光の競争心をあおったのだ。

京に入り、勅使を江戸に出すことを願い、勅使とともに江戸に下って幕政改革を行おうというのである。

一蔵が庭先でこのことを訴えると、黙って聞いていた久光の額に汗が浮かんだ。目が光り、興奮した様子で、

「順聖院（斉彬）様が行おうとしたのはさようなことだったのか」

と言った。一蔵は手をつかえて言上した。

「さようでございます。これを成し遂げられるのは国父様のほかにございません」

そうか、とうなずいた久光はわずかに笑った。

「この策を行うために必要なことは何か。言うてみよ」

されば、と膝を進めた一蔵は、おそらく挙兵上洛に反対するであろう、首席家老、島津久徴《ひさなが》様を罷免、代わって側役に吉利《よしとし》領主、小松帯刀《こまつたてわき》様を用いられるべきでしょう、と言った。

久光は上機嫌な様子で言葉を重ねた。

「わかった。それだけでよいのか」

一蔵はひと呼吸置いてから口を開いた。

「奄美大島に居ります西郷吉之助をお呼び返しくださいませ」

「西郷か――」

久光は即座に許そうとはせず、しばらく考えた。

西郷が斉彬の側近であったことはよく知っていた。しかも誠忠組の筆頭であり、言うならば尊攘派の領袖でもあるのだろう。

大男で目が大きく、すべてが大づくりで、斉彬が評したという、

——英雄肌合い
の男であることも聞いていた。それだけに久光には、

(西郷は使い難そうだ)

と危惧《きぐ》するところがあった。久光は〈国父〉と呼ばれているが、つまるところ藩主ではない。薩摩藩でこそ誰もがひれ伏すが、一歩、領内を出れば藩主の実父で無位無官の、

——島津三郎
に過ぎない。

永年、斉彬の陰でひっそりと生きてきただけに、久光にはひとに言えない屈折した思いがあった。西郷という男はその屈折を見抜き、久光をないがしろにするのではないだろうか。

そんなことを思うと、奄美大島から西郷を帰せという一蔵の願いにもいい顔はできなかった。久光は鋭い目を一蔵に向けた。

「そなたは、西郷とは幼馴染《おさななじみ》だそうだな」

「さようにございます。幼少のころより、兄事《けいじ》して参りました」

「そうか、わが薩摩では長幼の序は揺るがせにできぬ。西郷が戻ってくれば、そなたは

誠忠組の領袖の座を譲ることになるのか」

久光に言われて、一蔵はどきりとした。しかし、胸の内を悟られてはならないと思って、明るく答えた。

「さようにございます。もともと西郷こそがわれらの領袖でございますれば」

「しかし、それではわしは難儀するぞ」

久光は薄く笑った。

「難儀とは、何のことを仰せでございましょうか」

「わしは挙兵上洛のことはすべてそなたの策に従って行おうと思っておる。そこに奄美から帰った西郷が加わり、異論を唱えでもしたら、難儀すると申しておるのだ」

「さようなことにはならぬかと存じます」

一蔵は頭を下げて言った。

「だが、なるかもしれぬとそなたも思っているのであろう」

久光に問われて、一蔵は返答に窮した。

一蔵が黙していると久光は淡々と言い添えた。

「隠すことはない。わしは順聖院様に及ばぬことを自ら知っておる。言わば順聖院様の影におびえながら生きていかねばならぬ。それは、そなたも同じではないのか。常に西郷の影の下で生きておるのではないか」

一蔵は頭を横に振って答えた。

「決してさようなことはございません。わたしは西郷吉之助と胸襟《きょうきん》を開いて話してきた同志でございます。わたしより西郷を知る者は同志の中におるまい、と存じます。そしてわたしを知る者も西郷ひとりかと存じます」

「うらやましき友の情じゃ。それはよい。ただ、わしが言いたかったのは、挙兵上洛についてはは、すべてそなたにまかせる。もし、西郷がそなたの邪魔になると思えば、もう一度、島に追いやることになろう。それで、よいか、と訊いておるのだ」

久光は一蔵をつめたく見据えた。一蔵はしばらく考えてから、

「すべては御意のままに」

と答えた。久光はにやりとした。

「では、そのようなとき、西郷をかばい立てせぬ、と申すのだな」

「いかにも――」

一蔵は答えながら、

(すべては吉之助さあの腹ひとつで決まることじゃ)

と思った。

同時にもし吉之助が再び領袖として同志を率いようとしてもそうさせるわけにはいかない、いまの薩摩を動かしているのはわたしなのだ、と自らに言い聞かせた。

一蔵は口を真一文字に引き締めた。

三十四

吉之助と愛加那の間に長男、菊次郎《きくじろう》が生まれたのは万延二年（一八六一）一月のことだった。吉之助は三十五歳で初めて子を生《な》したことを羞恥《しゅうち》し、鹿児島への手紙で、

――不埒《ふらち》のいたり
と書いた。だが、わが子を得た喜びは大きく、愛加那へのいとおしさも増した。藩からの呼び戻しはいつになるかわからず、あるいはこのまま生涯を奄美大島で終えるのか、という危惧がいつも胸の中にあった。

それだけに生まれた子や愛加那が不憫だった。

そのためだろうか、吉之助は近頃、毎夜、同じ夢を見る。紺碧《こんぺき》の海に浮かぶ緑の島の連なりである。

眩《まぶ》しい光の中、白波が打ち寄せる渚《なぎさ》は透き通って砂浜がはっきりと見える。

「琉球じゃっど――」

吉之助は夢の中で何度かつぶやいた。行ったことがない琉球がなぜ夢に出てくるのかわからない。

秋名村のユタが言ったように、血は親から子だけではなく、子から親にも伝わるのか。琉球の血を引く愛加那との間に子を生した吉之助は、琉球と縁がどこかで結ばれたのだ

ろうか。

夏になった。

吉之助は、猟の帰りに龍郷村から二里ほど離れたところにある赤尾木《あかおぎ》という笠利湾沿いの村にさしかかった。ちょうど吉之助とは顔なじみの勇静《ゆうせい》という名の漁師が大きなハタを釣り上げて家に戻ったところだった。

奄美大島ではハタを〈ネイバリ〉と呼ぶ。勇静は、二十四、五歳で褌だけの赤銅《しゃくどう》色に日焼けしたたくましい体をしていた。

この日、猟で獲物《えもの》がなかった吉之助が笑いながら、

「太かネイバリじゃな。よか漁ができてうらやましかぞ」

と声をかけた。勇静は嬉しげに、

「龍郷の先生、いまからこれで焼酎を一杯やります。つきあってくだされ」

と言った。せっかくのハタをご馳走《ちそう》になっては悪か、と吉之助は遠慮したが、勇静はぜひにも、と吉之助に駆け寄って袖を引っ張った。

吉之助はやむなく勇静の家に入った。家族はいない。見まわすと、満足な家具などない、まことに貧しげな暮らしぶりのようだった。

それなのに、吉之助にハタと焼酎を振る舞おうという勇静の心持ちがありがたく、吉之助は涙ぐみそうになった。

だが、勇静はにこにことして、食器などは無いからだろう、大きな貝の殻《から》にハタの刺

身を盛り合わせ、醬油《しょうゆ》のかわりに海水で味付けした。

もう一枚の貝殻に焼酎を注いで吉之助に勧めた。

勇静の家は浜辺沿いで、開け放した家の入口から海が見える。すでに夕暮れで暮れなずむ菫色の空に月がかかっていた。

吉之助は悪遠慮《わるえんりょ》をせず、刺身を食べ、貝殻に口をつけて焼酎を飲んだ。その時、なぜかひどく懐かしい気持になった。

「こら、なぜかしらんが、懐かしか心持ちごわす」

吉之助が言うと、勇静は焼酎を飲みながら、

「それは貝の味がするからでしょう。貝は海の中で泳ぎます。ひょっとしたら先生が来られた鹿児島から来た貝かもしれません」

「ほう、貝は泳ぐとか」

吉之助は感心したように言いながら、酔いの中で、ひょっとしたら、琉球から来た貝ではないか、と思った。

(考えてみれば、鹿児島じゃ、奄美大島じゃ、琉球じゃというが、いずれも海でつながっちょる。海はひとつじゃごわせんか)

そう思ったとき、吉之助の脳裏に亡き主君斉彬の面影が浮かんだ。なぜ、斉彬を思い出したのか。

吉之助は胸を突かれる思いがした。

（おいはいままで大切なことを考え違いしとったとじゃ）

かつて、斉彬の命に従い、越前福井藩の橋本左内とともに将軍継嗣に一橋慶喜を押し立てようとする運動に挺身した吉之助は、斉彬の考えは国内が一致してイギリス、フランスなどの西欧勢力にあたることだけだと思っていた。しかし、考えてみれば、斉彬が国事に動き出したのは、ペリー来航より以前の弘化三年（一八四六）にフランス軍艦が琉球を訪れ、開国を求めたときからだった。

斉彬は琉球に開国に応じるようにうながすとともに、老中の阿部正弘と、いずれ西欧勢力がわが国に迫った場合の対策を話し合った。

さらに鹿児島に西洋技術を取り入れた反射炉を造り、近代工業を興《おこ》すことを目指した。

（斉彬様が、わが国のことだけを考えられたはずはなか、清国や朝鮮も西欧列強から救いたかったはずじゃ）

清国は、アヘン戦争で、イギリスに敗北し、西欧列強の侵略により塗炭《とたん》の苦しみを味わっている。また、朝鮮は南下しつつあるロシアの脅威にさらされている。

薩摩は海を越えて琉球とつながっている。

琉球はわが国と清国に両属して海の交易で栄えた国である。わが国の中で薩摩だけが琉球を通じ、清国や朝鮮などの国と海の世界でつながっているのだ。

（その海をいまや西洋の黒船が我が物顔に往来しとる）

清国は西洋列強に蹂躙されるままに逼塞し、わが国も開国の恫喝《どうかつ》におびえている。

いまやこの海は黒船のものではないか。

斉彬はこうなることを予測して、西洋式の軍艦建造に取り組んだのだ。だとすると、自分の使命とは何なのか。

（おいが奄美に来たとは何をすべきかを知るためじゃった）

さらに酔いつつ、吉之助はそう考えて静かな海を見つめ、大きく息を吐くと、さらに海上の満月に目を遣った。

月は煌々《こうこう》と輝いて、吉之助を導くかのごとくである。やがて吉之助の胸に、孔孟の教えのままに、古代の聖王《せいおう》の堯《ぎょう》や舜《しゅん》が治めたような道義に基づく国を造りたいという思いが湧いた。

（力により、弱き者を虐《しいた》げる異国は不義の国じゃ。わが国は道義の国でなけりゃ、ならん。さもなければ異国に負けるとじゃ）

吉之助は月光に白く照らされる海を見つめながら、大きくうなずいてつぶやいた。

「この海を守らにゃいけんのじゃ」

それは、一蔵や久光にとって思いおよばない、

——回天

への道だった。

吉之助のつぶやきを勇静は笑顔で聞いて何度もうなずいた。この日、酔ったまま、吉之助は家へ帰った。

十二月七日夜――

江戸、三田の薩摩藩邸から火の手が上がった。たちまち炎が燃え広がり、夜空を焦《こ》がし、藩邸の大屋根は火の粉《こ》を撒《ま》き散らしながら崩れ落ちた。

突然の火災だったが、藩士や足軽、女中、下僕の端々まで中庭に逃れて無事だった。

それでもひとびとは壮大な藩邸が焼け落ちていくのを恐れとともに見守った。

その中で冷静な目で火事の成り行きを見つめている男がいた。小納戸役の、

――堀次郎《ほりじろう》

である。島津久光は家中で国父と呼ばれ、権力を握ると、

小松帯刀

大久保一蔵

中山尚之助《なかやましょうのすけ》

堀次郎

の四人を重く用いていた。

堀は誠忠組の同志で大久保一蔵より四歳年上である。薩摩藩士、堀右衛門の三男として生まれた。

藩主時代の島津斉興の中小姓となり、斉興に従って江戸に行き、昌平黌で学んだ秀才だった。

有村雄助《ゆうすけ》、次左衛門兄弟と共に水戸藩士と結んで、井伊大老襲撃を謀ったが、帰国の藩命を受けたため、〈桜田門外の変〉に加われなかったことを悔いていると、日頃から嘯《うそぶ》いていた。

この夜、藩邸に火を放ったのは堀だった。堀は藩邸を焼き尽くす紅蓮《ぐれん》の炎を眺めながら、

「大久保どんな、恐ろしか男じゃ――」

とつぶやいた。

声音に畏怖の念が籠っていた。

堀に藩邸を焼くよう国許から急飛脚で命じてきたのは一蔵だった。

薩摩藩主島津忠義は〈桜田門外の変〉が起きたとき、参勤交代で出府の途中だった。しかし、大老の井伊直弼が討たれたと聞いて、国許に引き返した。それ以来、幕府が出府を求めても理由を設けて応じなかった。

しかし、幕府はなおも出府をうながしてきたため、一蔵は久光と相談して奇策を行うことにした。

すなわち藩邸を焼き、住む場所がないということで、またもや出府を先延ばしにしようというのだ。

さらに、藩邸を焼いたことにはもうひとつの大きな狙いがあった。

この火事の後、薩摩藩では幕府に藩邸の造営費七万両の拝借と藩主の参府延期願いを

提出した。

すると幕府は二万両を貸与すると伝えてきたのである。このことへの謝礼言上と藩主が出府できない説明のために久光が出府するというのが、一蔵が描いた筋書きだった。

このことは一蔵の狙い通りに動きだしたが、その周到な策士ぶりと、将軍のおひざ元で藩邸を焼いてしまうという豪胆さに誠忠組の同志たちは目を瞠《みは》った。

藩邸を焼いたことの報告が堀から国許に届いた時、一蔵は久光の御前に出て、

「これにて、支度はととのいました。西郷吉之助の呼び戻しば願いもす」

久光は一蔵の辣腕ぶりに満足して、

「よし、許すぞ。西郷を呼び戻し、そなたの手足として使うがよい」

と応じた。

一蔵は黙って頭を下げた。


十二月二十八日――

一蔵は鹿児島を出発して京へ向かった。

かねてから島津家が親しい公家の近衛忠熙、忠房《ただふさ》父子に、上洛した久光に朝廷守衛の勅諚を下すよう斡旋《あっせん》してもらうためである。

翌文久二年（一八六二）一月十三日、一蔵は京に着いた。

このころ、忠熙は〈安政の大獄〉で謹慎していた。忠房は一蔵に会いはしたものの、

「もはや、わたしたちは無益の騒ぎには関わりたくないのだ」

と久光の上洛が迷惑そうだった。だが、一蔵は雄弁だった。〈桜田門外の変〉で井伊直弼が討たれて、幕府の権威は凋落《ちょうらく》している。もはや、恐れるに足らないと説き、さらに、

――一橋公御後見、越前老公御大老
という策を述べた。

一橋慶喜を将軍後見、松平春嶽を大老にしようというのだ。これはかつて斉彬が抱いた構想だった。

一蔵は斉彬の急死によって実現しなかった薩摩藩の力による幕政改革を行おうとしていたのだ。しかし、いくら説いても忠房は首を縦に振ろうとはしなかった。

だが、二十日過ぎになって突然、忠房の態度が変わった。

一月十五日に江戸城、坂下門外で老中安藤信正《あんどうのぶまさ》が、和宮降嫁に憤る水戸浪士たちに襲撃される、

――坂下門外の変
が起きたからだ。

安藤は負傷だけで命は助かったものの幕府の権威は地に落ちた。

忠房は興奮した面持ちで身を乗り出し、

「そなたの申す事、もっともや。いまの幕府なら帝の言うことを聞くかもしれへんな」

と言った。さらに、忠房は声をひそめた。

「時にそなたの藩の西郷吉之助はどうしているのや。もともと薩摩の挙兵上洛は西郷が仕掛けておったことや。西郷が京に来れば話はすぐに通るのやけどなあ」

一蔵は、深々とうなずいて、吉之助が間もなく戻ってくる、と告げた。

言いながら、やはり吉之助を呼び戻すことにしてよかった、と一蔵は思った。しかし、同時に吉之助の人望がいまなお公家の間にも残っていることに羨望《せんぼう》を感じた。

（やはり、吉之助さあにはひとの心をとらえて放さないところがある。だからこそ、斉彬様が側近として用いられたのだ）

そんな吉之助が奄美大島から戻って久光と心を通わせて働いてくれるかどうか。もし、そうならなければ吉之助の人望は却《かえ》って邪魔になるかもしれない。

（そん時は、たとえ吉之助さあでも除くしかなか）

一蔵は冷徹に覚悟を定めた。

三十五

吉之助のもとに召喚《しょうかん》の報せが届いたのは、子供ができて、これまでの住まいが手狭になったため、龍郷村に家を新築し、その祝いをしていたときだった。

吉之助は書状を読んでからたたむと、集まっていた村人に頭を下げた。

「鹿児島に戻らねばならなくなりもした。命が下ったからには祝いをしているわけにはいきもはん」

祝宴をお開きにした吉之助はその後、菊次郎を抱いた愛加那と向かい合った。このとき、愛加那は二人目の子を身籠《みごも》っていた。

もはや、吉之助は子供の顔も見ないまま去ってしまうかと思うと悲しかった。それでも泣くのを堪《こら》えた。吉之助は愛加那をじっとやさしい目で見つめた。

「おいの心はおまんさあとともにある。いつまでもここにおって、おまんさあや子供たちと暮らしたか。じゃっどん、おいは武士じゃっで。主命が下ればたとえ地獄でんすぐに跳び込まないけんとじゃ。おまんさあたちを残していく薄情をゆるしてやってたもんせ」

吉之助は手をつかえ、頭を下げた。愛加那は吉之助の手をとった。

「そんなに詫びられると、却って悲しくなります。わたしや子供たちはあなたの出世を喜んでいますのに」

愛加那に涙声で言われて、吉之助は少し考えてから口を開いた。

「そう思うてくれるとはまことに嬉しか。じゃっどん、帰っても出世する道はなかじゃろうと思う」

「どうしてでございますか。旦那様のお仲間が戻ってきてもらいたいのは、旦那様に上に立っていただきたいからなのでしょう」

愛加那は目を瞠《みは》った。

吉之助は微笑んでうなずく。

「そのとおりだ。おいが久光様の命に従って動くことを皆、願っちょる。おいが久光様のために働けば出世もするじゃろう」

「それなら、なさればよいのではありませんか」

愛加那に聞かれて、吉之助はゆっくり首を振った。

「それはでけんのじゃ。久光様は亡き斉彬様の真似《まね》をするおつもりじゃ。しかし、久光様では無理じゃ。おいの仲間の大久保一蔵どんが久光様を助けちょるが、そのことを一蔵どんもわかっておらん」

「なぜ、できないのでしょうか」

訝しげに愛加那は訊いた。

「心がないからじゃ」

「心――」

「そうじゃ。ひとを動かすのは心だけじゃ。久光様も一蔵どんも力がひとを動かすと思うちょる。だが、自分に置き換えてみればわかることじゃ。力で抑えつけられて本当に動く者はおらんとじゃ。ひとを動かすのは心だけじゃ」

吉之助は言いながら、〈安政の大獄〉で死罪となった橋本左内を思い出した。一蔵の才は左内に勝るかもしれない。だが、左内は、春嶽という名君に仕えて曇りのない忠義の心を持っていた。

だからこそ、京の堂上公家《どうじょうくげ》も左内の論に服したのではないか。おそらく一蔵と久光の間にはそんな君臣の心の通い合いはないだろう。自らが信じあっていない者がひとの信を得られるはずがない。

薩摩藩の上洛については、かつて斉彬のころに公家たちへの根回しも十分に行ってい

る。兵を率いて上洛すれば、勅諚も得られるだろう。

さらには、勅使が同行して江戸に向かうこともできるに違いない。そうなれば、井伊

直弼を暗殺されて気弱になっている幕府に改革を押しつけることもできるかもしれない。

しかし、それでどうなるというのか。世の中の何が変わるのか。

一蔵が如何《いか》に説こうとも、所詮、情勢しだいでひとの動きは変わる。何があろうとも

離れぬひとの心をつかむことはできないだろう。

(その時だけの勢いは得られても風向きが変われば、何もかも終わってしまうとじゃ)

そんなことの手伝いはできないと吉之助は思っていた。

実際、吉之助は鹿児島に戻った後、知人への手紙で、

――所謂《いわゆる》誠忠派と唱へ候人々は、これまで屈し居り候ものゝ伸び候て、只上気に相成

り、先づ一口に申さば世の中に酔ひ候塩梅、逆上いたし候模様にて

と書いて、これまで政の表面に出られなかった一蔵はじめ誠忠派の面々が久光に用いられるようになってから、

――世の中に酔ひ

さらには、自らを見失って、

――逆上いたし候

と痛烈に批判することになる。

考えれば、考えるほど、鹿児島に戻ることは吉之助にとって新たな苦難の道でしかなかった。久光の上洛を誠忠組の者たちがこぞって支持しているとは思えない。

おそらく有馬新七ら尊攘激派はこれを機会に他藩の尊攘派志士とともに決起を図ろうとするに違いなかった。

（そうなれば、誠忠組の同志がふたつに割れて争い、血を見ることになるぞ）

その危うさが一蔵には見えていないのだろうか、と吉之助は不思議だった。有馬たちは、おそらく、

――逆上

のただ中にいるだろう。だが、一蔵はいったん自分が決めた道はひとがどう言おうとも歩き通す強さがあった。

それは、父親の利世が遠島となり、一家が困窮してその中で耐えてきた一蔵がいつの

間にか身につけたものだろう。

一蔵は、斉彬に見出されて江戸に出ると、遠い鹿児島にいては想像もつかないような吉之助の天馬空を行く活躍を見てきた。いつか、自分もと思う気持が一蔵を鍛え、鋼《はがね》のような強さを身につけさせていったのだろう。

（しかし、一蔵どん、世の中の者は皆、おまんさあのように強いわけではないぞ。山歩きするときは、先頭に立って引っ張るばかりではいかん、一番後ろについて落伍《らくご》する者がないか、と気をつけるのもひとの上に立つ者の務めじゃ）

吉之助は胸の中で一蔵に語りかけた。だが、その言葉が一蔵に届くとはとても思えなかった。一蔵にとって吉之助は斉彬の死とともに力を失った過去の人物なのだ。もはや、吉之助の言葉に耳を傾けようとはしないだろう。

吉之助は苦い思いを抱いた。

「旦那様――」

菊次郎を抱いた愛加那がそっと吉之助に寄り添った。愛加那が身籠った子の顔も見ることはかなわぬのだろうか。

吉之助は愛加那の肩を抱き、胸に妻子への思いがあふれるのを感じた。

文久二年（一八六二）一月、吉之助は鹿児島に向けて出発することになった。

乗船を前に村人たちが吉之助の家に集まって、夜っぴて旅立ちの祝宴をしてくれた。

「先生、名残り惜しゅうございます」

村人たちの間に勇静の顔もあった。吉之助は勇静にご馳走になった数日後、どんぶりと、焼酎を詰めた樽《たる》、酒器をお礼に贈っていた。

勇静はそのことに涙を流して喜んだという。この夜も釣り上げたばかりの魚を何尾も持参していた。

「こや、またご馳走になるぞ」

吉之助は笑った。

十三夜の月が出ていた。

蛇皮線が弾かれ太鼓が叩かれ、村人たちは庭先に出てにぎやかに男女を問わず、踊った。

吉之助は愛加那とともに手を叩いて踊りを囃《はや》して楽しんだ。

しかし、この時には、一蔵が久光を江戸に行かせるため、薩摩藩邸を焼いたことが吉之助の耳に入っていた。このことを聞いたとき、吉之助は、

——何ということをするのだ
と眉をひそめた。

江戸は火事の町でひとびとが火災をどれほど恐れ、忌《い》み嫌うかを、江戸に出たことがない一蔵は知らないのだ。

（不信に不信を重ねとる。こげなことはすぐにばれるぞ——）

吉之助は、一蔵の策謀の大胆さに驚きつつも不快な思いを抱いた。一蔵は策を重ね、

露見しても力で押し切るつもりなのだろう。

だが、それではひとはついてこない。吉之助は重いものを背に負った気持になりながらも、村人たちの手前、笑顔を絶やさず、陽気に振る舞った。

やがて宴がたけなわになったとき、愛加那が進み出て「おこれ節」を唄った。「おこれ」には「興れ」と「送れ」の意味があり、旅立つひとに贈る歌だという。

おこれ、おこれ　浜までおこれ　渡中漕ぎ出しば
潮風頼む
片帆持上げば　片目、涙落ち
双帆持上げば
もろ目、涙落とす

歌いつつ愛加那は涙した。それを見る吉之助の大きな目にやがて涙が浮かんできた。


翌日――

吉之助は笠利湾の港から船に乗った。

快晴の日だった。

それでも風が強く、時に大きな雲が上空に吹き寄せられていた。

吉之助が桟橋を進んでいたとき、一陣の風が巻き起こった。竜巻にまかれるように雲が空に向かってのび、さらに雲間から稲妻が奔《はし》った。

一瞬、雲が黄金色に光った。

吉之助を見送りに来た愛加那たちはその様に目を瞠った。

あたかも黄金の竜が天に駆け上ろうとするかのようだったからである。

旅姿の吉之助は空を見上げたが動じずに白い歯を見せて笑うと、ゆっくりと足を踏みしめて船に向かっていった。

解説

内藤麻里子

『大獄　西郷青嵐賦』は、明治維新から百五十年を迎える二〇一八年の前年十一月に刊行された。九州出身の作家、葉室麟にとって、西郷隆盛は書かねばならない人物だった。常々口にしていた「明治維新の総括をする必要がある」という構想に、いよいよ乗り出したことを宣言する一冊でもあった。なんとなれば、これもよく話していたが、明治維新を最初から最後まで体験したのは西郷隆盛しかいなかったからだ。

新作が矢継ぎ早に刊行されていた一三年のことになるが、なぜそんなに書き急ぐのか葉室さんに聞いたことがある。「(年齢的に)残り時間を意識して自分の世界を作っておかないと、その後の展開ができないから」との答えだった。「その後の展開」とは、「欧米化の波や、太平洋戦争の敗戦で否定された日本の歴史を取り戻すこと。現代の日本が失っているものは何かを書くこと」だった。当時は高杉晋作に迫った『春風伝』を上梓した直後。「これで下準備は整った」とうれしそうにうなずいていたのを思い出す。

西郷隆盛については、これまでいろいろな作品が執筆されてきた。征韓論から西南戦争の終結までを描く司馬遼太郎の『翔ぶが如く』や、海音寺潮五郎の大長編『西郷隆盛』が代表的だ。

この二作について矢部明洋さんとの共著『日本人の肖像』（一六年・講談社）で、葉室さんは次のように述べている。

〈『翔ぶが如く』は結局、「西郷は謎」で終わってしまいます。鹿児島出身の海音寺潮五郎さんも大長編史伝で西郷に迫りますが、未完に終わりました。その浮沈の激しい生涯やスケールの大きい人格に、大作家たちもなかなか西郷像をとらえきれません〉

そのうえでこう語っている。

〈九州育ちの私は、西郷タイプのリーダーに出会った経験が割とあります。修羅場で決断力があり、カリスマ性ゆえ人望がある。それでいて寡黙。九州独特かどうかは分かりませんが、司馬さんのように謎とは思わない〉

明治維新の読み直し、西郷のとらえ直しに挑み始めた葉室さんは、何か感得した境地があったに違いない。見つめていた先に何があったのか。

『大獄』は、島津斉彬に見いだされ、安政の大獄から逃れて奄美大島に潜居し、呼び戻されるまでの若き西郷を描く。物語はまだ緒についたばかりだが、若き日々には後の姿を形作る萌芽がたくさん見つかる。そこに込められた作家の視線を追ってみたい。

近海に外国船がたびたび姿を見せるようになった時代、海防問題に直面した老中首座、阿部正弘が頼りとする島津斉彬が薩摩に帰国した。父である藩主、斉興とは折り合いが悪く、三十八歳になりながらいまだ世子のままだが、正弘と共に国難に対峙するのに、

「仁勇の者」を求めていた。それは〈仁を行う勇を持った者〉のことで、他の登場人物の言によれば、〈仁とはひととひととを結びつける心〉なのだという。

一方、郡方書役という平凡な役人だった西郷吉之助の仲間内での位置はこんなだった。〈吉之助は常に理由を言わず、結論だけを言う。そんなとき、日ごろ、平凡で茫洋としているとしか見えない吉之助のひと言にずしりとした重みが加わる。／そして吉之助がひと言を発すれば誰もわけを問おうとはしない〉。覚悟をもって正しい道を踏み行い、強さと同時に優しさも知る若者だった。

やがて、家中の争いなどは些事だとして、日本の国難にあたり人柱になろうという斉彬の覚悟に胸を突かれた吉之助は股肱の臣となっていく。ところが斉彬が急逝してしまい、失意の吉之助は奄美大島で見る景色が変わる回心の機会に遭遇する。斉彬はわが国一国のことだけを考えていたのではなく、世界に対峙する国づくりを視野に入れていたと感得したのだ。

〈吉之助の胸に、孔孟の教えのままに、古代の聖王の堯や舜が治めたような道義に基づく国を造りたいという思いが湧いた〉。胸に去来したのは〈（力により、弱き者を虐げる異国は不義の国じゃ。わが国は道義の国でなけりゃ、ならん。さもなければ異国に負けるとじゃ）〉という思い。

ああ、そうかとその志がこちらの胸に落ちる、説得力を持つクライマックスシーンだ。葉室さんが見据えていた西郷の核はこれなのだろう。こう思い至ることになる吉之助だからこそ、「正義の戦い」を誓い合った大久保一蔵との間にきしみが徐々に醸されていく。

奄美大島への島流しを前に、諸藩工作の最大の武器だった人脈を悪びれることもなく教えろと要求する一蔵と、寂寥を感じながらも率直に明かす吉之助。打算によってつながる久光と一蔵に対し、斉彬と吉之助の心情が通った交わり。いったん決めたことに関しては聞く耳持たない一蔵の鋼のような強さと、それを案じる吉之助の優しさ――。将来の訣別の予感を吉之助に語らせてもいる。

この国づくりの展望は、本書に続く『天翔ける』（一七年十二月刊）でも引き継がれていく。幕末四賢侯の一人、松平春嶽を描く物語である。『大獄』にも〈強国を目指すのではなく、仁義の大道を世界に広める国になるべきだ〉とその一端が紹介されているが、『天翔ける』では、春嶽が登用した横井小楠が唱えたその説が詳細に解かれていく。技術を取り入れ経済的進歩を遂げるばかりでなく、〈儒教を極め、道義国家を造り上げようというのだ〉。さらに、明治になってからの勝海舟のこんな言葉を紹介している。〈横井の思想を西郷の手で行われたら、もはやそれまでだと心配していた〉

残念ながら横井は春嶽のもとを去らざるを得なくなり、西郷も大久保とたもとを分かち西南戦争で没する。

日本は富国強兵、経済成長一辺倒で突き進んだ。道義は顧みられなかった。我々にとって、大切なのはなんといっても経済成長だった。そして現在、地球環境を搾取しすぎた資本主義は存続の危機を迎えている。世界はデマゴーグ（扇動政治家）であふれている。このままでは到底人類が立ちゆかない。その時、立ち返るべきポイントを葉室さんはこの二作で示しているように思う。地球環境の危機を訴えるスウェーデンの環境活動家、グレタ・トゥーンベリさんや、脱成長経済を提唱する大阪市立大学准教授の斎藤幸平さんら、今、従来の資本主義に待ったをかける議論が盛んだ。葉室さんがいたら、この議論に有益な視点を加えることができたのではないか。

『大獄』の単行本が刊行された直後の一七年十二月二十二日、六十六歳で葉室さんはこの世を去ってしまった。今のこの時代にとって、葉室さんによる明治維新の見直しがどれほど重要な仕事だったか、今更ながらに思い知らされる。「道義の国」について、葉室さんの肉声でもっと説明を聞きたかった。改めてその不在が惜しまれてならない。

最後に、明治維新のとらえ方をながめてみよう。

維新といえば薩摩藩と長州藩だが、『大獄』は安政の大獄の前から始まる。まだ長州藩は姿を見せない。葉室さんはこの頃から維新につながると見ていたわけだ。

将軍継嗣問題とアメリカとの通商条約締結を絡めた一橋派と南紀派の暗闘は、手に汗握る緊張感だ。斉彬と吉之助、春嶽と橋本左内に敵対するは井伊直弼と長野主膳、水野忠央。いずれ劣らぬ実力と見識を持つ人々の対立が端的につづられ、尊皇攘夷派、佐幕派、開国派入り乱れた複雑な情勢が、すんなりと読める手際は見事としか言いようがない。

そして安政の大獄で保守的な開国派の直弼が、開明的な開国派の斉彬、春嶽らをつぶした構造を繰り返し述べている。戊辰戦争をしないですんだかもしれないいくつかのターニングポイントが、かかわる人物のめぐりあわせや、ボタンの掛け違いなどで潰えていく。この歯がゆさも幕末物の真骨頂ではあるまいか。

『天翔ける』は、維新を幕府の要人側から描いたものだ。彼らが果たした役割は決して小さくない。しかし、後に矮小化される。そのことを重ねて糾弾する。

〈大政奉還、王政復古にいたる流れでは、実権は島津久光を始めとする春嶽や容堂らいわゆる賢侯にあったが、新政府成立後、志士上がりの官僚たちが、すべては自分たちの功績であったかのように主張していく〉

〈いずれにしても明治初年に尊攘派以外の政府要人はしだいに遠ざけられ、その後、明治維新は尊攘派による革命であったかのように喧伝されていくのである〉

正史に埋もれた歴史を語るのは、小説の大切な役割だ。こぼれたところを正当に位置づけることによって、今の世に欠けていた観点をすくいとってみせる。

さて、『大獄』は「西郷青嵐賦」とあるように、まだまだ青春時代の西郷さんだ。続編を考えていたであろう。長州藩が出てくるのはこれからだ。指針を示す斉彬を失った西郷の行く末の物語は、読みたかったとは思うが、西南戦争での最期を知るだけに読むのがつらくなっていたかもしれない。

しかし、こうも考えられる。後の維新の経緯は『天翔ける』で述べられている。西郷隆盛について書くべき肝は、『大獄』に凝縮されていると言っても過言ではない。両作で忘れられていた国づくりの指針も示した。とすると、急ぎ過ぎたけれど、葉室さんは書くべきことは最低限書いたと言ってもいいのかもしれない。後はわれわれが何をくみ取るかだ。

そう考えると、『大獄』と続く『天翔ける』は、葉室麟という作家の遺志を宿す、誠に重要な作品だということがよくわかるのである。

（文芸ジャーナリスト）

単行本　二〇一七年十一月　文藝春秋刊

文春文庫

大《たい》獄《ごく》

西郷青嵐《さいごうせいらん》賦《ふ》

定価はカバーに表示してあります

2020年12月10日　第1刷

著者　葉《は》室《むろ》麟《りん》

発行者　花田朋子
発行所　株式会社 文藝春秋

東京都千代田区紀尾井町 3-23　〒102-8008
TEL 03・3265・1211㈹
文藝春秋ホームページ　http://www.bunshun.co.jp

落丁、乱丁本は、お手数ですが小社製作部宛お送り下さい。送料小社負担でお取替致します。

印刷・凸版印刷　製本・加藤製本

Printed in Japan
ISBN978-4-16-791605-3

文春文庫　葉室麟の本

（　）内は解説者。品切の節はご容赦下さい。

葉室　麟
銀漢の賦
江戸中期、西国の小藩で同じ道場に通った少年二人。不名誉な死を遂げた父を持つ藩士・源五の友は、名家老に出世していた。彼の窮地を救うために源五は……。松本清張賞受賞作。（島内景二）
は-36-1

葉室　麟
いのちなりけり
自ら重臣を斬殺した水戸光圀は、翌日一人の奥女中を召しだした。この際、御家の禍根を断つべし——。肥前小城藩主への書状の真意は。一組の夫婦の絆の物語が動き出す。（縄田一男）
は-36-2

葉室　麟
花や散るらん
京で平穏に暮らしていた雨宮蔵人と咲弥。二人は朝廷と幕府の暗闘に巻き込まれ、江戸へと向かう。赤穂浪士と係り、遂には吉良邸討ち入りに立ち会うことになるのだが……。（島内景二）
は-36-3

葉室　麟
恋しぐれ
老境を迎えた与謝蕪村。俳人、画家として名も定まり、よき友人や弟子たちに囲まれ、悠々自適に暮らす彼に訪れた最後の恋。新たな蕪村像を描いた意欲作。（内藤麻里子）
は-36-4

葉室　麟
無双の花
関ヶ原の戦いで西軍に与しながら、旧領に復することのできたただ一人の大名・立花宗茂。九州大友家を支える高橋紹運の嫡男、宗茂の波乱万丈の一生を描いた傑作。（植野かおり）
は-36-6

葉室　麟
山桜記
命の危険を顧みず、男は妻のため出兵先の朝鮮半島から日本へ還る（「汐の恋文」）。大名の座を捨て、男は妻と添い遂げた（「花の陰」）。戦国時代の秘められた情愛を描く珠玉の短編集。（澤田瞳子）
は-36-7

葉室　麟
影踏み鬼
新撰組篠原泰之進日録
伊東甲子太郎を慕い新撰組に入隊、後に赤報隊に身を投じた久留米藩脱藩隊士、篠原泰之進。彼の目を通して見た新撰組の隆盛と凋落。（朝井まかて）
は-36-8

田辺聖子
私本・源氏物語
「どの女も新鮮味が無うなった」「大将、またでっか」。世間をよく知る中年の従者を通して描かれる本音の光源氏。大阪弁で軽快に語られる庶民感覚満載の、爆笑源氏物語。（金田元彦）
た-3-45

高橋克彦
舫《もやい》鬼九郎
吉原近くで若い女の全裸死体が発見される。首を落とされ、背中の皮が剝がされた無残な死体。謎のスーパー剣士・舫鬼九郎が柳生十兵衛、幡随院長兵衛らと江戸の怪事件に立ち向かう。
た-26-19

高橋克彦
鬼九郎鬼草子
舫鬼九郎2
舫鬼九郎と仲間たちが、謀反の噂がささやかれる会津藩で宿敵・左甚五郎率いる根来傀儡衆と激突。甚五郎の背後に隠れた黒幕は由比正雪！　絶好調の時代活劇第二弾。（雨宮由希夫）
た-26-20

高橋克彦
鬼九郎五結鬼灯
舫鬼九郎3
旗本殺しの罪を着せられた幡随院長兵衛、顔を鼠に食われた遊女の亡霊に悩まされる高尾太夫、天海僧正が明かす九郎の出生の秘密など鬼九郎と仲間たちが主人公の短篇集。（田口幹人）
た-26-21

高橋克彦
鬼九郎孤月剣
舫鬼九郎4
父との対面を果たすため、九郎は仲間たちと京に向かう。だが九郎の存在を厭う父の命を受けた風魔衆が、次々と一行に襲いかかる。鬼九郎の運命は？　シリーズ完結編。（西上心太）
た-26-22

田中芳樹
蘭陵王
あまりの美貌ゆえに仮面をつけて戦場に出た中国史上屈指の勇将、高長恭（蘭陵王）。崩れかけた国を一人で支えながら暗君にうとまれ悲劇的な死をとげた名将の鮮烈な生涯。（仁木英之）
た-83-1

高橋由太
猫はおしまい
江戸に連続する凄惨な「手首斬り」殺人。事件を目撃した同心・平四郎が犯人に狙われている？　案じた飼い猫の仕事人まるがとった策とは――人気時代小説シリーズ、感動の最終巻。
た-93-5

文春文庫　最新刊

ミルク・アンド・ハニー　村山由佳
男は、私の心と身体を寂しくさせる—魂に響く傑作小説

大獄　西郷青嵐賦　葉室麟
安政の大獄で奄美大島に流された西郷。維新前夜の日々

三国志名臣列伝　後漢篇　宮城谷昌光
後漢末期。人心離れた斜陽の王朝を支えた男たちの雄姿

森へ行きましょう　川上弘美
一九六六年ひのえうま、同日生まれの留津とルツの運命

京都感傷旅行《センチメンタル・ジャーニー》　十津川警部シリーズ　西村京太郎
陰陽師は人を殺せるのか。京都の闇に十津川警部が挑む

三途の川のおらんだ書房　迷える亡者と極楽への本棚　野村美月
死者に人生最後・最高の一冊を。ビブリオファンタジー

あなたの隣にいる孤独　樋口有介
無戸籍児の玲菜が辿り着いた真実。心が震える青春小説

血と炎の京《みやこ》　私本・応仁の乱　朝松健
田中芳樹氏推薦。応仁の乱の地獄を描き出す歴史伝奇小説

芝公園六角堂跡　狂える藤澤清造の残影　西村賢太
落伍者には、落伍者の流儀がある。静かな鬼気孕む短篇集

マスク　スペイン風邪をめぐる小説集　菊池寛
マスク着用とうがいを徹底した文豪が遺した珠玉の物語

紙風船　新・秋山久蔵御用控（九）　藤井邦夫
一膳飯屋に立て籠った女の要求を不審に思った久蔵は…

徒然《つれづれ》ノ冬《ふゆ》　居眠り磐音（四十三）決定版　佐伯泰英
毒矢に射られ目を覚まさない霧子。必死の看病が続くが

湯島《ゆしま》ノ罠《わな》　居眠り磐音（四十四）決定版　佐伯泰英
磐音は読売屋を利用して、田沼に「闇読売」を仕掛ける

花影の花　大石内蔵助の妻　平岩弓枝
内蔵助の妻りく。その哀しくも、清く、勁い生涯を描く

街場の天皇論　内田樹
天皇制と立憲デモクラシーの共生とは。画期的天皇論！

オンナの奥義　無敵のオバサンになるための33の扉　阿川佐和子　大石静
還暦婚・アガワ&背徳愛・オオイシの赤裸々本音トーク！

女将《おかみ》は見た　温泉旅館の表と裏　山崎まゆみ
混浴は覗き放題が理想!?　女将と温泉旅館を丸裸にする！

一九七二　「はじまりのおわり」と「おわりのはじまり」〈学藝ライブラリー〉　坪内祐三
あさま山荘、列島改造論、ロマンポルノ…戦後史の分水嶺